한평생 정직하고 성실하게 남에게 의지하지 않고

자신의 노동의 가치에 의지해 살아오신

어머니에게

사랑과 존경을 담아 이 책을 헌정합니다.

일러두기

제주어는 표준어처럼 정확한 사전적 표기가 있는 것이 아닙니다. 어릴 적부터 생활하면서 쓰였던 것을 그대로 소리 나는 대로 적었습니다. 그리고 같은 제주지만 마을에 따라 의미와 소리가 조금 다른 부분도 있습니다.

《개정증보2판》

어머니의 루이비통

제주를 다시 만나다

송일만 지음

맑은샘

제주로 돌아온 후 어느 순간, 예전의 익숙했던 일상들이 다시 새롭게 보이기 시작했다. 그 일상으로 다시 돌아갈 수는 없지만, 기억하고 추억하고 싶었다.

신이 제주에 거칠고 아름다운 자연을 주었다면, 그 위에서 할아버지 할머니 세대와 아버지 어머니, 그리고 우리 세대로 이어지는 삶의 흔적, 그 자취와 정서는 밖으로 빛나는 화려한 보석은 아니지만 저마다의 가슴속에 꺼지지 않는 배롱배롱한 빛으로 남아 있다.

제주가 너무 많이 변하기 시작했다.

올레길이란 명분으로 제주를 빙 둘러 해안 도로가 나타나고 그것도 모자라 이제는 그 칼질이 제주 내륙을 여러 겹으로 관통하여 그 길 위에는 렌터카들이 앞다투어 정차해 있다. 그 옆으로는 미려한 건물들이 세련된 형식의 위안인 양 머물러 주기만을 기다리고 있다. 문명을 거역할 수는 없지만 그 문명이 우리가 추구하는 문화의 전부는 아니라고 생각한다.

제주 바당(바다)이 죽어가고 있다.

어머니의 품보다 넓고 깊은 바당이 자신의 한계를 넘어 이제는 제주가 토해 내는 모든 것들을 받아들일 수 없어서 바당 자신이 거친 숨을 몰아쉬고 있다.

그리고 검붉은 건강한 웃음이 아닌 핏기 없는 하얀 울음으로 절규를 하고 있다.

나 아프다고, 나 좀 살려달라고

한평생 제주 바당과 같이한 어머니와 삼촌들의 놀이터가 사라졌다. 그리고 생활이 사라지고 있다.

조금은 천천히 갔으면 좋겠다.

시간이 흘러 어느 순간 우리는 편리한 문명에 싫증 나 포장된 올레길을 원상태로 되돌리는 노력을 할지 모른다. 거친 자연을 업고 할머니 어머니들이 걸어온 이 길 위에 시멘트를 바르고 왁스를 뿌려 더 이상 인공적인 윤기를 내지 않았으면 좋겠다.

드라이브 코스는 어디에든 있다. 나는 드라이브 코스를 달리기보다는 해녀들이 구덕에 삶을 지고 다녔던 길을 천천히 걸으며 그분들의 삶과 사랑을 다시 느껴보고 싶다.

송일만

Table
of
contents

4장 배롱배롱

5장 코시롱헌

6장 뎅기당 보난

1장 /

맨드글락

* **맨드글락**   '옷을 하나도 입지 않은, 벌거벗은'이란 뜻의 제주어

놀부렁 바당이 데싸져 베수다

"야! 놀부렁 바당에 데싸져 베시난 집에 고만이 안장 이시라이."

"무사 이땅 바당에 괴기 주스러 가젠 햄신디."

"야야 괴기랑 말앙 절치데겨 불민 화~악 끄서 가분다 이."

태풍 부는 바다를 보는 것은 참으로 무섭다.

그리고 통쾌하다.

보리 & 보리밭의 추억

제주는 현무암질의 토지라 물을 가두지 못해 대부분 밭농사를 해왔다. 지금에야 남쪽, 서귀포, 남원쪽 지방에서 밀감 및 하우스에서 아열대 열매를 재배하지만 그 이전에는 대부분 봄에는 보리와 유채, 가을에는 감저(고구마)를 재배하곤 했다.

그래서 70년대 중반까지만 해도 곤밥(쌀밥)을 먹어볼 기회가 그리 많지 않았다. 제사 때나 학교 소풍이 전부였다.

그때는 곤밥, 그 맨밥 자체만으로도 맛이 있었다.

제주도에 산디(제주쌀)농사를 하는 곳이 아주 드물게 있었는데 부러움의 대상이었다. 산디는 육지의 논농사 형태가 아니고 밭에서 재배한 제주 쌀이다. 우리 집에서도 항상 보리밥을 먹었는데 어머니는 보리밥을 할 때는 전날 보리쌀을 한번 초벌 삶고 나서 다음날 다시 밥을 했는데 보리밥 한가운데 산디쌀을 약간 넣어 밥을 지은 후 가운데 쌀밥만을 그릇에 담아 꼭 아버지에게 드렸다. 그리고 우리(어머니와 삼남매)는 낭푼에 한꺼번에 밥을 퍼서 먹었는데 서로 쌀밥알갱이를 찾으려고 숟가락을 빠르게 놀렸던 기억이 있다.

여름으로 넘어갈 무렵이면 어머니는 보리로 개역(미숫가루)를 빻아 오셨는데 이 개역을 보리밥에 뿌려 먹거나 물에 타서 먹으면 지금의 미숫가루보다 더 달고 고소했다.

개역이 여름 내내 유일하게 단 음식이자 군것질거리였다.

어머니의 루이비통

보리가 푸르러 가는 4~5월이 되면 우리는 보리밭에서 놀았다. 거기에서 노는 것도 재미있었지만 꿩이 그 시기에 산란을 해서 꿩독새기(달걀)을 줍기 위해 간 것이다. 그전에 앞집에 살던 친구 녀석이 꿩독새기를 주워와 삶은 것을 반 개 주어서 먹어본 적이 있는데 정말 맛있었다.

먹을 것이 귀하고 달걀을 먹을 수 없었던 시절에 꿩독새기는 횡재 그 이상 기쁨이었다.

어느 날 앞집 그 녀석과 놀러 가서 보리밭에서 꿩독새기 6개를 주워 그 녀석과 반반 나누어서 집으로 가져와 자랑스럽게 어머니에게 삶아 먹겠다고 했는데 어머니께서는 당장 도로 갖다 놓으라고 하셨다.

그 꿩이 얼마나 애돌크니(애석하겠느냐?) 하시면서 날짐승을 함부로 잡는 것이 아니라고 하였다.

그래서 다음날 눈물을 머금고 꿩독새기를 원래 있었던 보리밭 그 자리에 갖다 놓았다. 그리고는 그 이후로는 꿩독새기를 줍거나 꿩코로 꿩잡으러 다니는 일은 없었다.

몇 년 전인가 중산간 도로를 운전하던 중, 20m 전방 코너에 꿩이 비애기(병아리) 몇 마리와 숲으로 걸어가고 있었다. 그래서 속도를 늦추었다. 천천히 운전을 해, 내가 그 지점을 지날 때 충분히 숲으로 들어 갈 것이라 확신을 하고 코너를 도는데 뭔가 조금 이상한 느낌이 들었다.

내려서 보았더니 내가 어미 꿩를 치어 버린 것이다. 그런 일이 일어날 상황이 아니었는데 아니 어떻게… 하물며 그 어미 꿩은 날지 않고 순간적으로 자신의 비애기를 보호하려고 자신이 가장 늦게 숲으로 가려고 했던 것이었다. 얼마나 미안하고 당황했는지 모른다. 속도를 늦추는 것이 아니라 잠시 정지했어야 했는데 하며 한동안 자신을 자책했다.

이제는 제주도에서 보리를 그렇게 많이 재배하지 않지만 보리밭을 볼 때마다 어머니의 모성에 대한 감사와 꿩에 대한 나의 미안함이 교차한다. 꿩의 수명이 20년이 넘는다고 하는데 그때의 비애기들이 잘 커서 좋은 아빠 꿩, 엄마 꿩이 되었으면 하고 바라지만 그렇다고 해서 그들에 대한 나의 미안함이 사라지지는 않는다.

제주로 다시 내려온 후 여러 가지가 다시 보이기 시작했다. 밭담 너머 밀감꽃이 싱그러운 봄의 절정을 이루어내고 익숙했던 내음을

어머니의 루이비통

토해내는 4월도 좋지만 우미(우뭇가사리)를 널어놓은 도로 한편에서 바다향이 콧속으로 퍼지는 5월도 좋아지기 시작했다. 밭 한가운데에서 동네 할망(할머니들)들이 옹기종기 모여 앉아 마농(마늘) 작업을 하는 모습을 보면 나도 뛰어들어 거들고 싶은 마음이 들기도 했다. 그리고 가끔씩 밭담 위로 보리가 익어가면서 살랑거리는 모습도 좋다.

어머니는 탈(산딸기)을 좋아하신다. 제주는 6월이 시작되면 보리는 거의 익어 베는 시기이고 갯것이(바닷가) 주위로 조금만 올라가면 탈꽃이 피어 이른 것은 빨갛게 익은 것들도 많다. 가끔 어머니는 내가 시간이 나면 탈을 따다 줄 수 있느냐고 하신다. 어머니는 무엇이 먹고 싶다는 말을 아들에게 거의 하지 않는 편이다. 어머니가 좋아하는 탈을 따서 그 탈을 맛있게 먹는 모습을 보면 왠지 뿌듯하고 기분이 좋아진다.

만약에 우리가 농경문화 시대에 자급자족하면서 살고 있었다면 어머니가 좋아하는 감저(고구마)나 옥수수를 심고 수확하여 고팡(집안에 있는 일종의 창고) 가득 나도람서(놓아두어서) 기쁘게 해 드렸을 것이다. 어쩌면 또 석기시대에 살고 있었다면 돌도끼 하나만 들고 제주 중산간을 이쪽저쪽으로 달리면서 가족들을 위해 짐승을 사냥했을지도 모르겠다. 탈을 따다 보면 손발이 가시에 긁히기도 하지만 어머니를 기쁘게 해드릴 생각뿐만 아니라 옛날 어린 시절 생각이 나서 기분이 참 좋다.

예전에는 초여름에 거의 지천으로 깔린 것이 탈이었다. 탈을 따고 삥이 줄기(가는 풀, 어릴 적 따서 껌처럼 씹어 먹기도 했던)에 빨간 탈을 하나씩 따서 꿰고는 들고 다니면서 자랑하듯이 먹고 다녔다.

며칠 전, 어머니 생각이 나서 일을 마치고 전에 봐두었던 곳으로 갔는데 탈이 엄청 많았다. 땀을 흘리면서 탈 수확(?)에 집중하고 있는데 갑자기 암꿩 한 마리가 내가 탈을 집으려는 순간 그 밑에서 튀어나와 날아가며 하늘에서 똥을 싸는 것이었다. 순간 그 꿩이 참 미련하다는 생각이 들었다. 어떻게 내가 그곳을 다 휘젓고 다니고 있었는데도 그것을 느끼지 못하고 내 손바닥 바로 밑에서 숨어 있었던 것인지? 내가 먼저 암꿩을 발견했더라면 놀라서 뒤로 넘어졌을 것이다. 뱀으로 착각하고.

어린 시절 꿩탈, 뱀탈은 거의 따지 않았다. 원래 우리가 먹는 탈보다 덜 달았고 뱀이 먹는다는 생각에 거북했을 것이다. 어쨌든 꿩탈, 뱀탈이 존재한다는 것은 그들도 탈을 좋아한다는 의미인 것 같다. 꿩이 탈들이 있는 곳에서 부화하는 것은 어쩌면 알을 품는 중에도 고개를 돌리거나 숙여 바로 자신의 앞에 있는 탈을 먹기 위해서 그러지 않았을까 하는 생각이 들었다.

그리고 탈이 많은 곳에는, 특히 줄기 탈이 많은 곳에는 늘 뱀이 있었다. 앞으로 뱀은 자신의 이름이 붙은 탈만을 먹었으면 한다. 왜냐하면 나 또한 뱀탈까지 영역을 넓히지 않았기 때문이다. 그래도 먼저 먹는 이가 임자다.

한 10여 년 전 제주 어느 골프장에서 아들과 운동을 하던 중 9번 홀 페어웨이 근처에 탈이 많은 것을 보고 탈을 따다 뱀을 보고 기겁한 적이 있다. 아들에 의하면 갑작스런 비명과 함께 내가 페어웨이 한가운데를 팔을 휘젓고 공중부양하면서 뛰어올랐다고 한다. 해마다 탈이 익는 시기가 되면 가족들은 나의 공중부양 사건을 이야기하며 웃곤 한다.

'아!' 꿩이 날아간 그곳에는 꿩독새기(꿩알) 8개가 있었다. 순간 나는 그 암꿩에게 엄청나게 미안했다. 그리고 그 자리를 피하면서 그 암꿩이 돌아와 자신의 알들을 다시 품어주기를 빌었다. 꿩은 참으로 모성애가 강한 새이다. 내가 발소리를 내며 자기가 있는 쪽으로 접근해 가도 전혀 미동도 없이 알을 품고 있다가 내 손이 바로 자기 위에 있다는 것을 안 순간 본능적으로 날아올랐던 것이다. 엄청난 공포를 참으며 마지막 순간까지 자신의 알들을 걱정하며 지켰던 것이다. 날아가면서 그 공포로 인해 똥을 싼 것이라 생각하니 나 자신이 참으로 원망스러웠다.

다음날 그곳을 다시 찾아가 꿩이 돌아왔는지를 확인하고 싶은 마음이 굴뚝같았지만 확인하러 가면 다시 그 암꿩이 날아올라 도망갈 것 같았다. 마음속으로 알들이 안전하게 잘 부화되어 여덟 마리 비애기들(꿩 병아리들)이 도로가 없는 곳에서 어미 꿩을 따라 줄지어 다니며 잘 자라기만을 바랄 뿐이었다.

사실 나는 꿩메밀칼국수와 꿩요리를 좋아하는 편이었는데 몇 년 전 중산간에서 어미꿩을 차로 치고 난 후부터는 꿩 요리를 먹지 않게 되었다. 그 어미꿩에 대한 미안함이 마음 한편에 늘 자리 잡게 된 것이다. 그 일로 알이 잘 부화되지 않았다면 꿩에 대해 평생 미안함을 안고 살아야 한다. 3주 후에 그곳에 다시 가보려고 한다. 제발 그의 비애기들이 줄지어 다니는 모습을 볼 수 있기를 바란다. 아니면 잘 자라서 다른 곳으로 간 것을 확인해야 할 것 같다. 그 시간까지 내 마음이 조금은 초조할 것 같다.

한여름 올래에서의 휴식

　거친 자연과 힘든 생활로 인하여 제주도 어머니와 할머니들은 항상 바빴다.

　해녀 일과 밭일을 겸하는 그들에게 일 년 중 가장 한가한(?) 시간은 아마도 한여름 20여 뿐일 것이다. 이때는 7월 말로 밭에 검질을 다맺고(잡초를 제거하고) 해녀 일도 8월 말이나 되어야 하기 때문에 이들에게 조금은 여유로운 시간이다.

　물론 집안일이나 자녀들을 위한 일반적인 가사노동이 중단된 것은 아니지만 그래도 8월은 그들에게 육체노동을 덜 하는 시기이다.

나는 어릴 적에 어머니가 집에서 낮잠을 자거나 쉬는 것을 본 기억이 없다. 패랭이(밀집 모자)를 쓰고 밖에서 텃밭에서 일을 하거나 동네의 건더운(시원하고 선선한) 올래에 앉아 누구네가 가져온 식겟떡(제사떡)을 나누어 먹으며 이야기를 나누거나 어린 아들, 손자들과 함께 시간을 보내곤 했다. 그것이 그들에게는 최고의 휴식이고 보약이었던 것이다.

어머니들은 집에서 쉬어도 되는데 왜 꼭 모여있고 싶어 했을까?

그것은 아마도 어려운 시기니만큼 공동체 의식이 강해서 그랬을 수도 있고, 혼자 집에서 쉬면 괜히 자기만 쉰다는 약간의 미안함이 있어서 그랬을 수 있겠다는 생각이 든다. 생활이 넉넉치는 않았지만, 서로에 대한 나눔과 배려의 공동체 의식이 강했던 것이다.

육체적으로는 힘들지만,

서로에게는 정이 넘치는 그런 관계이고 삶이었다.

한여름 올래의 휴식은

노동의 가치가 있는 더운 일상으로부터

자연의 건더움(시원함)과 함께하는 휴식

서로의 정과 함께하는 여유 있는 휴식이다.

한여름 나무 그늘 아래 잠깐의 여유가 힘들고 긴 노동을 지탱하게 한다.

우리의 여름나기

　제주의 여름은 무덥다.

　습기가 많다. 그리고 또 덥다.

　우린 어린 시절 여름의 대부분을 바당(바다)에서 보냈다. 초등학교 4년부터 아마도 중학교 2년까지, 여름 하루의 일상(Routine, 습관) 대부분은 같았다. 축항에 물이 들면(밀물 시) 아침 8, 9시쯤 몽고므레(미역감기)에 간다.

　수영을 어떻게 배웠는지 기억이 없다. 아주 어릴 적에 아기들이 걸음마를 배우듯 스스로 수영을 배운 것 같다.

　　　　　　　　　　　　　　　　　어머니의 루이비통

4~5m 축항 위에서 돌으멍 뛰는 것(달리면서 물속으로 첨벙)은 정말로 누구의 만용이 큰가를 또래들과 매일 시합하는 것이었다. 점심때엔 집으로 돌아가 점심을 먹고 더우면 상방(마루)에서 낮잠을 잤다. 그리고 오후 1, 2시경이 되면 다시 청대(낚시대)를 들고 갯것이(바닷가)로 가 빤스(팬티)도 안 입고 맨드글락(옷을 하나도 입지 않은)하게 괴기(물고기)를 낚았다.

그때는 참 괴기가 많았다. 우린 하루에 거의 평균적으로 오십 마리 정도를 낚았다. 코생이, 어랭이, 풍언, 사오장각시(노란줄돔), 객주리(쥐치), 조우럭, 우럭, 그리고 재수가 좋으면 가끔 푹바리(빨간우럭)도 낚았다. 한 번에 세 개가 올라오는 것도 다반사였다.

등과 얼굴이 빨갛게 탄 상태로 집에 가면 어머니는 "아이고 더운디 패랭이라도 썽 뎅기주 경 탕 어디 안 아프쿠냐(더운데 밀짚모자라도 쓰지 다니지 그렇게 타면 안 아프겠니)?" 하신다.

그렇게 형과 고기를 낚아 오면 어머니는 "이 존존헌 괴기 하영 낚아 와도 아무 소용 없주게. 괴기 패쓰젠 허민 힘만 들쥬 먹지도 않으멍 괴긴 잘 낚아 왐쪄 게(이 작은 고기 많이 낚아 와도 아무 소용없다. 고기 손질하는 데 힘만 들지, 고기는 먹지도 않으면서 잘도 낚는다)." 하셨다.

초등학교 6학년이 되면서 쉬멍(수영하면서) 고기를 낚았다. 허리 오른쪽 닉껍(미끼)을 실에 달고 왼쪽에는 낚은 고기를 꿰멜 껨지(낚은 고기를 꿰메는 줄)를 달고 한 시간씩 바다에 있었다.

훨씬 큰 고기가 물렸다. 괴기를 낚으면 자랑스럽게 청대를 하늘로 두세 번 휘두르면서 "올라온다, 올라왔다."를 외쳤다. 이 소리는 고기를 낚아 흥분한 소리이기도 하지만 주위 친구들에게 자랑하고픈 마음이 내포되어 있다. 또 그렇게 하면 고기가 기절해 깸지에 들여놓기가 수월했던 것이다.

좀 더 지나 중학생이 되어서는 소살(작살)을 들고 수영하며 괴기를 쏘기 시작하였다. 당시 우리 같은 초보 작살러에게 가장 많이 당하는 고기는 풍언과 객주리다. 둘 다 느릿느릿 헤엄치고 납작해서 발견하면 그냥 100%다. 아마도 그다음으로 쉬운 고기는 논쟁이다. 얘는 객주리보다 부피는 조금 작고 더 빠르다.

당시 우리 마을에는 괴기 잘 쏘는 사람이 두 명 있었다. 현수 형 아방(아버지)과 우리 아방이었다.

괴기 쏘러 들어갈 때부터 요즘 말로 포스가 있었다. 머리에 수건을 쓰고 그 위에 눈(물안경)을 쓰고 무슨 전투 영화의 주인공처럼 썰물에서 밀물로 바뀌어 바당에서 괴기를 낚는 사람들이 전부 끝나갈 즈음 스윽 나타난다. 그리고는 에뻬리 옆 여(작은 섬)으로 들어가 봉안이 여에서 나올 때까지 무엇을 쏘고 오는 지 궁금하여 친구들과 돌 위에서 마냥 기다렸다. 기다리는 것도 좋았다. 아버지들이 물 밖으로 나오면 우리는 고무신이 벗겨지도록 달려가곤 했다.

당시 괴기 쏘기 고수를 판단하는 기준은 숭어를 쏘았느냐 하는 것이었다. 숭어는 재빠르고 통통해서 여간해서는 쏠 수가 없었다. 나도 숭어를 여러 번 보긴 했지만 한 번도 쏘아 본 적이 없었다. 아버지 왼쪽 허리춤에 숭어 2마리가 있는 걸 본 순간 왜 그리 통쾌했는지 모른다. 그때 애들은 그렇게 말했다.

"야, 느네 아방 숭어 쏘았져 이(야, 너의 아버지 숭어 잡았네)."

내 인생에 있어서 아버지가 최고로 멋있어 보인 순간이었다.

여름에는 태풍이 많이 왔다.

태풍이 오면 바당에는 절(파도)이 아주 높았다. 우리는 그 절을 타러 부모님 몰래 태풍 부는 날 바당에 가서 놀곤 했다.

절이 오면 우리는 "와 온다. 큰 것이 온다. 온다. 와아 이야!" 했다. 그러다가 한 번은 절이 나를 쳐 바위 위로 내동댕이쳐져서 등에 돌자국이 피로 얼룩져 판화처럼 찍힌 적도 있었다.(생각보다 그 절이 너무 세었다.) 그리고는 며칠 어머니를 피해 다녔다. 알게 되면 비치락(빗자루)으로 몇 대 맞을 것 같아서였다.

이런 여름의 한가운데를 지나 방학이 끝날 즈음이면 우리의 등과 어깨가 서너 번은 벗겨지고 어깨 란닝구(내의) 옆으로 생긴 하얀 보푸레기 각질과 피부껍질을 형과 번갈아가며 서로 벗겨주었는데 순간 징그러웠던 적도 있었다. 우리는 그렇게 여름을 보냈다.

사계절 중 여름이 최고였다. 갯것이(바닷가)가 놀이터였고 여름은 우리를 거기에다 붙잡아 놓았다. 괴기도 그렇고 매역(미역), 톨(톳), 보말, 고동(소라), 오분자기(작은 전복), 귀(성게) 겡이(게) 등 온갖 해산물이 참 많았다. 심지어는 축항 옆에 산물(민물)이 나오는 우물이 있었는데 그 근처에는 장어가 많았다. 장어를 낚으면서 장어가 우리가 먹는 밥을 먹나 안 먹나 하며 친구들과 논쟁했던 적이 있다. 결국 장어는 밥을 먹지 않았다.

물이 쌀 때(썰물) 큰 뭉게(문어)를 발견한 적이 있었다. 잡으려고 하니 내 눈과 뭉게 눈이 마주쳤다. 뭉게의 눈빛이 강렬하게 다가왔다.

완전 살고 죽느냐 일대일 전투를 앞둔 병사처럼 뭉게의 눈에서 기가 뿜어져 나오는 것 같았다. 잡으려고 하면 이리 피하고 저리 피하다 결국 뭉게는 도망을 갔다. 아니 내가 그를 놓친 것이다. 그 눈빛이 너무나 강렬해서 그 이후로는 눈이 달린 생물과는 스스로 눈을 마주치지 않으려고 노력하는 편이다.

얼마 전에 우연히 이민 간 친구의 소식을 들었다. 이민 가기 전에 가족들과 함께 만났을 때 먼저 가 있을 테니 따라오라며 떠났던 친구다. 이민 간 초기에는 전화 통화를 심심찮게 하곤 했다. 그런 그가 많이 아프다고 한다. 친구는 가끔 내 SNS에 다녀간 흔적을 남긴다. 난 그에게 그와 함께 보냈던 여름을 보내주고 싶었다.

태풍이 부는 날에도 우리가 절을 탔던 것처럼 친구가 그 암이라는 절을 가볍게 넘으리라고 본다. 그리고 그에게 다가온 절이 아주 완만하여 그가 이겨 낼만한 것이기를 빌어 본다.

"친구야! 요번 절 잘 넘으라이! 나도 여기서 느랑 꼬치 절 한번 탄다 생각허키여.(나도 여기서 너와 같이 파도 한번 같이 탄다 생각할게.) 그리고 우리 후에 지나간 추억 이야기보다 앞으로 같이 할 골프든 여행이든 뭐든 서로 잘 준비해서 지나간 여름처럼 즐겁게 한번 놀아보자. 파이팅하고!"

제주의 여름이 더워지고 있다.

어머니의 루이비통

원담

원담은 밀물과 썰물을 이용하여 고기를 잡는 원시적인 방법 중의 하나이다. 원담은 마을에 따라 갯담이라고도 한다. (갯은 갯것이, 갯곳 띠의 준말로 바닷가를 말한다.) 썰물이 되면 원담의 형태가 나타난다.

고향 마을 태흥리 애삐리에도 원담이 있었다. 당시의 원담은 바닷 가를 좋아하고 이용하는 마을 사람들이 모여 둥그렇게 돌담을 쌓고 수시로 모여 썰물 때면 다 함께 고기를 잡고 서로 나누는 일종의 놀 이와 생산이 다 포함되어 있는 곳이었다. 마을 사람들은 특히 여름에 태풍이 와서 원담이 무너지면 자주 복구해야 했다.

원담은 그 위치가 굉장히 중요한데 지형지물을 잘 이용하여 양옆으로 막혀 있고 한쪽으로 길쭉한 곳에 담을 두른다. 제주도 곳곳에는 대부분 그 마을의 지형에 맞는 원담이 있었다. 고향 마을 태흥2리 소금밭과 애삐리는 이러한 지형에 맞아 1970년대 초반까지도 이 원담을 이용하여 고기를 많이 잡았다.

사실 나는 이 원담에서 고기를 잡은 기억이 아주 가물가물한데 아버지는 사시사철 고기가 넘쳐났다고 하신다. 특히 지금은 거의 깊은 물에만 있는 벤자리, 히라쓰(방어의 한 종류) 등이 심심치 않게 떼로 들어와서 마을 사람들을 기쁘게 했다. 떼로 들어오면 요즘 말로 거의 대박이다.

나도 대학 시절 겨울 방학때 고깃배를 타본 적이 있는데 히라스떼가 그물에 걸려들어 과장해서 말하면 배가 침몰할 정도로 엄청나게 잡혀 개마띠(태흥포구)로 들어오는 데 어려움을 겪은 적이 있었다.

원담에는 구리(벵어돔), 복쟁이(복어), 논쟁이, 객주리(쥐치), 땃지(독가시치) 등 그 어종이 다양했고 멜떼(멸치떼)는 원담뿐만 아니라 애삐리, 개마띠 바당에도 시즌마다 들어왔다.

고향 마을 애삐리는 해산물의 보고였지만 지금은 옛날 같지가 않다. 바당 자체가 죽어가고 있다. 애삐리에 가보아도 원담의 형태가 거의 사라져 원담이 어디쯤 있었다는 것쯤만 알고 있다.

우도 등 몇 군데는 지금도 원담의 형태가 고스란히 남아 있어 활용하는 곳도 있지만 그 이용 빈도가 갈수록 떨어지고 잡히는 고기의 양도 눈에 띄게 줄었다고 한다.

자리물회 & 자리구이 & 자리젓

   어린 시절, 보리를 베고 나면 우리 집에서는 자리물회를 자주 만들
어 먹었다. 내가 좋아서라기보다는 어머니, 아버지는 자리물회를 특
히 좋아하셨다. 초여름으로 넘어가는 시기에 밭에서 일하고 지친 몸
으로 돌아와 집에서 먹는 자리물회는 맛으로도 그만이었지만 영양학
적으로도 단백질을 보충할 수 있는 최고의 음식이었다.

그래서인지 지금도 친척들과 함께 벌초를 끝내고 나면 다 같이 자리 물회를 먹으러 간다.

　육지 사람들은 자리를 자리돔이라고 부르는데 10~15cm 내외 작은 물고기이다. 같은 자리에 계속 머문다고 해서 자리라고 불린다고 한다.

　제주도에서는 모슬포, 보목리, 공천포, 표선리 등 주로 한라산 남쪽에서 5~6월에 많이 잡힌다. 옛날에는 테우를 타고 넙적한(넓은) 물안경으로 바당에 자리 있는 것을 보고 직접 그물로 자리를 거뒀다. 자리는 보통 장마 전까지 잡는다. 장마철이 되면 물이 뿌옇게 되어 잘 보이지 않는다.

　아방들(아버지들)이 자리를 잡아 오면 어멍들(어머니들)은 골래기(물받침대) 위 구덕에 자리를 담아지고 웃드르(산간 마을)나 인근 마을로 자리를 팔러 다녔다.

　"자리 삽서! 자리 삽서! 표선리 자리우다."

　"지난번엔 막 홀건게 마는 요번에 막 존존허우다 에(지난번에는 조금 컸는데 이번에는 작은 것 같다)."

　"경해수다, 경허민 호끔 더 가정 갑서(그렇습니다. 그러면 조금 더 갖고 가세요)."

　당시에는 저울로 파는 것이 아니고 됫박이나 속박(나무로 만든 그릇)으로 팔았다. 물론 인심이 좋아 항상 더 얹어주곤 했다. 계절 음식을 서로 나누어 먹는 그런 느낌이었다.

　제주도의 자리물회는 고추장이 아니라 항상 된장으로 간을 했다.

미각적으로 맛을 즐겼다기보다 바쁘고 힘든 시기에 요리의 편리성 때문에 된장을 사용했을 것이다. 당시 고추장을 담그는 집은 거의 없었다. 그리고 새오리(부추), 외(오이), 양파, 미나리, 마농(마늘) 등을 넣고 마지막에는 빙초산(식초)를 넣었는데, 이 빙초산 맛이 엄청 강했던 기억이 있다. 그 빙초산이 늘래난 것(비린 냄새)을 잡아 주기도 했다. 물론 요즈음에는 빙초산보다 연한 식초를 쓰기도 하지만 그래도 우리의 자리물회는 빙초산에 많이 익숙해져 있다.

지금은 자리물회를 만들 때 자리를 얇게 기계로 썰어서 먹지만 옛날에는 비늘을 벗기고 통째로 듬성듬성하게 잘라 먹곤 했다. 5~6월의 자리는 산란 시기가 겹쳐 자리 뼈가 연해지는 시기라 성인이 먹기에는 문제가 없지만 어린애들은 자리 가시와 약간의 비린내 때문에 물회를 먹는 것을 주저한다. (그래도 다른 생선에 비해 자리는 내장을 제거하면 비린내가 덜하다.)

나도 중학교 가기 전까지 물회를 먹지 못했다. 대신 어머니는 자리를 구워 주셨다. 큰 것은 비늘을 벗기고 작은 것은 그대로 소금을 뿌려 구우면 고소하고 기름이 많이 흐른다. 그리고 배 부분은 약간 쓴맛이 있는데 내장이 있는 부분이다. 모든 생선이 다 그렇지만 자리는 굽고 나서 식어버리면 기름으로 인해 딱딱하게 변해 버린다. 바로 구워서 따스한 밥에 먹는 것이 최고다.

어머니는 자리를 굽고 나서 살을 발라 주시다가 그냥 우리가 "알앙 먹쿠다(알아서 먹을께요)." 하면 "아이고 자리 까시 목에 걸리면 엄청 아픈다이 막 조심행 먹어 산다이(자리 가시 목에 걸리면 엄청 아프니까 매우 조심해서 먹어야 한다)." 하며 걱정스럽게 바라보시곤 했다.

자리구이를 따스한 밥과 먹으면 고소하면서도 담백하다. 하나 아쉬운 것은 생선이 작아 두세 번 먹으면 없어졌다. 또 젓가락으로 가시를 바를 때는 약간의 인내심이 필요하기도 해서 그냥 손으로 들고 먹었다.

그 당시엔 냉장고도 얼음도 없었는데 왜 그렇게 자리물회가 시원하고 맛있었을까? 아마도 그것은 계절 음식이라 쉽게 구할 수 있었고, 단백질 공급이 충분하지 않던 시기에 지친 몸을 보양시키는 최고의 음식이라 몸이 스스로 잘 받아주었을 것이다. 그리고 그 당시 집 식수는 지하수를 사용하여 시원하게 별미로 즐겼던 것 같다.

자리물회는 어머니, 아버지 두 분 모두 좋아해서 지금도 5~6월 즈음 고향 집에 가면 자리가 냉장고에 있다. 지금도 어머니는 항상 "자리 먹을타(자리 먹을래?)" 하고 묻곤 하신다.

제주도 사람들에게 자리물회는 여름 들어가는 시기의 최고의 보양식이자 별미인 셈이다.

고등학교 2학년 즈음, 태경이, 명찬이, 창용이와 약속이나 한 듯(오후 수업을 땡땡이쳤는지, 시험이 끝나서인지 정확한 기억은 없다.) 공천포 태경이네 집에 자리 먹으러 간 적이 있었다. 공천포는 바닷가가 검은 자갈로 유명한 곳인데, 맛있는 자리가 많이 잡힌다고 소문이 난 곳으로 서귀포에서 시외버스를 타고 집으로 갈 때면 항상 거치게 되는 곳이다.

된장과 빙초산, 돔베(도마)를 들고 바당으로 나가 태경이가 일사불란하게 손질한 자리회를 찍어 먹으며 뭐가 그리 웃겼는지 큰 소리로 웃고 놀았다.

태경이는 소주를 따고 "야, 이거 먹엉. 자리 먹으민 죽여준다." 하면 우린 돌아가며 술을 먹었다. 그리고는 목청껏 바다를 향해 노래를 부르고, 돌을 던지고, 새로운 불어 여선생에 대하여 한마디씩 하곤 했다.

나는 자리를 그렇게 즐기는 편은 아니었지만 학교를 빼먹고 친구들과 무엇인가를 같이 한다는 게 정말로 좋았다. 일명 자리 이탈이다. 그것이 나의 처음이자 마지막 학창 시절 자리 이탈이었지만 우리는 그렇게 서로 다른 방법으로 청춘을 예찬하기 시작했다.

자리젓은 보통 항아리에 자리와 소금을 넣고 한 달 정도 지나면 먹기 시작하는데 겨우내 거의 매일 먹었던 기억이 있다.

초등학교 시절 아버지는 항상 바쁘셔서 안 계신 날이 더 많았다. 어머니, 형, 나, 여동생은 정제(부엌)에 나무토막 방석(각자의 방석 있음)에 앉아서 노물쿡(배추된장국)과 자리젓에 밥을 먹곤 했다. 지금은 자리젓이 짜고 냄새가 심하지만 그 당시 큰 자리젓을 손으로 찢어서 먹으면 약간의 단맛과 고소한 맛이 있어 밥반찬으로는 그만이었다. 실은 먹을 것이 그것밖에 없었다.

오른손 숟가락으로 낭푼의 밥을 뜨고 왼손의 엄지와 검지로 자리를 잡고 먹었다. 그 어렵고 배고팠던 시절 자리젓은 모두의 밥맛을 돌게 해주고 밥으로 포만감을 채워준 거의 유일한 반찬이었다.

겨울날 그렇게 밥을 먹고 있으면 어느 순간 문틈으로 함박눈이 펑펑 내리며 바람이 비집고 들어온다. 그러면 어머니는 "야, 문 잘 닫으라게. 보름 들어 왐 져게(야 문 잘 닫아라, 바람 들어오고 있다)." 하셨다.

어머니는 지금은 자리젓을 담그지는 않지만, 가끔 자리젓을 즐겨 드신다. 주로 장날에 장에 가서 사서 드시는데, 형도 자리젓을 좋아해 직접 먹어 보고 맛있는 자리젓을 자주 사다 드리는 것 같다. 그러고 보면 우리 형은 참 효자이다.

어느 순간 음식이 다양해지고 삶의 여유가 조금씩 생기면서 자리젓은 우리의 일상에서 조금씩 멀어져 가고 있다. 집집마다 담근 것은 몇십 년 전의 이야기다. 그 맛의 기억을 가진 어머니, 아버지들만이 오일장에서 그 추억을 찾는다.

지난주에 고향 집에 다녀왔는데 어머니가 그러신다.

"자리 먹을타(자리 먹을래)?"

"자리 이수꽈아(자리 있어요)?"

"상 나누어 신데 혼번은 자리물회행 먹고 난 이빨 아파부낭 안먹언 조금 나망있져(사서 놔뒀는데 한번은 자리물회 해서 먹고, 나는 이가 아파서 안 먹으니까, 조금 남아 있다)."

"경허건들랑 나중에 아방이나 혼번 더 행 줍서게 나야 돌아 뎅기당 먹으민 되주게(그러시면 나중에 아버지나 한 번 더 해서 주세요. 나야 다니다가 먹을 기회가 있을 겁니다)."

시간이 참 많이 와 있다. 자리 구워서 우리에게 자리 까시 조심행(조심해서) 먹으라고 했던 어머니는 이제 치아가 안 좋아서 자리를 잘 드시지 못한다. 대신 가끔 바나나를 드시지만 그 옛날 자리 맛과는 비교되지 않을 것이다. 향은 바나나가 좋은데도 말이다.

지인이 제주에 내려오면 꼭 가는 집이다. 자리물회도 그렇고 대부분 완전 우리가 어릴 적에 먹었던 그대로이다. 물론 기계로 얇고 납

어머니의 루이비통

작하게 썰어 나오는 것이 아니라 손으로 직접 듬성듬성 썰어 매우 식감이 좋다. 투박한 제주도식이다. (그렇다고 먹는 데 불편함은 전혀 없다.)

표선리 당케, 해비치 호텔 근처 어촌식당이다. 이 식당은 완전 로컬이며 옥돔뭇국, 옥돔물회 등도 좋다. 알쓸신잡에서 황교익 선생과 유희열씨도 와서 반했다고 한다. 최근에 방송과 언론을 통해 조금씩 알려지다 보니 육지 관광객들도 많이 오지만 옛날 입맛에 익숙한 제주 사람들이 즐겨 찾는 집이다. 5~6월이 자리물회가 제철이지만 시기가 좀 지나도 괜찮다. 이 시기에 잡아서 냉동으로 잘 보관한다고 한다.

개마띠

어린 시절 태흥2리 포구는 2개의 큰 부분으로 이루어져 있었다. 하나는 축항을 기점으로 안쪽으로 넓게 된 부분인데 이곳에는 작업을 할 수 없어 오랫동안 정박하는 배가 있었고, 그저 물놀이 수준으로 수영하는 애들이 놀았다. 다른 하나는 개마띠에서 축항까지 이어지는 곳으로 주로 바당으로 자주 나가는 배들이 정박을 했다. 물론 태풍이 불면 모든 배들은 축항 안쪽으로 다 들어왔다.

개마띠는 바당에서 고향 마을 포구(태흥2리)로 들어오는 입구로 어린 시절의 개마띠는 지금과는 완전히 달랐다.

어머니의 루이비통

개마띠에 배가 처음 들어오면 무엇을 얼마나 잡았는지 바위 위에서 고개를 쭉 내밀면 대충 볼 수가 있었고 아버지나 삼춘들은 배가 지나가면 그냥 배에 오르기도 하셨다.

지금은 편평하게 바닥을 고르고 바위들을 치워 배들이 다니는 데 아무런 문제가 없도록 포구가 현대화되어 동시에 5~10척도 다닐 수 있게 되었다.

하지만 옛날에는 관수짜리(조그마한 여)에서 개마띠까지 그 폭이 매우 좁았다. 물론 지금은 관수짜리도 사라졌다. 관수짜리는 썰물 때 드러나는 조그마한 돌섬이다. 그 주위에는 귀(성게)가 아주 많았는데 어릴 적 최고의 낚시 포인트였다.

옛날 어르신들은 배가 안전하게 지나가게 하려고 바닥의 바위를 치워 그 돌들을 양옆으로 쌓아 두었다. 관수짜리에서 태흥개마띠로 드나드는 배들은 굉장히 조심스럽게 이 구간을 지나는데 지형지물을 정확하게 알고 익숙해진 태흥2리 배들은 배 한 척만 다닐 수 있을 만큼 폭이 좁았지만 아무런 문제가 없었다.

당시 개마띠 입구는 배 한 척만 들어 올 수 있을 정도로 그 폭이 좁아 물결이 아주 세고 빨랐다. 우리는 이를 수에기라고 불렀다. 특히 밀물보다는 썰물 때 수에기는 모든 것을 빨아들여 나가는 듯한 느낌으로 포구 안의 모든 것을 밖으로 나가게 했다. 눈으로 그 수에기 줄기가 보였다.

우리는 어릴 적 개마띠에서 수영하는 것을 좋아했는데 이곳에는 우리가 좋아하는 두 가지 모험적인 요소가 있었다.

하나는 배들이 정박해 있으면 배 밑으로 숨비는 것(잠수하는 것)으로 누가 배 밑으로 얼마나 지나가는가를 수영 능력으로 뽐내기도 하고 어떤 때는 한 사람씩 줄지어 지나다녔다. 처음에는 한 척 밑으로 숨비어서 통과하고 나중에는 두 척, 심지어 세척까지 숨비어서 배 바닥을 통과하면 모두가 마린 보이가 된 듯한 느낌이 들었다. 그리고 배 위로 기어 올라가 바당으로 풍덩 뛰어들기도 했다.

다른 하나는 수에기를 거슬러 수영하는 것이었다. 지금에 와서 보면 이 두 놀이는 굉장히 위험하게 보일 수 있지만 우리들은 키가 커 가는 만큼 만용도 커져서 이런 스릴을 스스럼없이 찾아 놀곤 하였다.

배 밑으로 숨비는 것보다 수에기를 거슬러 수영하는 것이 좀 더 위험하고 힘들었던 기억이 있다. 수에기는 썰물의 정도에 따라 그 세기가 달라진다. 수에기 물살을 전체적으로 거슬러 올라오다 보면 지치고 힘이 빠져 더 깊은 곳으로 떠내려갈 위험이 있어 약간 45도 방향으로 수영하면서 수에기를 빠져나오곤 했다.

밀물 때는 수에기가 완만하게 포구 쪽으로 들어와서 수영을 하면 평소보다 빨랐다. 어쩌면 지금의 박태환보다 빠르게 수영했을지도 모르겠다. 밀물 시에는 수에기가 그리 큰 문제가 되지는 않았다. 가만히 있어도 수에기가 축항 쪽으로 안전하게 안내하기 때문이었다.

하루는 바당이 갑자기 쎄어져(거칠어져) 고깃배 한 척이 관수짜리에서 개마띠로 들어오지 못해 사투를 벌이고 있었다. 시간이 지나 썰물 때가 되면 그 배는 더더욱 포구로 들어올 수가 없는 상황이 되어 버린다.

바당은 더 쎄어져 가고 들어올 시간이 되었는데도 배 한 척이 들어

오지 않자 배를 타고 나간 사람들의 가족들뿐만 아니라 동네 사람들 모두 근심스런 표정으로 개마띠 근처에 모여들기 시작했다.

배가 관수짜리에서 개마띠로 들어오려는 시도를 계속하는데 번번히 실패해서 뱃사람들보다 그들을 지켜보는 사람들이 더 초조해하였다.

아낙네들은 두 손을 잡고 "아이고, 어떵허민 조쿠니(어떻게 해야 좋니)?" 하며 걱정하였지만 파도는 점점 더 높아져 가고 바람도 거세어졌다. 아무도 말은 하지 않았지만 긴장감과 초조감은 걱정의 단계를 넘어섰다. 배가 파도와 사투를 벌이며 개마띠로 들어오고자 하는 모습에 우리들의 걱정은 거의 공포 수준으로 바뀌어 갔다. 배가 큰 파도에 올라탈 때마다 데싸지지 않을까(전복되지 않을까) 가슴이 큼착큼착(조마조마)했다.

그러던 과정에 아방이(아버지가) 소리쳤다.

"야, 지금은 안 된다! 이번 수에기가 가고 나면 그때 다시 해라! 나가 고라 주쿠메(내가 일러 줄 테니). 그때 해야 된다이!"

잠시 후, 아방과 동네 삼춘들이 "야, 지금이다! 들어오라!" 하자 배의 후미에 있던 두 선원이 힘차게 노를 젓고 제일 앞에 있던 용호형은 용감하게 사올짝(대나무나, 스기목으로 만든 긴 막대로 앞이나 옆에서 노를 저을 수 없는 공간에 다다르면 배를 밀고 방향을 잡고 바위에 부딪치지 않도록 유용하게 쓰는 5m 내외의 막대기)을 잡고 배가 바위에 부딪히지 않도록 방향을 잡았다. 용호형은 당시 이십 대 초반으로 겁이 별로 없었다. 우리는 용호형이 배에서 떨어질까 봐 걱정 어린 시선으로 바라보고 있었는데 배의 제일 앞부분에 올라타서 용감하게 최선을 다하고 있었다. (아마도 용호형이 제일 앞에 있었던 것은 가장 젊어서 힘을 쓸 수 있고 중심을 잘 잡는 편이어서 배가 들어오면서 펼친 나름대로의 작전 아닌 작전이었을 거다.)

배가 어느 정도 들어와 이제 한고비만 넘으면 되는 순간이 됐다. 그때는 노가 바닥에 걸려 저을 수가 없어 모두 다 사올짝을 잡고 배를 밀고 안으로 들어와야 했다.

개마띠에 있는 마을 사람들과 배에 올라타 사투를 벌이고 있는 선원들 모두 한마음이었다. 아버지가 다시 외쳤다.

"야, 용호야, 마. 사올짝을 반대로 해야지 반대로 마!"

그러자 용호형이 빠르게 사올짝을 반대로 하고 바위를 밀자 배가 개마띠 안으로 겨우 들어섰다.

마을 사람들의 기도가 통해 하늘이 도왔는지 모르지만 배가 무사히 안으로 들어온 것이다. 사람들은 "아이고 소망이여(아주 다행이다)." 라고 서로서로 주고받았다.

용호형이 배에서 내리자 아버지에게 말했다.

"아이고, 삼춘, 큰일 날 뻔 해수다게 삼춘 그때 경 안고라 주어시민 배 데사져베실거우다(아이고 삼춘, 큰일 치를 뻔했습니다. 그때 그렇게 이야기 안 해 주었으면 배 전복되었을 겁니다)."

아버지는 "야, 속았저 경헌디 안 모수아냐(야 고생했다, 그런데 안 무서웠니)?" 하자 용호형이 "모수움이랑 말아 경 헐 정신이 호나도 어십띠다(무서워 할 경황이라기보다 정신이 하나도 없었습니다)." 다시 아버지는 "너도 이런 거 혼번 해나민 제라진 보재기가 되엄실거여(너도 이러한 사투를 한번 하고 나면 진짜 어부가 될 것이다)." 하고 말하셨다.

"게메양 경햄신가 마씨(글쎄요, 그렇게 될까요)?"

인생 사투를 하고 난 용호형의 얼굴에는 긴장감과 묘한 안도감이 교차하고 있었다.

"야, 이제랑 집에 들어가게."

누군가가 외치니 언제 무슨 일이 났었는지 다 잊어버리고 함께 집으로 돌아갔다. 용호형도 웃으면서 마치 아무 일 없었다는 듯이 무리들과 함께 집으로 향했다. 그리고 다시 바당이 볼면(잠잠해지면) 그들은 또 바당으로 나갔다. 우리들은 다시 개마띠에서 그들을 기다렸다. 그것이 우리의 바당이다.

아버지의 형인 샛아방(큰아버지, 집안에서 둘째)은 내가 태어나기 전에 바당에 나가 돌아오지 못해 행방불명이 되었다고 한다. 아버지 말씀으로는 샛아방과 마을 사람 5명이 괴기 그물을 걷으러 갔다가 돌아오는 길에 태풍을 만나 거의 토산(옆 마을) 앞바다까지 올라왔는데 집채만한 파도가 쓸어 버리는 바람에 흔적도 없이 사라져 버렸다고 한다. 물론 시신도 찾지 못했다.

그래서 겨울에 들어설 즈음 동네의 여섯 집에서 같은 날 제사를 지냈다. 이 제삿날이 되면 어린 우리들에게는 떡과 곤밥(쌀밥)이 있어 풍족한 날이었지만 한편으로는 마을의 가장 비극적인 날이었을 것이다.

어린 시절, 우리는 전분 공장(감저 공장: 고구마로 전분을 만드는 공장)에서 살다시피 하면서 놀았다. 그 전분 공장은 갯것이 큰 동산 위에 있었는데 공장에서 보면 개마띠를 지나 저 먼 바당까지 훤하게 보였다. 여름을 제외하고 공장이 돌아가지 않을 때는 이곳이 우리의 최고의 놀이터였다.

하루는 총싸움하면서 놀고 있는데 문석이 아주망(아주머니)이 망부석처럼 저 멀리 바다를 바라보며 움직이지 않고 서 있었다. 우리가 놀이가 다 마칠 때까지도 거기에 서 있었다.

집에 가서 어머니에게 "문석이 아주망이 전분 공장 끝에 성 이십디다(서서 있었습니다)." 라고 하자 어머니는 "아이고 문석이네 배 바당에 나간 아직도 안들어 왔젠 햄쪄게(아이고 문석이네 배 바다에 나가서 아직도 안 들어 왔다고 한다)." 하며 이틀이 지났다고 했다.

다음 날, 그다음 날도 문석이 아주망은 거기에 서 있었다. 어렸지만 우리들 마음도 문석이아주망과 그곳에 같이 서 있었다. 삼춘은 그당시 조금 늦게 결혼을 했다. 아마도 그때가 신혼 기간이었을 것으로 기억된다.

그다음 날 아버지가 갑자기 바당으로 나가는 것이었다.

"아부지 어디 감수꽈(아버지 어디 가요)?"

"개마띠에 감져, 배 들어왐젠 햄쪄(개마띠에 간다, 배가 들어온다고 한다)."

나도 따라나서는데 누군지 모르지만 여러 목소리가 동네를 향해 "배들어 왐져, 배들어 왐수다!"라고 외쳤다. 동네 사람들 모두 개마띠로 달려 나갔다. 나도 아버지 뒤를 따라 달렸다.

배가 나간 뒤 첫날 폭풍우가 몰아쳤다고 한다. 동네 사람들이 어쩌면 배가 못 돌아올지도 모른다며 포기하고 있었는데 배가 들어온 것이다.

배가 개마띠에 들어서자 아버지를 포함한 삼춘들이 올라가 선원을 한 사람씩 업어서 내려왔다. 아버지는 문석이 삼춘을 업었는데 문석이

어머니의 루이비통

아주망과 삼촌의 눈이 마주치자 눈물을 참지 못하여 오열하고 있었다. 아니 그 훨씬 이전 개마띠에서부터 눈물을 흘리고 있었던 것이다.

개마띠에 있는 아주망들은 모두가 기쁨의 눈물을 흘렸고 삼춘들은 배를 정리했다. 그들은 업혀 내려오는 선원들 얼굴을 보며 "정신 초립서게 이젠 다와수다(정신 차리세요, 이제는 다 왔습니다)." "아이고 소망이여 소망이여 이젠 살아수다(아이고 다행이다, 다행이다, 이제는 살았습니다)." 하면서 반겼다.

이삼일 후 마을에서 잔치가 열렸다. 그때 개마띠에 오지 못했던 마을 사람들까지 모두 모였다. 문석이 삼춘이 무용담을 늘어놓기 시작했다.

그 당시는 노를 젓는 배에서 기계배로 바꾸어 가는 시기였다. 아버지 말씀으로는 일본의 야끼다마 기계가 들어오면서 배들이 더 멀리 나가기 시작했다고 한다.

기계를 믿고 먼 바당까지 나갔는데 폭풍우가 그렇게 세게 칠 줄 예상 못 했고 폭풍우를 뚫고 돌아오는데 기계가 갑자기 멈추어 서버렸다는 것이다. 그 후 여러 날을 표류하며 중간중간 시동을 걸었지만 모두 실패하고 5일째 아침에야 이번이 마지막이란 심정으로 기계를 켰는데 기적같이 기관이 작동했다는 것이다. 우리 모두 그 이야기를 들으면서 신기해했다.

나중에 어머니에게 전해 들으니 문석이 아주망은 거의 5일 밤낮을 아무것도 먹지 않고 전분 공장 위에서 남편을 기다렸다고 한다. 문석이 삼춘은 그 이후로는 더 이상 배를 타지 않았다.

하지만 나머지 사람들은 여전히 바당으로 나갔다. 그것도 우리의 바당이다.

대학교 1, 2학년 겨울 방학 때, 아버지, 형과 함께 배를 탄 적이 있다.

우리 배가 쉬는 날, 이른 새벽에 용호형의 배를 타고 그물을 걷으러 나섰다. 배가 나갈 때는 바당이 그리 쎄지(파도가 강하게 치지) 않고 바람도 불지 않았는데 바당에 나가 그물을 걷기 시작한 지 한 시간쯤 지나자 비가 오고 바람이 불기 시작했다. 배가 흔들리기 시작했다. 이를 너울이라고 불렀는데 사람들은 대수롭지 않게 작업에 열중했다.

나는 비바람에 중심을 못 잡고 헤매다가 급기야 토하기 시작했다. 그때까지 단 한 번도 수질(배멀미)을 해보지 않았는데 파도가 완만하게 높아 내 몸이 그런 파도를 감당하지 못한 것이다. 한마디로 기분이 은근히 나쁜 파도였다. 빗방울이 바다에 떨어지는 바당을 보니 그림 같았지만 완만하고 큰 절(파도)은 조용히 배를 삼킬 것 같은 느낌이 들었다.

서서히 공포가 밀려오기 시작하고 몸을 가누지 못하여 계속 구토를 하며 말로 표현할 수 없는 육체적, 정신적 고통을 견뎌야 했다. 그러다 잠시 후엔 폭풍우가 더 거세어지고 파도도 엄청 높아졌다. 용호형은 내가 힘들어하는 모습을 한번 쳐다보며 씨익 웃고는 중심을 잃지 않고 서서 계속 작업을 한다.

"아! 좋다!"를 여러 번 외치면서.

위험함을 초월한, 이런저런 상황을 다 꿰뚫은 경험 많은 항해자 같은 느낌으로 그 성난 바당과 여유롭게 교감을 하고 있었던 것이다.

지금 생각해 보면 진정한 뱃사람의 모습이었지만 그 당시에 나는 '나를 놀리나?' 하는 생각이 들었다. 용호형은 실제로 그 상황을 즐기고 있었다. 중학교 윤리 시간에 배웠던 호연지기가 떠올랐지만 그 순간에는 용호형이 너무 미웠다.

그렇게 그물을 다 걷고 다행히 아무 일도 없었다. 괴기(고기)를 많이 잡았을 뿐이었다. 작업을 끝내고 개마띠로 돌아오면서 용호형이 "야, 이젠 더 이상 배 탈 생각이 없지?" 하며 너털웃음을 한바탕 웃고는 집으로 돌아간다.

하지만 다음날이 되면 "야, 가자." 소리에 "예, 감수다(예, 갑니다)." 하며 아버지를 따라나섰다. 이상하게 아버지, 형과 배를 타면 바람이 많이 불거나 절(파도)이 높지 않았다. 신기하게도. 아니면 아버지가 그런 날을 피해 우리를 데리고 다녔을지도 모른다는 생각이 후에 들었다. 그리고 육지와 그리 멀지 않은 고띠 근처에서 작업을 하게 했다.

그러한 것도 우리의 바당이다.

나는 바당에 대한 두 가지 트라우마가 있다. 하나는 처음으로 수영하며 괴기(고기) 낚을 때의 일이다. 관수짜리를 지나 조금 더 가면 있는 하얀 모래밭에서 눈(물안경)으로 본 모래밭은 신기했다. 처음에는 큰 고기를 잡을 생각에 아무 생각 없이 몇 번이나 지나다녔다. 그런데 어느 순간 그 모래밭이 파랗게 보이기 시작했다. 주위에는 바위와 해초들뿐이었는데 그 모래밭에만 들어서면 파란 기운이 나를 그 속으로 빨아들이는 것 같은 느낌이 들기 시작했다. 갑자기 무서워졌다. 그다음부터는 그 근처는 쳐다보지도 않게 되었다.

또 한 가지는 용호형의 배를 타고 폭풍우 속에서 그물을 걷을 때 일이었다. 그 넓고, 높고, 완만한 절(파도)에 빗방울이 떨어지는 모습이 었는데 조용히 배를, 나를 삼킬 것 같은 기분을 느꼈다고나 할까. 아무튼 이 두 가지는 아직도 내가 바당을 완전히 극복하지 못한, 아니 영원히 극복할 수 없는, 극복이란 자체가 무의미한 그런 트라우마다.

그래도 나는 바당이 좋았다. 축항에서 개마띠, 그리고 관수짜리를 넘어서 배를 타고 멀리 나간 바당에서 본 적당히 파도치는 풍경과 비가 오는 바당도 좋았다. 거기에 태풍 부는 바당은 최고였다.

더운 여름에 잠을 못 자 축항으로 나가면 물이 봉봉들어(완전 밀물이 되어서) 주위의 모든 것들이 잠기고, 개마띠 입구까지 완전히 잠기어 달빛이 은빛으로 넘실거리는 바다의 모습은 참으로 평화로웠다. 최고의 안정감을 주었다. 또 내 마음에 포만감을 주었다.

조금(물때로 밀물이 최고조인 시기) 때 개마띠가 잠긴 모습은 치열함을 앞둔 잠깐의 여유로움이었다.

난 그런 바당이 늘 좋았고 그리웠다.

한동안 고향을 떠나 있다가 집에 가게 되면 나는 아스팔트를 달렸다. 달린 후에는 갯것이의 개마띠에서 한동안 바당을 바라보곤 했다. 바당을 바라보면 이상하리만치 마음이 평화로워졌다. 바당이 볼면 본대로, 쩨면 쎈대로(바다가 잔잔하면 잔잔한 대로 파도가 강하게 치면 치는 그대로), 늘 바당은 내게 좋은 느낌으로 다가왔다.

어머니가 큰일을 앞두고 바당에 나가 정성을 들이는 것과는 다르지만 나도 바당에 자주 갔다. 아니 집에서 바당이 쩨어진 것을 보면 나도 모르게 발걸음이 개마띠로 향하였다.

내 의지와 결정에 의해서 마음이 아프거나 우울해지면 뛰어서 스스로 그것들을 떨쳐 내는데, 내 의지와 상관없이 나를 휘감는 아프고 불편한 감정들은 몰아치는 파도와 바람을 맞아야 서서히 사라져 갔다.

특히 비바람이 불거나 태풍이 불어 떼싸진(뒤집어진) 바당을 보는 것은 그야말로 장관이며, 감동이었다. 마음속에서 알 수 없는 조용한 감정, 희열이 일어나곤 했다. 어떤 때는 그 데싸진 바당에 올라타 함께 하고 싶은 마음이 들기도 했다.

1990년대 영화 "폭풍 속으로(Point Break)"에서 패트릭 스웨이지가 마지막 서핑을 위해 폭풍 속으로 떠나려 하자 키아누 리브스는 그것을 허락하고 인정한다. 영화이긴 하지만 영화를 봤을 당시 '젊었을 때는 나도 그렇지 않았을까?' 하고 감정이입이 되었다. 물론 지금은 다를 수 있지만. 그 어떤 것도 저 바당에 저항해서 이길 수 없다는 것을 스스로 확인하고 그 힘에, 그 자연에 경외감과 감동을 느끼는 것이다.

그리고 그 데싸진 바당은 우리 세상사의 모든 근심과 불안, 불공정, 모순, 편협함을 한 번에 모조리 쓸어 버린다. 어쩌다 다시 그것들이 얼굴을 내밀어도 다음 파도가 무자비하게 앗아가 버린다. 내가 사회에서 느꼈던, 저항할 수 없었던 그 거대한 부조리함들을 나를 대신하여 한순간에 제압해버리는 느낌이다. 통쾌하다.

데싸진 바당은 나의 눈을 정화해 주고 마음에 카타르시스를 불러 일으켜 준다.

폭풍우와 데싸진 바당은 마을 사람들에게 가끔 고통과 상처를 주기도 하지만 내게는 놀이터였고 삶이었으며 내 마음을 정리해 주고 순화해 준, 그리고 나에게 세상에 대해 겸손하라고 경고를 해주는 배움을 주는 큰 스승이었다.

그것이 진짜 우리의 바당이다.

그 바당이 아직도 드문드문 나를 다시 개마띠로 불러들인다.

그리고 나는 개마띠에서 저 바당을 바라본다.

애삐리

여덟 물이나 아홉 물이 되어 바당이 바짝 싸면(썰물이 최적기가 되면) 애삐리 앞 고동여가 드러난다. 이 고동여는 애삐리 앞 바당에 있는 조그마한 바위섬이다. 예전부터 고동(뿔소라)이 많아서 그렇게 불렀다고 한다. 간혹 고동을 구젱기라고 부르는 사람들도 있지만 우리 마을은 고동여가 있어서 그런지 모두들 뿔소라를 고동이라 불렀다.

그렇게 물이 싸지면 우리는 무릎 깊이의 물을 건너 고동여로 들어갔다. 모두들 한 손에는 청대(낚시대)를 들거나 골갱이(작은 호미)를 들었다. 소라뿐만 아니라 오분재기, 전복 등도 돌에 다닥다닥 붙어 있다.

그것들을 캐는 데 특별한 기술이 필요한 것은 아니다. 이들은 바위 색깔과 비슷하여 그저 좋은 시력만 갖추고 있으면 고동과 오분재기를 엄청 잡았던 것 같다. 그나마 오분재기는 바위 사이와 아래 구멍에 붙어 있어 그것을 따는 데 조금 힘들었던 기억이 난다.

고동, 전복뿐만 아니라 매역(미역)과 다시마, 귀(성게) 그리고 괴기(물고기) 등 바다에서 나올 수 있는 모든 것들이 엄청 많았다. 거의 보물섬이었다. 겨울에는 톨(톳)도 엄청 길게 잘 자랐다.

고동여는 썰물 때 걸어서 가장 멀리 갈 수 있는 여로 물때가 되면 사람들이 많이 모였다. 그래 봤자 실제로 일 년 중 여름철의 한 10일 정도 그 여에 들어갈 수 있었는데 그나마 1시간 내외로 다시 물이 들어와 괴기를 낚고 고동을 딸 수 있는 시간도 그리 길지는 않았다. 그리고 고동여의 파도는 개마띠와 관수짜리 파도와는 차원이 다르게 굉장히 거칠게 바위를 때리곤 했다.

초등학교 저학년 시절 우리는 관수짜리에서만 괴기를 낚다가 처음으로 고동여로 들어갔다. 신세계로 들어선 느낌이었다. 거친 바당으로 들어서는 것은 한 학년을 올라가는 의식과도 같은 것이었다. 우리의 놀이는 축항에서 개마띠 그리고 관수짜리, 고동여로 영역을 넓혀 가고 있었다. 우리는 매해 학교에서보다 바당에서 먼저 한 학년씩 올라가고 있었다.

고동여에서 한 가지 더 신기했던 것은 그 한가운데 동그란 바다 우물 같은 곳(실제 담수는 아님)이 있었다는 것이다. 물이 깊지만 파랗게 비추고 맑아서 큰 고기들이 바글바글 눈으로 다 보였다.

어랭이나 코생이들은 낚싯대만 던지면 올라오곤 했다. 그 엉덕 알에(바위 밑에)는 우럭 등 큰 물고기들이 조용히 움직여서 우리의 전투력을 높이곤 했다. 그리고 그 주위에 구멍이 있어 그곳에 줄로 된 낚싯대를 드리우면 큰 보드글락(검고 긴 장어와 비슷한 고기)이 언제나 올라왔다.

나는 어린 시절 바당 음식을 별로 좋아하지 않아 잘 먹지 않았는데 동네 형이나 삼춘들은 고동을 잡으면서 돌로 부숴 먹기도 하고 오분재기를 그냥 따는 즉시 먹기도 하였다. 한번은 고동여에서 성호형이 귀(성게)를 까고 매역(미역)에 싸 먹는 것을 보고 "뭐 먹엄수과 게(무엇을 먹고 있나요)?" 하자 "야 느 이거 혼번 먹어 보라! 맛 좋다게(야 너 이거 한번 먹어 봐! 맛있어)." 하며 나에게 매역에 귀(성게 알)를 싸서 주었다. 짭조름하면서 약간 단맛이 있는 무엇인가 익숙하지 않은 맛이었지만 그런대로 괜찮았다.

그러면서 성호형이 "야, 여기 귀가 하영 이신디 경해도 이게 아무 때나 먹을 수 있는 게 아니여 먹어질 때 하영 먹엉 나두어지민 존다(야, 여기 성게가 많이 있지만, 그렇다고 해도 이거 아무 때나 먹지는 못한다. 먹을 수 있을 때 많이 먹어두면 몸에 좋다)." 하고 말했다.

관수짜리에서는 쉬멍(수영하면서) 고기를 낚기 위해 나가고 들어오면서 조심을 하지만 절(파도)이 몸을 때리면 넘어지면서 발이나 손에 귀가시(성게 가시) 찔리기가 부지기수였다. 그만큼 관수짜리에서 고동여 사이에는 귀가 엄청 많았다. 고동여에서는 신발을 신고 있어서 발이 귀가시에 찔릴 확률이 거의 없었지만 고무신이 물에 미끄러지면 귀(성게)에 발이 찔리기 일쑤였고 넘어지면서 손을 잘못 짚을 때는 귀가시가 손에 박히곤 하였다.

그만큼 귀가 많았다. 귀가 많다는 것은 바당에 해조류가 많다는 것을 의미한다. 귀의 먹이가 해조류이기 때문이다. 골갱이로 귀를 까면 노란 성게알이 풍성하고 단단해 골갱이 끝이나 손가락으로 걸러 먹었다. 그리고 그 당시 성게의 모습은 검붉은 빛으로 성게 자체가 몬트글락한(살찐) 느낌도 없지 않았다. 지금의 성게알은 그 시절 삼분의 일도 안 된다고 해녀 삼춘들이 이야기를 한다.

어린 시절, 내가 유일하게 먹었던 바다 음식은 매역과 톳이었다. 물론 솔래기(옥돔)는 다른 과다. 그 이후 어머니는 놀매역(날미역)을 데쳐서 된장 식초, 그리고 페마농(쪽파) 무침을 만들어 주셨는데 지금까지도 톳무침과 함께 내가 제일 좋아하는 반찬이 되었다. 매역무침이나 톳무침에 밥과 식초를 넣고 된장 국물과 비벼 먹으면 정말 맛있다.

지금은 어머니가 해녀 일을 그만두신 지 오래되어 놀매역무침을 먹어 볼 기회가 많이 줄었다. 매역도 그 당시와는 많은 차이가 난다. 갈수록 홀근매역(굵은 미역)이 나지 않는다.

고동과 오분재기, 전복은 그 당시 바당에서 많이 잡기는 했지만 날로 먹어본 적이 없다. 내가 낚은 괴기도 먹어본 적이 없다. 나에게 바당은 그저 놀이터였던 것이다.

아버지가 바당일을 하시고 바릇괴기(생선)를 좋아하셔서 다양한 생선이 참 많았다. 지금도 또렷이 기억이 나는데 아버지는 수돗가에서 괴기를 팼아(정리하여) 회로 드시거나 엄청 큰 바다장어를 잡아 집에 있는 드럼통에 불을 피워 석쇠 위에 올려 지름(기름)이 좔좔 흐르게 구워 드셨다. 어려서 그랬는지 몰라도 우리 삼남매는 장어 맛을 알지

어머니의 루이비통

못해 거의 먹지 않았다. 그만큼 집에는 바당에서 나오는 생선과 해산물이 풍부했던 것이다.

초등학교 시절, 학교를 파한 후 갯것이(바닷가)로 놀러 가면 축항 안쪽으로 장어들이 서로 뒤엉켜 있거나 숭어가 뛰는 것을 볼 수 있었다. 그리고 밀물 시 복쟁이(복어)를 포함한 구리(벵어돔) 등 큰 고기들이 바로 고띠(얕은 물가)까지 수도 없이 보였지만 잡을 생각을 하지는 않았다. 가끔 물 속 괴기를 향해 돌멩이를 던졌지만 한 번도 괴기가 맞은 적은 없었다.

나는 여름 내내 낚시를 즐겼다. 그 당시 닉껍(미끼)으로는 작은 집게의 일종인 게드글락이 최고였다. 이것은 윗부분을 손으로 따내고 아랫부분만 사용했는데 늘랜내(비릿내)가 심해 닉껍을 끼우고는 늘 바당물에 손을 씻었다. 가끔은 고메기(작은 보말)를 쓰곤 했는데 괴기들은 게드글락을 좋아했다. 이 게드글락으로 작은 모든 생선을 다 낚을 수 있었다. 물론 닉껍으로 갯지렁이도 가끔 쓰기도 했는데 이 갯지렁이는 바위를 깨어야 나오곤 했다. 하지만 게드글락은 그냥 개마띠나 얕은 물가에 널려 있어 갯지렁이보다 잡기가 편해 우린 주로 게드글락을 썼다. 하지만 쉬멍(수영하면서) 괴기를 낚을 때는 이 게드글락 대신 고메기를 하얀 실로 바늘에 꿰어 매달았다.

창용이와 민찬이는 학교에서도 제일 친한 친구였지만 바당에서도 잘 놀았다. 한번은 관수짜리와 고동여 사이에서 괴기를 낚다가 창용이가 어떻게 알았는지 한 번도 들어보지 못한 신기한 노래를 불렀다.
"시골 여자가 길을 가다가 오줌을 싸는데 옆에 있던 개구리가 오줌을 맞았네! 그 개구리가 하는 말이 요즘에 소나기는 와 이리 뜨겁노!"

창용이가 반복해서 그 노래를 부른다.

"요즘에 소나기는 와이리 뜨겁노!" 하는 순간 창용이 청대가 엄청나게 휘어졌다. 어마어마한 어랭이가 올라왔다. 민찬이와 나는 "우아, 우리가 지금까지 본 어랭이 중 최고다." 하며 창용이를 부러운 듯이 바라보았다. 조금 있으니 민찬이의 청대가 휘어졌다.

"요즘에 소나기는 와 이리 뜨겁노!"

노래하며 당기니 창용이가 낚은 것과 비슷한 어랭이를 올라왔다.

"너도 불러봐."

창용이가 나를 쳐다보며 말했다. 나도 부르고 싶었다. 조금 있다가 나도 놀라움으로 탄성 반 노래 반의 "요즘에 소나기는 와 이리 뜨겁노, 어어! 와 이리 뜨겁노 막 뜨거워 점져게." 외치니 연속으로 빨갛고 큰 우럭이 올라왔다. 창용이와 민찬이는 이야, 이야, 이야… 말을 잇지 못했다.

한동안 우리는 그렇게 셋이서 웃으면서 떼창을 했다. 목소리가 크면 클수록 더 큰 고기를 잡을 것처럼 경쟁하듯이 불러댔다. 그해 여름 내내 우리는 "요즘에 소나기는 와이리 뜨겁노" 노래를 지겹도록 불렀다.

그리고 간혹 장대비, 소나기가 여름빛에 탄 우리들의 몸을 식혀 주곤 했다. 괴기를 낚다가 비가 옴직하면(올 것 같으면) 우리는 옷을 벗엉(벗어서) 바위 아래 곱정나두어(숨겨 놓아두어) 반가운 친구처럼 소나기를 온몸으로 장대하게 맞았다. 비를 맞는 재미도 최고였다. 거의 맨드글락(옷을 입지 않고)하게 괴기를 낚으면서 비가 몸을 때리면 약간은 따가우면서도 왠지 우리들 자신이 용기가 있는 사람들처럼 여겨

어머니의 루이비통

져 마음이 뿌듯했던 것 같다.

아버지는 바당이 조금 쎄고(파도가 일고) 들물 때가 되는 밤이면 애 삐리로 가서서 왕청대로 가문돔(감성돔)을 낚으시곤 했다.

우리가 쓰는 청대는 마을에서 그냥 구할 수 있었다. 심심하면 대나무를 잘라 청대를 여러 개 만들었는데 어떤 때는 작은 고망낚시(구멍낚시) 청대를 만들어 보드글락이나 메역치(메기)를 잡기도 했다. 그런데 신기한 것은 이 보드글락과 메역치는 낚은 그 다음날 가보면 그 구멍에 또다시 올라왔다. 보드글락은 바위틈 구멍에, 그리고 메역치는 모래가 있는 엉덕(바위) 구멍에 늘 있었다. 그래서 우리들만 아는 보드글락, 메역치 구멍이 하나씩은 있었다.

아버지와 삼춘들이 쓰는 가문돔 청대는 우리가 어랭이 낚시하는 맨지글락한(가늘고 매끈한) 청대와는 달랐다. 왕청대는 대나무가 투박하면서도 마디마디가 거친 것을 사용하였는데 우리 마을에 없어 신흥리 방구령이나 웃토산에 가서 구해 오곤 하였다.

아버지가 가문돔 낚시 가신 다음 날 아침에 일어나 보면 어김없이 가문돔이나 황돔, 그리고 조금 큰 구리(벵어돔)가 괴기구덕에 1~2마리는 꼭 있었다. 황돔이 선분홍빛으로 여성처럼 아름다운 돔이라면 가문돔은 검고 은빛이 나는 그야말로 남성처럼 억세고 거칠게 보이는 그런 돔이다. 후에 대학생이 되어 아버지와 배를 탔을 때 황돔이 그물에 잡힐 때면 한 마리만 잡히는 것이 아니라 대부분은 2마리씩 잡혔다. 아버지가 부부라고 이야기하신 것을 들은 기억이 있다.

나는 한 번도 아버지와 가문돔을 낚으러 가 본 적이 없었다. 가기 싫어서 그런 것이 아니라 어려서 가문돔 청대를 들 만한 힘이 없었다. 가문돔 낚시는 건강한 어른들만 하는 그런 놀이이자 생산 활동이었던 것이다. 아버지는 밤에 애삐리의 바당이 쎄면 고띠(얕은 물가)까지 가문돔이 들어오는 데 그 수가 많았다고 하셨다. 한번은 형범이 삼춘이 큰 가문돔을 하루에 8마리까지 낚았다고 한다.

가문돔은 보통 1~2kg, 40~50cm가 넘는 것들이다. 이 가문돔 낚시는 낚싯대 자체도 훌근 것(굵은 것)이었고 미끼는 고동(소라)이나 오분재기를 주로 사용했는데 가문돔이나 황돔처럼 큰 고기만 낚을 수 있는 낚시였다. 가끔 형과 내가 썰물 때 소라와 오분재기를 잡아 오면 밤에 아버지는 그것으로 가문돔 낚시를 갔다.

관수짜리와 애삐리에는 큰 산물(용천수)이 있어 집에 올 때는 몸을 다 헹구고 오기도 했다. 이 산물 때문인지 몰라도 주위에 괴기들이 참 많았다.

애삐리는 해산물의 보고였다. 싼물(썰물) 때가 되면 고메기(작은 보말), 보말, 겡이(게), 빨간 큰 겡이, 뭉게(문어) 그리고 홍해삼, 고동, 오분재기, 전복 심지어는 아주 검고 훌근 땃지(굵은 독가시치)까지 큰 돌만 뒤집으면 있었다.

이 땃지의 가시에 찔리면 엄청 아프고 부어오른다. 비늘이 없고 거죽을 벗겨내는 일이 그리 쉽지가 않다. 객주리(쥐치)보다 어렵다. 그리고 늘랜내(비린내)가 특히 심해 별로 즐기는 어종은 아니었다. 회로는 거의 먹지 않았고 그냥 찌개를 끓여 먹었다.

어머니의 루이비통

한번은 웃동네(우리 마을 위에 있는 다른 동네) 사람들이 단체로 애삐리로 와 물이 쌀 때 약을 풀어 괴기를 잡은 적이 있었다. 가두어진 바당에 하얀 가루와 파란 물을 풀고 한 30분 정도 지나자 하얀 배를 뒤집은 고기들이 둥둥 뜨기 시작했다. 한 번도 보지 못한 족은 괴기(작은 고기)까지 싹쓸이해서 잡아갔다. 우리들은 신기하게 바라보며 '우아, 괴기를 저렇게도 잡는구나. 근데 우리 마을 사람들은 왜 저렇게 쉬운 방법으로 괴기를 안 잡지?' 하는 의구심을 가졌으나 그 의구심은 오래가지 않았다.

웃동네 사람들은 바당에 자주 나올 수 없어 한 번 올 때 가능하면 많이 잡아가고 싶은 욕심에 그렇게 약을 풀었다고 한다. 자기들 바당이 아니니까! 그래서 원규 삼춘이 웃동네 사람들에게 영행(이렇게) 해서 괴기를 잡으면 안 된다고 옥신각신을 했다.

"영행 괴기 잡으면 아무리 바당이라도 안되주게 경허곡 저추룩 약 먹은 괴기 누가 몰랑 먹으민 어떵 헐거라게(이렇게 고기를 잡으면 아무리 바다라고 하지만 안 된다. 그리고 저렇게 약 먹은 고기 몰라서 누가 먹으면 어떻게 하려고)?"

그 해 그런 일이 있고 난 다음부터는 바당에 약을 푸는 일은 지금까지 단 한 번도 없었다.

매해 2~3월 매역허지(마을에서 미역을 재취하는) 날이 되면 애삐리는 그야말로 사람들로 북적거렸다. 한쪽에는 풀떡(풀빵)을 구워 돌 위에 놓고 팔고, 다른 한쪽에서는 매역귀(미역 뿌리 부근 두툼한 부분)를 불에 구워 먹었는데 이 매역귀를 먹다 보면 입바(입 주위)에 진액이 묻어 그야말로 다슴애기(다리에서 주워온 아기)가 됐다.

사실 매역을 채취할 때 매역귀를 놔두고 윗부분만 채취해야 매역이 그 줄기에서 또 잘 자라는데, 그때는 몬딱(모두) 잘라도 다음 해에 가보면 매역이 엄청 잘 자라고 있었다. 당연하다는 듯 그렇게 다음 해 매역허지 때도 어김없이 바다는 풍년이었다.

매역, 톨, 감태, 다시마, 듬북, 몸(모자반) 등 바다 해초들이 잘 자란다는 것은 소라와 전복, 오분재기, 큰겡이(큰게) 그리고 성게들이 많다는 증거다. 일반적으로 고동(소라)은 전복의 7배에 달하는 해조류를 먹어 치우고 성게는 소라의 15배의 식사량을 자랑한다고 한다. 매역 등 해조류가 많다는 것은 먹이사슬이 아주 건강하다는 것이다.

관수짜리에서 애삐리로 이어지는 태흥바당은 해조류, 성게, 오분재기, 전복, 겡이(게)들 그리고 빨간 큰 겡이(게)들이 엄청 많았다. 애삐리 근처에는 모살(모래)과 진흙이 있어 큰 겡이뿐만 아니라 작은 겡이(게)들도 많았다. 또 겨울에는 낙지가 엄청 많았다. 어웍(억세)이나 마른풀을 엮어 만든 횃불을 들고 겨울철에 싼물(밀물) 때에 낙지를 잡곤 하였다.

한번은 밤에 민찬이와 숨백허멍(경쟁하듯이) 낙지를 잡다가 내가 넘어진 일이 있었다. 옷을 거의 적시고 들어가자 어머니는 "아이고 안 먹엉 말주게 밤에 옷 적지멍 뭐허러 돌아 뎅겸시니게 똣똣한 구들에 안장 놀주게(아이고 안 먹으면 그만이지, 밤에 옷을 적시면서 무엇을 하려고 다니니? 따뜻한 방에서 놀면 되지)." 하시면서 내가 밤에 다니는 것을 탐탁치 않게 여기셨다.

관수짜리에서 애삐리로 이어지는 우리 바당은 사시사철 마을 사람들에게 다양한 해산물과 괴기를 선물했다.

바당이 쎈(파도가 거친) 어느 날 밤, 큰 육지 고등어 배가 태흥리 앞 바당을 지나다 여에 좌초되어 고등어 상자가 육지까지 둥둥 떠올라 온 적이 있었다. 우리는 고등어를 줍기 위해 봉안이에 갔다기보다 솔직히 엎어진 배를 구경하러 간 것인데 고등어를 많이 주워 왔다.

하지만 어머니와 아버지는 드시지 않고 모두 도새기(돼지) 것으로 (먹이로) 주었다. 그만큼 태흥리 앞 바당은 싱싱한 해산물이 풍부했다. 고등어, 땃지(독가시치), 객주리(쥐치)는 그저 덤으로 주는 생선이었고 큰 복쟁이(복어)가 그물에 걸려도 모두 버렸다. 그러면 겡이(게)들이 미식을 즐겼다. 그래서인지 개마띠에는 붉은 겡이(게)들도 엄청 많았다.

애삐리는 우리에게 또 다른 놀이터였다. 근처에 보초막(해안가에 간첩들이 올라온다고 해서 방위병들이 근무했던 초소)이 2개 있었는데 가까운 곳은 매일 그 위에 올라가 총싸움을 하며 놀았고 배가 고파지면 분유 깡통이나 양철 조각 위에 겡이(게)를 올려 구워 먹곤 했다.

겡이는 돌만 일으면(뒤집으면) 많았는데 개마띠 물가에는 조금 단단한 붉은 겡이들이 있었다. 보초막 주위의 겡이는 검었다. 뻘(펄)이 묻어 더러웠지만 씻지도 않고 그냥 굽다가 빨간색으로 변해가면 친구들과 앞다투어 먹곤 했다. 분유 깡통에 바닷물을 넣고 삶으면 검은 거품이 일어나 그것을 걷어내고 먹었다.

양철 지붕 조각으로 구워 먹는 겡이가 더 고소하였지만 맛을 탐하기보다는 구하기 쉬운 재료를 그때그때 구해서 허기짐을 놀이로 해소한 것이다. 다 먹고 난 후에는 분유 깡통과 양철 지붕 조각을 우리만 아는 곳에 곱정나두지만(숨겨서 보관하지만) 다음에 쓸려고 하면 없어지는 경우도 가끔 있었다.

　중학교에 올라간 후에는 애삐리 보초막이 우리들의 아지트가 되었다. 지금이야 마을에서 해안 도로로 금방 애삐리로 갈 수 있지만 그 당시에는 밀물 때가 되면 거의 다닐 수 없어 썰물 때를 기다리거나 소금밭을 빙 돌아서 가야 했다. 썰물 때가 되면 작은 돌 갯벌을 가로질러 애삐리 보초막으로 우리들만의 비밀 놀이를 위해 하나둘 모여들었다.

　애삐리는 마을에서 조금 외지고 멀어 가끔 농사짓는 사람 외는 거의 오가지 않는 곳이어서 가을 겨울에는 우리만 있을 때가 많았다. 그리고 그곳의 보초막은 바람까지 막아주어 우리들이 쌈치기(동천치기, 일종의 도박) 하며 놀기에는 그야말로 적소였다.

　그래도 우리들 중 한 명은 늘 보초막 구멍으로 어른들이나 동네 형들이 오는 지 경계 근무를 하며 스스로 군대 예행 연습을 하곤 했다. 왜냐하면 쌈치기 장소를 급습해 돈을 다 빼앗아 가버리는 못된 형이나 삼촌들이 간혹 있었기 때문이었다.

　"만근이 형 왐져게. 돌으라(만근이 형 오고 있다. 튀어라)." 하면 우리는 보초막을 뛰쳐나가 각자 살아서 무사히 집까지 돌아와야 했다.

　쌈치기는 손에 십원짜리 동전을 쥐면 주위에서 이찌(1), 니(2), 쌈(3)을 맞추는 놀이였다. 사실 이것이 일본말인지도 모르고 사용했는데 그 말이 어디에서 왔는지 관심도 없었다. 하다 보니 감각으로 자신의 손안에 동전 몇 닢이 있는지 정확하게 느낄 수가 있었다. 우리는 이런 손 감각을 느끼기 위해 낚시와 쌈치기를 즐겨 하지 않았나 하는 생각이 든다. 지금 생각해 보면 거의 꾼 수준들이었다.

어머니의 루이비통

나는 용돈을 받는 경우가 드물었기 때문에 쌈치기에 자주 끼지 못했다. 대부분은 옆에서 쌈치기하는 것을 구경하고, 끝나면 꼬리끼리(일종의 구전)를 조금 받곤 했다.

조금은 다른 이야기이지만 초등학교 2~3학년 즈음에 어머니는 사용하고 남은 동전을 살레(찻장) 위에 놓아두곤 하셨다. 그곳은 나의 키로 닿을 수 없는 위치였지만 방석 여러 개를 놓고 올라가 동전을 꺼내 왕동고리(큰 눈깔사탕)를 사 먹었다. 한두 번이면 그냥 넘어갈 수 있었는데 여러 번 하다 들켜 뽁당낭(예덕나무) 막대기로 죽도록 맞았다. 그 후로는 절대 부모님 돈에 손을 대지 않았다.

이 뽁당낭은 가늘고 탄력이 있어 맞아 보면 얼마나 아픈지 알게 된다. 도덕적으로 나쁜 짓을 하지 말아야 한다는 교훈을 얻을 만큼. 가끔 어머니에게 이 뽁당낭 회초리로 매를 맞는 것은 정말로 끔찍하게 싫은 일이었다.

군대 가기 전 나는 깡마른 청년이었다. 지금은 90kg의 몸무게를 유지하지만 그 당시에는 65~68kg을 왔다 갔다 했다.

어머니는 내가 군대 가는 것을 많이 걱정했다. 훈련받을 힘이 있는지 여간 걱정하는 것이 아니었다. 입대하기 5일 전에 어머니가 전복죽을 끓여 주었다. 그것도 전복이 왕창 들어가 있는 죽이었다. 한 번도 집에서 전복죽을 끓여 주신 적이 없었다. 전복을 잡으면 전부 팔아 살림에 보태어야 했기 때문이다.

그날 전복죽을 먹는데 어머니가 말씀하셨다.

"아이고 우리 아들 군대 가는데 전복이라도 하나 줍서게 하며 용왕님께 숨비면서(자맥질하면서) 빌었져게." 그러면서 전복 껍데기를 보여주는 데 정말 컸다. 어머니는 지금까지 잡은 전복 중 제일 큰 것이라고 했다. 애삐리는 그런 곳이다. 어머니의 간절한 마음을 받아주는 곳이었다.

애삐리 바당에는 왜 해산물과 괴기가 넘쳐났을까? 해안도로가 나지 않았을 때는 그곳은 완전 오지였다. 가끔 밭에서 일하는 사람만 간혹 있을 뿐 가시덤불과 황량한 자연만이 그대로 있었다. 사람 흔적이 거의 없던 곳이다. 집도 없고 도로도 없었다. 밭이 없으면 그쪽으로 갈 일이 전혀 없는 그런 곳이었다. 사람들 손을 거의 타지 않던 곳이었다. 자연만이 늘 거기에 있었다.

애삐리 바당에 산물(용천수)은 늘 풍부했다. 이 산물을 사용하는 경우는 여름철 바당에 갔을 때 잠깐뿐이었다. 애삐리보다 더 가까운 진시무꿀 앞에 우물이 있어 마을 사람들은 전부 다 거기로 갔다. 애삐리 산물은 애초부터 접근하기 쉬운 곳이 아니었다.

제주 지형상으로 지하수가 가장 많이 흐르는 곳은 남원읍이다. 이 지역의 지하수는 제주 전체 지하수의 70% 이상이라고 한다. 삼다수 공장이 있는 곳도 남원읍 위의 중산간이다. 나는 군대 가기 전까지 얼굴에 비누칠을 한 적이 없었다. 그저 수돗물로 얼굴을 박박 밀면서 세수를 하곤 했다. 그만큼 물이 시원하고 좋았다. 그래서 내 얼굴이 지금 이 모냥(모습)인가?

어느 시기부터 자본들이 너도나도 지하수를 파기 시작했다.

사람들이 모이기 시작하니 그 모인 사람들을 위한 여러 가지 편의 시설들이 생겨났다. 그러면서 어느 순간 그 깨끗했던 지하수가 말라

　　　　　　　　　　　　　어머니의 루이비통

가고 대신에 사람들이 만지작거린 물이 애삐리 바당으로 흘러 들어가기 시작했다.

거기에는 사람들이 사용하고 난 하수종말처리장이 있었고, 관광객들에게 어류를 제공하기 위한 양어장 물이 그리고 누군가에게 바당뷰를 제공하면서 드라이브의 즐거움을 제공하기 위한 해안도로의 아스팔트와 시멘트 화학성분이 바당으로 가고, 그리고 중산간 계발로 인한 직접적인 오폐수가 애삐리 바당으로 흘러 들어가게끔 하는 인위적인 구조를 만들어 놓았다. 애삐리 바당은 조용히 그동안 사람들이 사용한 물들을 온 몸으로 받아 내어 오고 있었다.

근래 거의 40여 년 만에 서울에서 지인 가족들이 내려와서 고향 근처에서 배낚시를 한 적이 있는데 어린 시절 내가 낚았던 어종들이 왠지 낯설게 보였다. 어린 시절 창용이, 민찬이와 함께 낚았던 어랭이보다 한참이나 작고 색깔은 더 붉었다. 땃지(독가시치)는 먹을 것을 못 먹은 것처럼 너무 말라 있었다. 마치 그 모습이 전쟁 때 한동안 굶주려 이리저리 먹을 것을 찾아 헤매다니는 난민 고아 같았다. 난민 어랭이, 난민 땃지가 되어 버렸다.
바당 속에 매역, 톨, 감태, 듬북등 해조류들이 사라져 버린 것이다.
바당 속이 하얗게 변해 버렸다.

며칠 전 고향 집에 다녀오다가 오랜만에 애삐리로 갔다. 애삐리가 사라져 버렸다. 돌담으로 높인 해안도로가 애삐리를 눌러 "나 좀 빨리 구해 주소!" 하고 외치는 것 같았다.

길가에 주차하고 바당으로 내려갔다. 여전히 양어장 물이 애삐리 등허리를 타고 내리면서 바당으로 흘러 들어가고 있었다. 그 옛날 축항은 현대식(?)으로 어마어마하게 크게 자리 잡고 있었다. 해안도로와 비례하는 느낌이었다.

바당이 쎄지만 방파제에서 낚시하는 무리들이 조금 있었다. 고동여가 보였다. 그리고 그 앞에서 외롭게 작업하는 순복이 삼촌을 만났다.

"아이고, 바당 쎈디 여기서 뭐 햄수과(아이고 바다가 거칠어졌는데 여기서 무엇을 하고 있나요)?"

"아이고 집에 고만 있진 못허곡 그냥 여기왕 놀암쪄(아이고 집에 가만히 있지는 못하고 그냥 여기 와서 놀고 있다)."

순복이 삼촌은 골갱이(작은 호미)로 귀(성게)를 잡고 있었는데 그 귀가 옛날 귀가 아니었다. 팔십이 넘은 순복이 삼촌 몸보다 더 말라비틀어져 너무나도 불쌍하게 보였다.

"귀에 뭐 하영 들어수과(성게 알 많이 들었나요)?"

"하양듬이랑 말앙 혜끔 혼방울 들었져(많이도 아니고 아주 적은 한 방울 들어있다)."

백화현상으로 해조류들이 자라지 못하니 그 성게들도 거의 필사적으로 기근을 견디며 연명하는 그런 느낌이었다.

집으로 돌아와 어머니에게

"애삐리 강 보난 바당이 완전 죽어베십띠다, 경허고 귀에 호나도 안들고 막 귀가 말랑 막 불쌍하게 보입디따(애삐리 가서 보니, 바다가 완전히 죽었습니다. 그리고 성게에는 알도 하나도 안 들고 말라서 불쌍하게 보입니다)."

　　　　　　　　　　　어머니의 루이비통

그러자 어머니는 "귀에 뭐들엉 이신지 알암시냐? 바당이 하도 하양해정 풀이 어성 먹을게 어시낭 게네들도 돌트덩 먹당보낭 검어멍헌 알이 호끔 들엉있젠 햄져, 아이고 어떵허단 보낭 경데불어신디 원(성게에 뭐가 들어 있는지 알고 있니? 바다가 아주 하얗게 변해서 해초가 없어, 먹을 것이 없으니까 성게들도 돌을 뜯어 먹다 보니 검은 성게알이 아주 조금 들어있다고 한다. 아이고 어떻게 하다 보니 지금 그렇게 되었는지)." 하신다.

순복이 삼춘이 검붉은 빛으로 빛나는 몬트글락헌(살찐), 그리고 우람한 가시를 자랑하는 귀(성게)를 다시 볼 수 있을까? 바당을 보니 백화현상도 심각할 정도여서 비관적인 생각이 들었다.

제주 해양 수산 연구원에 따르면 이런 바당이 정상으로 돌아오기 위해서는 옛날 자연과 같은 상태에서 4년 동안 아무런 오염원 없이 보호와 보존을 해야 한다고 한다. 하지만 지금 애삐리는 산물(담수, 용천수)도 이미 말라 버렸고, 양식장, 하수 종말 처리장, 그리고 체계적(?)으로 만들어진 도로 배수 시설로 인한 시멘트, 아스팔트 성분의 물과 오·폐수까지 바다로 흘러 들어가고 있다. 이를 어떻게 해야 한다는 말인가?

애삐리 바당에는 오늘도 파도가 치고 있다. 그런데 그 파도 소리가, 바당이 나 아프다고 강하게 외치는 듯하다. 애삐리 바당은 검붉은 건강한 웃음이 아닌 핏기가 없는 하얀 울음으로 절규하고 있다.

나 좀 살려 달라고!

영원히 건강할 줄로만 알았던 애삐리 바당이 아프다.

마을 사람들의 생활이었고 놀이터였던 그 애삐리 바당이 죽어가고 있다.

모인 사람들, 그리고 사람을 모이게 했던 사람들은 모두가 방관자가 되어 버린 듯한 느낌이다.

어머니는 안타까워하신다.

"느도 두린 때 무사 보지 않아 난다? 여덟 물이나 아홉 물 때 물 바짝 싸민 그 고동여가 섭찌근하게 검엉 막 모수와낫쪄 매역이영 감태가 민짝해영 닝끼령 걸어 다니질 못해나신디, 경헌디 이젠 풀 혼방울이 어시 섭찌근하게 호영허게 되부렀쩌게(너도 어릴 때 보지 않았니? 여덟 물이나 아홉 물 간조 때 그 고동여가 심하게 검어서 무섭게 느껴졌다. 미역과 감태 천지로 미끄러서 걸어 다니지를 못했는데, 이제는 풀 한 방울 없어서 심하게 하얗게 변해 버렸다)."

다시 어머니가 혼잣말을 하신다.

"바당이 죽어 불민 여기가 몬딱 다 죽어 베신디(바다가 죽어 버리면 여기 태흥리(제주)가 다 죽어 버리는 것인데)."

물영아리

제주에는 많은 기생화산(오름)들이 있다. 대부분의 오름들은 촐왓 (억새, 풀)으로 이루어진 완만한 경사인데 물영아리는 45도 급경사의 숲으로 이루어진 신비스러운 오름이다. 오름 정상에 물이 있어 물영 아리란 이름이 붙여졌다.

2006년 람사르 습지로 지정되었는데 한라산 정상 분화구 백록담 과 같이 정상에 물이 고여 있다. 평상시는 거의 마른 편이거나 약간 의 물이 고여 있다. 장마철에는 물이 2m까지 차오르기도 하는데 이 날 정상에 올라 혼자 있으면 자기만의 호수 정원을 가진 듯한 착각을 하게 된다. 조용한 장관이다.

이 오름을 오르려고 다가가면 넓은 초원이 펼쳐져 있다. 거기에는 야생 노루 가족들이 살고 있어 십중팔구는 볼 수가 있을 것이다. 가끔 정상에서는 물 마시러 온 노루를 보기도 한다.

이 초원의 둘레를 지나면 끝까지 나무 계단이다. 신체적인 고행의 길이라고 여겨질 수는 있으나 그걸 넘어서면 자연의 신비로 보상받는 느낌이다. 삼나무 숲이 태양을 가리고 그늘이 져 바닥에는 이끼가 많아 고시대의 느낌도 없지 않다. 비가 오는 날이나 안개가 낀 날은 무엇인가 나타날 것만 같은 음산한 느낌도 없지 않지만, 비 오는 날 운치는 그만이다.

혼자만의 탐방도 추천한다. 탐방객들이 그리 많지 않아 여유롭고 신비스러운 탐방과 자기만의 시간을 갖고 싶은 사람들에게는 최적격의 오름이다. 눈 오는 날 자기만의 발자국을 데크에 새기면서 터벅터벅 올라가는 맛도 괜찮을 것이다.

어린 시절에는 태흥리(해안마을)에서 물영아리까지(약 10여 km) 지네를 잡으러 다니기도 했다. 그 당시에는 물영아리까지 지네 잡으러 다닌다는 것은 고수 중의 고수였다.

내려오는 길에 돌을 하나 걷어 보았더니 역시 지네가 있었다. 입구에는 뱀이 많다고 안내가 되어 있었지만 뱀을 본 적은 한 번도 없다. 아마도 여기 뱀이 있다면 도쭐래(물뱀, 화사)일 것이다. 이 도쭐래는 독이 없고 굉장히 날렵해 그야말로 물 위로 싸악싸악 날아다닌다. 어릴 적 못띠(연못)에서 개구리를 잡아 이 뱀을 낚으며 놀기도 하였다.

이곳에는 설화가 전해오는 데 옛날 수망리에 어떤 사람이 쇠고끄레(소방목) 물영아리 근처에 가서 소를 풀어 놓았는데 한 마리가 없어졌다고 한다. 샅샅이 뒤져도 없어 다음날 물영아리 정상에 가보았더니 소가 여유롭게 거기 누워있었다고 한다.

"아이고, 쇠촞지 못행 약아지 창지 다 보땅 이서낭 위에 강 보난 그 쇠가 거기서 물먹언 누웡 잠서라게(아이고, 소를 찾지 못해서 목과 창자가 다 말라 있었는데 정상에 가 보니 거기에서 물 먹고 누워서 자고 있더라)." 하였다는 이야기가 전해져온다.

500여 m를 정상까지 45도로 올라가야 해서 후에 힘들 수 있다. 여유 있는 스케줄로 이 오름을 올랐으면 한다. 내려올 때는 올라갔던 나무데크길보다는 둘레길로 내려오길 추천한다. 약간의 여유와 풍경도 있다. 물론 마실 물도 준비하고.

남원읍 수망리에 있다.

*호끄멍헌&몬트글락   호끄멍헌은 '작은', 몬트글락은 '토실토실한'이란 뜻의 제주어

집에 고만히 안장 놀아 바짜 사주게에

"여기서 뭐 헴수과?"

"보민 몰르크냐? 검질 메엄쩌게."

"아이고 검질이 어디수과게? 이 존존헌거?"

"경해도 이거 고만히 낭 내부민 호끔이땅 막 더와 해분다게."

"영허지말앙 집에 고만히 안장 놉서게."

"집에 고만히 안장 놀민 뭐 헐거니게, 놀아 바짜 사주게에!"

제주 아낙네들은 항상 부지런하다. 그것이 그들의 삶이고 고착화
된 습관이다.

이 할망(할머니)은 밭담 안쪽의 마농(대파)밭 주인인데 자기 밭과 붙
은 길 한쪽에 자라고 있는 검질(잡초)을 제거하고 있다.

올래*

오일장 가신 어머니가 무엇인가 사 가지고 오지 않을까 하고
기대를 갖고 한창이나 기다리던 곳,
어릴 적 자치기, 다마(구슬)치기, 못치기, 돌치기 하며
해가 지는 줄도 모르고 놀던 곳,
할머니가 올래 앞까지 나와 주멩기(주머니)에 돈을 쑤셔 넣어 주시며
잘 가라고 손을 흔들어 주시던 곳,
그곳이 올래입니다
만남과 헤어짐, 반가움와 아쉬움, 우리의 정서가 머물렀던 곳입니다
그리고 한여름 나무 그늘 아래 보약 같은 휴식도 있었던 그곳

이런 올래가 언제부터인가 올레가 되고 산보(trecking)길의 의미로
변해가고 있다. 제주도 섬 전체가 올레 몇 코스로 구획되는 전시 행
정으로, 올레길 주변에는 사생활이 없어지고 잔도둑이 많아진다는
말에 안타까움이 더해 간다.

....

* 올래는 큰길에서 자기 집으로 들어가는 곳을 말한다. 보통 정낭(제주도식 대문 형태)과 같이 있
는 경우도 있으며 직선 혹은 유선형, ㄱ, ㄴ 형태의 돌담으로 그 경계를 표시한다. 올래는 자기
집의 경계를 명확하게 하는 기능도 있지만 바람으로부터 집을 보호하고자 하는 목적이 더욱 크
다. 올래의 길이는 10m 내외가 보통인데 20~30m인 것도 많다.
올래는 정확히 말해서 길이라기보다는 자기 집의 마당과 큰길 사이의 공간 개념이다.

어머니의 루이비통

걷는 길을 인위적으로 구분하지 않아도 걷고 싶은 사람이 찾아서 걸을 때 그것이 자연이고 보존이며 주위에 있는 분들을 존중하는 것이다.

바람이 분다

　지금은 산남(한라산 남쪽, 서귀포 인근)에서 제주시로 가는 도로와 교통편이 편해져서 자주 왕래를 하는 편이지만 내가 중고등학교에 다니던 시절만 해도 고향(남원 태흥)에서 제주시로 다니러 가는 것은 일년에 한두 번 있을까 말까한 일이었다. 제주 산남 사람들에게 제주시는 지금의 외국만큼이나 왕래하기 어려웠던 곳이다.

　　　　　　　　　　　　　　　　　　어머니의 루이비통

자기가 사는 지역을 벗어나는 경우가 극히 드물었다. 거리가 얼마 안 되는 동네지만 그 동네 고유의 언어가 존재할 만큼 자신의 터를 중요하게 여겼던 것 같다. 우리 할머니, 어머니 세대들은 지금도 산남에서 제주시로의 행차때는 외모뿐만 아니라 마음의 준비도 단단히 하시곤 한다.

며칠 전 고향 집에 다녀왔다. 어머니는 집 뒷마당의 우연내(텃밭)에 아진배기콩을 심으셨다. 이 콩을 따고 나면 5월에는 장콩을 심는다. 그리고 6, 7월에는 그 장콩의 잎을 따서 된장에 쌈을 싸 드신다.

올해 어머니는 85세이다. 8, 9년 전에 물질을 완전히 그만두신 이후 지금의 우연내는 어머니의 또다른 작은 세상이 되었다.

건강때문에 해녀 일을 그만둔 후 한동안 물질을 못 하게 된 것을 많이 속상해하셨다. "아이구, 이제는 다 되었다." 하며 자신을 자책하는 시간을 보내신 적이 있었다. 그러나 그 시간이 그리 길지는 않았던 것 같다. 우연내에 돌아가면서 콩, 고추, 가지, 호박, 지슬(감자), 감저(고구마), 마농(마늘) 등을 심으신다. 그리고는 자신의 시간과 정성을 다한다.

어느 날, 우연내에 페트병이 막대기에 거꾸로 꽂힌 것을 보았다.

"저거 무사 저추룩 행 나두어 수꽈(저기 왜 저렇게 해서 나 두셨는지요)?"

"아이고, 콩 심어 나두 난 꿩비애기인가 뭔가 호끄멍헌 생이가 왕 콩 다 파먹어 부난게(콩을 심고 나니 꿩 새끼인지 작은 새가 와서 콩을 다 파먹어 버리까). 맨날 비애기 다울지도 못하고 경허난(매일 작은 새를 쫓아내지도 못하고 그래서)." 하신다. 나는 놀라움을 참아내기가 어려웠다. 죽었다 깨어나도 나는 저런 지혜를 발휘하기가 어려울 것 같다.

'삶의 지혜는 자신의 정성과 집중만 있으면 나이와는 상관이 없는 것이구나!'

속으로 어머니가 참으로 대단하다는 생각이 들었다. 비록 연로해 가는 몸으로 조금씩 거동이 불편해지고 있지만 정신은 아직까지 정정 하시구나 생각하니 마음 한구석에 안도감 같은 묘한 감정이 일었다.

그리고 그런 어머니가 고마웠다.

어머니는 여동생이 살고 있는 호주에 가보고 싶어 하신다. 아버지 와 다투고 나면, 늘상 "느네 아방 미썽볼랑 죽어지키여 나 호주에 강 살당 안오키여(너희 아버지 미워서 죽겠다. 호주에 가서 살다 돌아오지 않겠 다)." 하신다. 이 말을 수십 번 아니 수백 번 하시곤 했다. 우리는 어 머니가 10시간 비행기를 타는 것이 무리인 것 같아서 항상 말리곤 했 다. 올해 여동생이 호주에서 집을 짓고 이사를 준비 중이다. 어머니, 아버지를 모시고 가는 것을 진지하게 고민해 보아야겠다.

물론 나는 알고 있다. 어머니가 집과 우연내를 벗어나 이틀만 지나 면 "자기가 살던 고망(구멍)이 최고주게." 하시면서 집으로 돌아가겠 다고 하실 것을.

그렇지만 조금이라도 건강하신 때에 다녀올 수 있으면 좋겠다.

갑자기 30여 년 전 일이 생각난다.

사촌이 대구에서 결혼해 친척분들하고 대구 가는 비행기 안에서 어머니는 내가 보던 신문을 거꾸로 보고 계셨다.

"어머니! 무사 신문을 경 거꾸로 봄수꽈(왜 신문을 그렇게 뒤집어서 보 고 있나요)?"

어머니의 루이비통

"모수와부난(무서워서)."

어머니와의 호주 여행이 기대된다.

어떤 차림과 외모로 비행기에 오르실지, 그리고 외국에서 어떤 에피소드를 던져 주실지….

우연내에 지금 바람이 분다.

그리고 페트병이 소로소로 소리를 내며 흔들거린다.

알동네(아래 동네)

　제주의 마을 대부분은 해안가를 따라 이루어졌다. 물론 중산간에 형성된 마을도 있지만 해안가로부터 1km 내외에 위치해 있다. 그렇다. 그것은 물 때문이다.

　제주도는 지하수가 풍부하다. 토양이 물을 가두지 못해 땅속으로 흐르고, 이 지하수들은 다시 바다로 흘러간다. 이 지하수가 바닷가 근처 바위 사이로 솟아나온 물이 우리가 말하는 용천수이다.

　이 물을 산물, 또는 민물이라고 부른다. 대부분 마을에는 큰 산물 한두 곳 이상은 있었다. 이곳에서 물을 길어다 밥을 짓고 빨래를 했다.

어머니의 루이비통

혹은 어머니들은 산물 나오는 데 가서 **빨래**를 하고 물을 허벅에 길어 오시곤 했다. 또 어떤 산물은 물이 쌀 때(썰물 때)만 드러나는 곳이 있어 몽고문후(수영후)나 괴기를 낚은 후 이 곳에서 몸을 헤와서(씻어서) 집으로 가곤 했다.

아직도 제주도 해안가 마을에는 이 산물이 이용되는 곳이 더러 있다. 산물은 제주인의 삶을 밭과 바다에 모두 적응할 수 있게 하였다. 밭에 나강(나가서) 일하고 난 후 산물에 갔다당(갔다가) 인근에서 보말을 잡거나 겡이(게)를 잡아반찬이나 죽을 쑤어 먹곤 하였다. 대부분 집의 아낙네들은 해녀였고 남정네들은 보재기(어부)를 하여 농사와 바닷일을 같이 하며 생계를 유지했다. 모두 일종의 투잡을 하고 있었던 것이다.

집과 집 사이에 돌담이 있는 곳도 있고 돌담도 대문도 없는 그런 집들도 있었다. 돌담이 있으면 올래가 있고 그 돌담 위에는 괴기(생선)를 널어두기도 했다. 대부분 생활 수준이 비슷하다 보니 먹는 것이 비슷했고 서로 놉빌러(품앗이) 등을 자주 왔다 갔다 하다 보니 이웃집에 무엇이 있는지, 어떻게 사는지 서로 다 알고 지냈다. 서로 경계, 구분이 별로 없었다.

그러다 보니 생활 속에서 3무라는 말이 나왔다. 토지가 척박하고 생활이 어려웠지만 남의 것을 탐하지 않아 도둑이 없고, 배고프고 힘든 생활이었지만 남에게 빌려 쓰는 것보다 조냥(절약)을 몸에 끼고 살아 스스로 해결하다 보니 생활력이 강해져서 거지가 되는 사람이 없었다. 또한 서로 믿고 의지하면서 살아서 대문이 없었다.

제주의 말 중에 습관적으로 우리가 자주 사용하는 단어가 있다

'경(겡)'이다. 경해부난(그렇게 되니), 경햄시냐?(그렇게 되었니?), 경되졌게(그렇게 되었다), 경된걸(그렇게 된걸) 등.

이 "경"에서 제주 사람들이 척박한 자연환경 속에서 생활이 어려워도 무한 긍정으로 살아왔다는 것을 알 수 있다. 어렵고 회의적인 상황에서도 마음속으로 서로에게 "경허주게." 하며 지나갔다.

올래에서 마주친 두 아주망(아주머니)이

"양, 어디 감수광(저 어디 가세요)?"

"장에 호끔 갔당 오젠마시게(오일장에 잠깐 갔다 오려구요)."

"경험시걸랑 올 때 골갱이 하나만 사당줍서(그러면 올 때 작은 호미 하나만 사다 주세요)."

"경 허주마(그렇게 하지요)."

척박한 땅에서 강한 바람을 피하고 높은 파도에서 살아남기 위해 그들은 그렇게 서로를 공유하며 허물없이 살아갔다.

난 아직도 기억하고 있다. 어린 시절 알동네(아래 동네)에 TV 보러 다니던 일을. 형과 또래들은 저녁만 되면 TV가 보고 싶어 그 집 올래 앞에서 서로 등을 떠밀었다.

"야, 느가 강 보라 잠시냐 테레비 밤 시냐(야 너가 가서 보고 올래? 지금 자고 있는지, 텔레비 보고 있는지)."

이렇게 서로 먼저 알아보라고 하는 것은 밭에 갔다 온 주인들이 TV를 안 보고 자고 있으면 깨우고 싶지 않아 나름대로 배려하는 것도 있었지만 공부 안 하고 밤에 돌아다닌다는 욕을 먹는 것이 두려워서 그랬을 것이다. 먼저 다른 사람들이 TV 보는 것을 확인한 후에야

"야. 다 왕 봠신게게(야 다들 와서 보고 있다)." 하며 이미 TV를 봐도 된다는 허락을 받은 것처럼 서로 기뻐했다.

방으로 들어가면 거의 소극장이다. 키 순서대로 무릎을 꿇고 앉아 높이를 일정하게 하여 TV를 보았다. 어떤 때는 군 내무반 점호 때보다 더 각지게 앉아서 보곤 했다. 가끔 주인이 감저(고구마)를 삶아 주면 마치 정말로 배부른 것처럼 "하영 먹어 부난 아이고 되수다(많이 먹어서 지금은 그다지…)." 했다.

TV를 볼 수 있는 주말이 오기만을 기다렸다. TV 보는 날이 되면 어른들은 여러 가지 군것질거리를 가져와서 서로 나누어 먹었다. 그리고 우리는 TV를 가진 집의 또래 형과 친하게 지내려고 가끔은 뇌물(다마, 도란쁘:일종의 놀이카드) 등)을 주었다.

우리는 그 시절 TV를 그렇게 보았다.

어느 날 우녁집(위집) 상옥이네(나보다 1살 어림) 집에서 오후 내내 기름 냄새가 나기 시작하면 형과 나는 직감적으로 상옥이네 제사가 있는 날인 것을 알아챘다. 일부러 그 집 앞으로 가서 다마치기(구슬치기)나 못치기를 하며 놀았다. 거기서 노는 이유를 말은 안 하지만 서로 다 안다. 놀면서 힐끗힐끗 안쪽을 쳐다본다. 속으로는 우리를 부를 때가 되었다고 생각하면서.

어머니가 일하다 나오시며 우리를 보고 "야 너네 무슨 축산이냐? 무사 여기서 놀암시니(야 너희들 축산이냐? 왜 여기서 놀고 있느냐)?" 하신다. 축산이는 제주도 말로 남의 음식을 먹을 때 조금튼 나누어 주지 않을까 하며 애처롭게 바라보는 사람을 말한다.

그 말을 들은 상옥이 어머니는 "아이고, 무사 경 말햄수꽈게 축산인 무슨 축산이 마시게(아이고 왜 그렇게 말하세요? 축산이 아닙니다)." 라고 하시며 우리에게 제사 음식을 조금 주셨다.

"아까부터 부르젠 해신디 제 음식 먼저 준비해 불어 사주게 경허난 경됨저(조금 전부터 불러서 주려고 했는데 제수 음식을 먼저 준비하려고 하다 보니까 그런 거다)."

제사를 끝낸 다음날 상옥이 어머니는 곤밥과 떡을 많이 보내 주셨다. 그리고 축산이처럼 행동했었어도 우리를 축산이라고 부른 적은 한 번도 없었다. 상옥이와 누나가 우리 집에 TV 보러 오면 어머니는 제일 또똣헌디(따뜻한데) 앉아 TV를 보게 했다. 우리는 그렇게 우녁집과 왔다 갔다 했다.

조그만 마을의 경조사는 모두 나와서 도왔다.

제주도는 잔치든 상을 당하든 3일 전부터 함께했다. 어머니들은 주로 먹을 것들을 준비하고 아버지들은 첫날엔 바당에 나갔다가 돼지를 잡아 삶은 그날부터는 넉뚝배기(일종의 명석에서 하는 윷놀이)를 한다. 어떤 때는 이 넉뚝빼기가 노름 수준이 되어 목소리가 높아져 간다, 누구네 어머니와 아버지는 이 때문에 현장에서 싸우기도 하지만 그래도 잔칫날은 모두 다 그렇게 이해해준다. 어쩌면 넉뚝배기하며 싸우는 것도 일종의 축하라고 생각하는 것이 아니었을까?

"아이고 잔칫날 이런 거 어시민 잔치가 아니주." 하면서.

아이들은 거의 3일 동안 잔칫집에서 밥을 먹곤 하였다. 잔치를 치르고 난 후 잔칫집 아주머니는 도와주신 동네 어머니들에게 쌀을 구덕에 넣어 일일이 돌려주시는 것을 보았다. 그렇게들 마을에서는 서로 기대어 살아갔다.

시간이 흐른 뒤 산물에서 공동 수도로, 또 집집마다 상수도가 설치되고 넓은 길이 뚫려 신작로(아스팔트 큰 도로)가 생겨났고 중고등학교 진학하게 되면서 우녘 집 상옥이와는 멀어져 갔다. 서로 싫어서 멀어졌다기보다 환경이, 꿈이 우리를 옛날 그 자리에 머물게 하지 않았다.

우리는 초등학교 때 성인 놀이를 거의 다 해본 것 같다. 담배를 피워보고 화투놀이도 했다. 온갖 놀이란 놀이를 다 해보았는데 그중에 제일 압권은 불붙이는 것이었다. 뒷산에서 불놀이하다 야산을 통째로 다 태운 후 알리바이를 만들려고 화투치는 장면을 어른들에게 일부러 들키기도 했다. 끝까지 부인하다 결국 상옥이의 탄 머리 때문에 탄로가 났다. (그때 화투, 담배 등 어른 놀이를 다 끊어버려 지금껏 잘 유지하고 있다.)

이제는 그것들 모두 추억의 뒤편에 남아 있다.

제주도에 내려온 후, 누군가가 제주도 전체를 빙 둘러 올레길을 만들어 자랑삼아 제주도를 마케팅하는 것을 볼 때 참으로 안타까웠다.

고향 태흥리 바다 옆에도 도로가 생겨 차들이 해안 도로로 다니는 것을 보고 '어릴 적 겡이(게) 잡았던 곳인데…' 하며 추억에 젖어 든다.

이제 그 많던 겡이들은 다 어디로 갔을까?

물론 올레길의 순기능도 많다. 늙어 가는 마을에 육지 사람들이 와서 마을의 평균 연령을 낮추어 주고 줄어만 가는 초등학교 애들이 한두 명씩 늘어나기 시작했다. 그러나 육지 사람들이 많이 들어와 자신들이 살아가는 모습으로 제주도를 마케팅하니 올레길 주변에는 신고되지 않은 잔 도둑이 많아지고 마을 주민들의 사생활이 없어져 누구를 위한 올레길인지에 대한 의문이 들기 시작했다. 좋은 관광지와 위락 시설을 개발할 수는 있지만 마치 이 올레길이 없으면 제주도 관광이 안 되는 것처럼 개발하고 마케팅하는 것은 아니라고 생각한다.

길은 원하는 사람이 찾아 걸으면 된다. 이게 좋은 길인데 마치 안 걸으면 안 되는 것처럼 제주도에서 홍보할 필요는 없다고 생각한다.

작년에 서울에 있는 지인에게 전화가 왔다. 아는 사람이 아트(Art) 올레 행사를 한다며 초대장을 보내주었다. 행사의 취지는 제주도의 문화적 환경과 예술적 활동의 기반이 된 곳을 찾아 그 의미를 함께 나누자는 것이었는데 무언가가 불편한 느낌이 들었다. 참석자들 대부분은 육지에서 온 관광객들이었는데 30~40여 명이 어촌 마을을 우르르 몰려다니며 이쪽저쪽 기웃거리는 모습을 보니 지역민들을 불편하게 하는 느낌이 들어 30분 만에 그 자리에서 빠져나온 일이 있다.

자신들이 제주도를 마케팅하고 그 속에서 의미를 찾는 것도 좋지만 사생활이 보호를 받고 존중되어야 할 원주민들에 대한 배려가 부족한 느낌이었다. 아마도 이러한 것은 관광객만을 늘리려고 한 제주도의 분위기가 일반 관광객들에게 그대로 전파되었기 때문일 것이다.

후에는 올레길을 만드는 것보다 자연이 가진 기능과 고유의 문화 등을 일정 부분 그대로 놔두는 것이 올레길 이상의 큰 관광 자원이 될 것이다. 아마도 일정 시간이 지나면 올레길은 제주 고유문화의 단절을 가속화할 것이다. 어쩌면 그저 좋은 드라이브 코스로만 남아 버

어머니의 루이비통

릴 수 있다. 우리도 모르는 사이에 우리의 것을 잃어 가고 있음을 인식할 즈음에야 올레길을 만드는데 든 그 이상의 시간과 비용으로 원상태로 복원하고자 할 것이다.

썩어버린 갯벌을 살리는 데 수십 년 아니 수백 년이 걸리는 것처럼 말이다.

알동네, 웃동네(위동네), 섯동네(서쪽동네), 동카름(동쪽 동네)이 모두 사라져 가고 있다. 이제는 하나라는 개념을 잃은 어설픈 제주가 있을 뿐이다. 좀 더 시간이 지나면 던킨도너츠가 제주의 개떡(보리떡), 전기(빙떡)를 대체하여 제주의 전통 떡이라고 이야기하는 시대가 올지도 모른다.

지금의 제주는 가야 할 길을 찾지 못하는 느낌이다.

아니, 서로 보이는 대로 이곳저곳으로 막 가려고만 하고 있다.

돗통과 돌 토고리의 경제학

    초등학교 시절, 어머니가 바다에 물질하러 가면 도새기 것(돼지 먹이)을 주곤 했다. 것을 주려는데 도새기가 주둥이를 내밀면 항상 옆에 놓여 있는 준비된 막대기로 녀석의 주둥이와 머리를 막 조사불고는(가볍게 치고는) 어머니가 준비해 둔 구정물(쌀 씻은 물)에 먹다 남은 찬반을 말아 녀석의 밥통인 돌 토고리에 넣어 주었다. 이때 녀석이 밥을 먹으면서 무심결에 머리를 흔들어 푸끄덕 거리면 밥통 물이 내게 튀었다. 그러면 나는 막대기로 몇 대 더 치곤 했다. 녀석은 그렇게 밥을 먹으면서도 한 번도 나에게 원망하는 눈빛을 보낸 적이 없었다.

다시 나를 보면 습관적으로 돌토고리로 다가와 주둥이를 내밀 뿐이었다.

제주의 돗통은 일반적으로 알고 있는 재래식 화장실 그 이상의 가치를 갖고 있었다. 적어도 그 시대의 어머니와 할머니들에게 돗통, 그 자체는 그들의 경제였다. 다시 말해 먹다 남은 잔반을 처리하며 조냥(절약)을 해야만 살아갈 수 있는 환경이었다.

자신의 음식을 조금 아껴 도새기(돼지)에게 주면서 키웠다. 항상 밥을 먹다가도 "야, 도새기 먹을 것 호끔 나두라이(돼지 먹을 밥 조금 남겨 두어라)." 하셨다.

돼지가 새끼를 낳으면 축항(포구)에 가서 생선을 얻어다 먹이고 짚을 더 깔아주며 하루에도 몇 번씩 들여다보는 등 정성을 다하였다. 그렇게 바쁘게 돼지를 돌보면서도 어머니의 얼굴에는 행복감이 묻어 있었다.

일 년에 한 번, 보통 봄이나 가을에 도통 내의 바닥을 꺼내 팔거나 밭에 뿌리곤 했는데 이것이 돗거름이다. 돗거름은 작물이나 열매 발육에 그렇게 좋았다. 어쩌면 돗통은 은행이고 자신들의 적금이었던 셈이다. 그리고 자연에서 자연으로 친환경 선순환되는 구조였던 것이다.

얼마 전 설에 집에 가보니 거의 50년 된 돌 토고리에 어머니가 무언가를 심어 놓은 것을 보게 되었다. 50년 동안 비바람에 닳은 돌 토고리는 어머니의 주름마냥 세월이 가득했다. 어머니가 아직도 돌 토고리를 버리지 못한 것은 아마도 자신의 지나간 세월을 심어놓고, 앞으로 커가는 식물과 세월을 함께하고자 하는 것이 아닌가 하는 생각이 든다.

블란지(디)

　저녁을 먹고 나면 용준이네 집 앞 돌담으로 모여들기 시작한다. 선선한 바람이 낮 더위에 지친 돌담을 식히고 끓던 아스팔트 수포를 원상태로 돌려놓을 즈음 동네 어멍들(어머니들)도 한둘 모여들어 무더운 더위와 함께했던 지난 이야기들을 풀어 놓는다.

　우리들은 낮 동안 함께 몽고므고(수영하고) 괴기를 낚아도(고기를 낚아도) 저녁이면 다시 모여 돌담의 상석(왕의 자리)을 차지하려고 찌빠국(묵찌빠)을 한다. 수그러진 햇빛보다 더 초롱초롱하고 진지한 눈빛을 담고서.

　　　　　　　　　　　　　　　　　　　어머니의 루이비통

아이들 찌빠국 소리가 커지면 용준이 어멍은 "야 호끔 조용행 허라게(야 조금 조용해서 하라)." 하시며 용준이에게 "잰 무사 맨날 져그네 종만 햄시냐게(너는 왜 매일 져서 종노릇만 하나)?" 하면, 용준이는 "어멍이 경 잘 해짐직허그들랑 어멍이 왕 혼번 해봅써게(어머니가 그렇게 잘 할 것 같으면 어머니가 한번 해 보시는게)." 하며 투덜거린다. 그러면 모두들 한바탕 웃고 찌빠국 소리는 점점 더 커져갔다.

찌빠국 손 모양이 어둠에 묻혀 보이지 않을 즈음이면 작은 노란 불이 하나둘 켜지면서 날아다닌다.

"야 블란지(반딧불)다."

그러면 우리는 일제히 일어나 블란지를 잡으러 다닌다.

블란지는 그렇게 높게 날지 않아서 손쉽게 잡을 수가 있다. 블란지를 잡으면 약간 구수하고 신 냄새, 똥 냄새가 난다. 그래도 우리는 그것을 잡고 손으로 동그랗게 원을 그리거나 이마에 블란지를 붙이고 그 옆에 몽뎅이(나무가지)를 잡고 무슨 만화 주인공처럼 칼자루를 휘두르면서 한참을 뛰어다닌다. 그렇게 여름밤이 깊어간다.

여름 방학 날 오전에 몽고므고난(수영한) 후 점심을 먹고 낮잠을 자려는데 우리집 우연내(텃밭)와 붙어 있는 인자네 집 나무에서 왕자리(매미)와 폿재(작은매미)들이 서로 경쟁하듯이 울어댄다. 우리 고향 집은 남향으로 지어져 겨울에 햇빛이 잘 들어오고 여름에는 마보름(남풍)이 불어와서 정말로 시원하다.

어머니는 항상 "우리집이 제일 건덥다(시원하다)." 하셨다. 보통은 그 시원함이 아주 커서 왕자리 울림소리가 낮잠을 자는 데 방해가 되지는 않았다.

잠자리채가 없이도 우리는 왕자리를 잘 잡았다. 그냥 나무에 기어올라가면 왕자리와 풋재가 나무에 더덕더덕 붙어 있어 손으로 탁 잡으면 그만이었다. 왕자리를 잡고는 손으로 가운데 몸통 부분을 누르면 소리가 멈추었다가 다시 힘을 빼면 울고, 그렇게 악기마냥 소리를 내다가 애가 지쳤는지 소리를 내지 않으면 그냥 놓아 버린다.

어느 날 낮잠을 자는데 유독 왕자리 소리가 크게 느껴져 돌멩이로 인자네 나무를 향해 던졌다. 다행히 나무를 맞추어서 왕자리 소리가 순간 멈추었는데 다시 약을 올리듯 더 크게 울어댄다. 이번엔 더 큰 돌로 던졌는데, 아뿔싸, 나무를 비껴가더니 장독대 위로 떨어지는 소리가 들린다.

"아이고, 큰일났다!"

그러고는 물도 싸지 않았는데(썰물이 되지 않았는데) 청대(낚시대)를 들고 바당으로 잽싸게 도망을 갔다. 며칠 후 어머니가 인자네가 밭에 갔다 왕 보난(갔다 오고 나서 보니) 자리 항아리가 깨져 있어 그 자리젓을 다 버렸다고 하며 겨울에 우리 자리젓 좀 주어 사키여 하시는 것이었다.

"무사 깨져부런? 어머니(왜 깨졌어요? 어머니)!"

"게메이 누가 알안(글쎄 누가 아냐)?"

"집에 아무도 어성 밭에 갔당 왕보난 경뒀잰 행게(집에 없어서 밭에 갔다 와 보니 그렇게 되었다고)."

나는 가슴이 추물락 추물락(콩닥콩닥) 하면서 "날이 막 더우민 항아리도 깨진댕 헙디다게(날이 매우 더우면 항아리가 깨진다고 합니다)."라며 이실직고를 해야 하는데 혹시 내가 경했다고(그랬다고) 하면 신학이 형(인자 오빠)에게 맞을 것 같아 가만있었다. 그 후 신학이 형을 보면 자리젓이 계속 떠올랐다. 그리고 속으로는 금착금착해서(무서워서) 사실대로 말하지는 못했다.

초등학교 5, 6학년 여름 즈음 서울에서 여학생이 전학을 왔다. 교회 목사님 딸이었는데 단발머리에 피부가 하얗고 앞집 인자와는 분위기가 많이 달라 보였다. 그래서 동네 남자애들이 모이기만 하면 "야, 너 새로 전학 온 걔(그녀)랑 말해 보았나?" 하고 서로 물었다.

"아니, 너는?"

"야, 어떵 걔랑 말해지나 나랑 같은 반도 아닌디(야 어떻게 그녀와 말을 할 수 있나, 나하고 같은 반도 아닌데)."

그러고 보니 우리 동네 애들은 대부분 2반이고 그녀는 1반이었다. 그리고 그녀는 우리 동네와 1km 정도 떨어진 곳에 살아서 서로 말할 기회가 없었다. 나는 속으로 언젠가 호박꽃 봉오리에 블란지를 넣어 갖다 주면 좋아하지 않을까 하는 즐거운 상상을 하기 시작했다.

여름에 호박꽃이 채 피기 전에 노랗게 물든 호박꽃 봉오리에 블란지를 담아 두면 호박꽃이 청사초롱마냥 환하고 아름다워 우리는 여름만 되면 블란지를 호박꽃 봉오리에 담아서 놀곤 했다.

여름방학이 끝나 학교에 가니 다들 용관(?)이를 놀리고 있었다. 용관이가 전학 온 여학생에게 블란지를 잡아 갖다 주었는데 똥 냄새가 난다며 기겁하고 울면서 도망갔다고 한다. 호박꽃 봉오리에 담든 안 담든 우리 남자들 마음은 다 똑같구나하며 그래도 우리들 중 제일 용기있는 용관이가 조금 부러웠다. 끝내 전학 온 여학생에게 말 한마디 붙여 보지 못했는데 그녀는 우리와 같이 졸업하지 않고 다시 서울로 돌아가 버렸다.

이제는 고향 집에 가도 블란지가 없다. 어머니도 블란지가 안 보인지 꽤 오래되었다고 하셨다. 인자네 집과 나무는 그대로인데 이제 여름이 와도 그 나무에 왕자리와 풋재가 없다.

고향 집은 해안 마을에 위치한 전형적인 제주 시골 마을이다. 블란지는 환경의 바로미터이다. 청청 지역에만 서식한다. 매해 그 계절이 되면 있어야 할 노란 불이 이제는 거기에 없다. 대신에 인위적으로 만든 올레길 위로 자동차가 다니고 그 옆 돌트멍(돌담 구멍 사이)에는 일회용 플라스틱 쓰레기들이 꽂혀 있다.

소리에 지치고 자동차 냄새에 싫증이 나서 사람과 함께 살던 블란지들이 사람이 싫어져 중산간으로 그 거처를 옮겨간 지 오래다. 이제는 자기들이 보고 싶으면 중산간으로, 축제 기간(블란디 축제)에 오라고 슬프게 손짓을 한다.

언제부터인가 제주는 개발이 무슨 최고의 선이고 가치인 양 떠들어 대고 있다. 공무원들은 인허가 서류에 도장을 찍어주는 것만으로 자신들이 해야 할 일을 다 한 듯이 하고 있다. 또 대부분의 관광객들은 먹고 쉬는 곳으로만 여기고 쓰레기를 아무데나 버리기도 한다. 자기 집이 아니니까, 자기 마을이 아니니까.

그런데 이제는 그것들로 인해 모두가 불편해지고 있다.

호주, 유럽 등 자연경관이 좋은 나라에 가보면 그대로를 무시하고 전체 둘레를 올레길로 만들어 원주민을 무시하고 관광 상품을 만든

어머니의 루이비통

곳은 거의 없다. 자연은 있는 그대로가 최고의 경관이 되고 상품이 된다. 그것을 보려고 한없이 걷는 경우도 많다. 그렇게 걷는 것도 자연의 일부라 여기고 모두들 즐겁고 당연하게 받아들인다. 아무리 사소한 것이라도 자연 그대로 놔두고 존중하는 것이 자연 관광의 개념이다.

십여 년 전 호주에 처음 갔을 때 새들이 많은 것을 보고 무척 놀랐다. 이른 아침 타운하우스에서 일어나 스트레칭을 하고 있는데 나무에 앉아 있는 올빼미와 눈을 마주쳐 기겁한 적이 있다. 나는 무척 놀랐는데 올빼미는 태연하게 나를 쳐다보고 있었다.

저녁이 되면 주머니쥐(Possum, 코알라와 비슷한 작은 동물)가 나무에서 내려와 우리가 앉아 있는 야외 테이블로 다가온다. 그러면 우리는 그 녀석에게 스파게티를 주었다. 근데 이 녀석이 그다음 날부터 저녁 비슷한 시간만 되면 한 놈을 더 이끌고 내려와 태연하게 어떤 음식을 줄까 기다린다. 사과, 망고, 심지어 밥까지 받아먹으며 거의 우리와 같이 한동안 매일 저녁 식사를 같이 했다.

우리 동네는 블란지가 사라져 가고 올레길로 인하여 바다의 겡이(게가) 이미 많이 사라졌다. 고향 집은 해안가에서 500~600m 떨어져 있다. 옛날 바다 겡이들은 태풍이 불거나 바당이 쌔기 전(바다의 파도가 세지기 전)에 우리집 수돗가 근처까지 올라오곤 했었다. 인위적인 올레길이 만들어진 후에는 집 근처에서 겡이를 볼 수 없을 뿐만아니라 갯것이(바닷가)에 가도 겡이가 없다. 돌만 일으면(뒤집으면) 그 많았던 겡이가 이제는 모두 사라진 것이다.

곤충, 그리고 작은 바닷가 생물들이 하나, 둘 사라지고 있다. 우리가 방관하고 무심한 사이에, 편리한 관광만을 추구하는 사이에 제주 자연이 조금씩 사라지고 있다. 대신 쓰레기가 넘쳐나고 편안함을 추구하는 콘크리트 도로가 많이 생겨나고 있다.

얼마 전 오랫동안 집을 떠나 있다 돌아와 형과 동네 식당에서 저녁을 먹었다. 이 식당은 동네 60대 부부가 운영하는 곳으로 맛이 참으로 정직한 그런 곳이다.

아주머니가 주방에서 모든 반찬과 음식을 손수 준비하시고 아저씨가 서빙을 하는데 학교 옆이라 그런지 공부하느라 배고픈 아들에게 밥을 내어주는 듯한, 집과 같은 식당이다. 맛있고 푸짐하며 제주 사람 그들만의 정서를 주는 그런 곳이다.

아주머니에게 이 작은 식당과 그들의 정서에 대하여 내가 글을 써도 되느냐고 허락을 구하니 제발 그러지 말라고 한다.

"나는 육지 관광객이 많이 다니는 것이 불편하다. 지금 이대로 남편과 장사하는 것이 좋지, 그 돈 조금 벌자고 음식이 막 나가고 육지 사람들이 여기에 이래착 저래착(이쪽 저쪽으로) 쓰레기 버리는 것을 원치 않는다."

"무사 사름안왕 장사 안되면 말주게 무신(사람 안 와서 장사 안되어도 그만이지)." 하시며 지금 이대로가 좋다고 한다.

이 식당은 관광객이 거의 없다. 어쩌면 이분들의 생각이 현재 관광에 대한 보통 제주 사람들의 정서인 것 같다.

나는 제주가 국제 자유 도시, 그리고 무비자 관광지가 되어 관광객과 불법 체류자가 넘쳐나고 대부분 육지 사람들이 장사하는 제주 맛집과 즉석 식품이 넘쳐나는 지금보다, 밤이면 블란지가 불을 비추고 가족들 모두 행복하게 축항(포구)에서 달빛이 바다 은빛으로 넘실대는 것을 볼 수 있는, 할머니가 올래 밖에서 손자를 기다리는 그런 제주를 원한다.

그런데 그러기에 제주는 이제 너무 많이 와 버렸다.

제주 행정은 제주도를 청정 지역이라며 마케팅에 열을 올려 왔다. 제주도청이 청정 지역을 만든 것도 아닌데 너무 당연하게 누리어 오지 않았나 하는 생각이 든다. 블란지도, 겡이도, 왕자리도 다 떠나게 만들어 놓고서 말이다.

해안마을에서 그들을 다시 볼 수 있는 날이 돌아올까? 그들을 돌아오게 하는 것이야말로 제주가 진정한 청정 지역이 되는 길이다.

그들과 같이 가야 한다. 그래야 제주가 오래간다.

이제부터라도 아스팔트를 뚫는 노력만큼이나 자연과 그들을 보존하려는 노력을 해야 한다, 우리 모두는.

전통 가옥

제주는 늘 바람이 많이 불었다. 한라산을 가운데 두고 양쪽인 모슬
포와 성산포는 특히 바람이 심했다. 이러한 환경 때문에 집이 클 수
가 없었다. 20평이 넘는 전통 초가집이 그리 많지 않았다. 그래서 작
은집을 두 채 정도 지었다. 부모님이 사는 안커리에는 구들(방), 상방
(마루), 고팡(부엌창고), 그리고 부엌이 있었고, 바커리에는 방과 옆에
는 큰 창고를 두었다.

상방(마루)을 가운데 두고 마주 보이는 곳에 방 두 개가 있었는데
상방은 시원해서 여름에 낮잠을 잤던 기억이 있다.

어머니의 루이비통

가끔씩 주넹이(지네)가 상방 바닥 한쪽에서 기어 나오기도 하였다. 그리고 겨울에는 화로를 가운데 놓아 온 가족이 함께하였다.

어떤 집에는 부엌이 떨어져 모커리와 함께 3채를 이루는 곳도 있었다. 떨어진 부엌은 크기별로 3~4개의 솥단지가 있었고 한쪽 구석에는 살레(찬장), 또 다른 구석에는 지들커(마른나무등 땔깜)를 놔두었다. 그래도 공간이 넓어 겨울날 물을 데워 가끔 다라에서 목욕을 하기도 했던 것 같다.

제주도 전통 가옥에는 정지(부엌)나 구들(방) 옆 한쪽 공간에 고팡이 있었다. 고팡은 현대의 창고와 같은 곳이라 할 수 있는데 엄밀히 말하면 곡식을 저장하는 곳으로 그 옆에 다른 부수적인 것을 함께 보관하기도 하였다.

고팡 안에는 항아리나 독이 있었는데 여기에는 산디쌀(제주 밭농사 쌀), 보리쌀, 좁쌀, 모밀고루(메밀가루) 등을 담아 두었다. 겨울이면 감저(고구마)를 헌 구덕에 담아 잠깐씩 보관하며 먹었다.

제주도의 조냥 정신(절약 정신)은 고팡에서 이루어졌는데 할머니나 어머니가 밥을 짓기 위해 항아리에서 쌀을 퍼내온 후 그 쌀 한 줌을 다른 항아리에 모아 놓은 것이 조냥 정신의 시작이다.

고팡에 얽힌 재미있는 이야기가 있다. 어머니의 말에 의하면 동네에 김복동씨가 잘 사는 이유가 김복동 씨 부모가 고팡에서 애를 가져서 그렇다는 것이다. 곡식이 있는 곳에서 애를 가져서 평생 배고프지 않고 잘사는 것이라고 동네 할머니나 어머니들이 지금도 웃으며 이야기한다고 한다. 지금에야 재미있게 웃고 넘길 이야기지만 그 옛날에는 그럴듯한 이야기였을 것이다.

그 시기에는 곡식을 지켜주는 고팡신이 있다고 해서 제사를 지내고 나면 부엌이나 고팡 앞에 잡식(제사상에 올린 모든 음식을 조금씩 모아서 작은 종재기에 넣어 귀신이 먹으라고 그 앞에 놓아두는 것을 말한다.)을 해두곤 했다.

우리는 친척 집에 제사 먹으러(지내러) 가면 초가집 상방에서 의무감으로 구들 좁은 방문 사이로 펼쳐지는 제사 의식을 주의 깊게 지켜보아야만 했다. 제사는 보통 밤 12시에 지내는데 그 전에 우리는(아이들은) 바커리에서 오랜만에 보는 사촌들과 장난을 하거나 몇 번이고 본 만화책의 다음 장면에 대하여 이야기하며 시간을 보냈다. 그러다 깜빡 잠이 들면 사촌이 와서 깨우거나 혹은 제사가 거의 끝날 때에 일어나 반(제사 음식 중 자신의 몫)을 받도록 했다.

바커리에서의 추억은 늘 한결같았다. 동네에서 바커리는 다 큰 자식들이나 장가 안 간 그 집의 동생들이 주로 사용하였다.

그리고 대부분 집집마다 우연내, 우녕밭(텃밭)이 있었다. 이곳에서 간단하게 채소를 재배하여 국거리 반찬거리를 구하고 겨울에는 눌(조그만 지하 저장소)을 만들어 고구마나 무를 저장하기도 했다. 우녕밭 한쪽에는 간장, 된장 등의 항아리가 있다. 물론 그 옆에 자리젓 항아리도 있곤 하였다. 조금 떨어진 곳에 돗통(재래식 화장실)이 있고 양쪽에 돌담으로 쌓인 집 밖으로 향하는 약간의 공간인 올래가 있었다. 그러나 이러한 형태의 제주 가옥은 이제 거의 남아 있지 않다. 성읍 민속 마을이나 표선 민속촌에 전시형으로 남아 있을 뿐이다.

개인적으로 아쉽거나 서글픈 생각은 없다. 어차피 주거는 생활환경이 나아짐에 따라 편리한 쪽으로 가게 되어있다. 학자들은 그것을

어머니의 루이비통

문명의 시작이라고도 하고 문화의 진보라고 말하기도 한다.

제주도에는 지난 몇 년간 중국인들과 더불어 부동산 광풍이 불었다. 소위 제주 사람들이 말하는 육지 사람들이 와서 자기식으로 개발하고 제주의 것을 상품화하는 현대식 마케팅으로 제주가 이래저래 많이 변했다.

쓰러져 가던 가정집을 재개조한 커피숍 한 곳의 일 년 매출이 수십억인 곳이 생겼다. 육지 사람들이 제주 전통 음식을 판매하고, 제주에서 생산된 대부분의 제주 밀감을 서귀포산으로 둔갑시켜 판매하고 있다. 부동산 시장에서도 육지 사람들이 제주도를 판매하고 있다. 사람들이 모이니 다양한 방법으로 자신들의 경제 활동을 이어가고 있다.

지난 겨울, 중국의 한 건축가를 만난 적이 있다. 그가 설계한 것은 남들이 말하는 소위 자신을 뽐내기 위한 독특한 초대형 건축물이 아니라 그저 그 마을의 일부분으로 겸손하게 자리 잡은 건물이었다. 그가 말하는 건축과 개발은 그 지역의 land-based rationalism(지역 기반을 둔 합리주의)이다. 굉장히 인상적인 작품이었다. 그는 Mr. Cui Kai, 중국 최고의 건축가이다.

제주가 변하고 있다. 제주의 전통 가옥들이 사라져 가고 있다. 대신에 지역 특성이 없는 미련한 건축물들이 들어서고 있다. 아니 이제는 많이 들어서 있다. 무분별한 개발이 아쉽기만 하다. 건축물들이 지역 특성 없이 전부 다 제각각이다. 높이도 다르고 형태도 다르다. 물론 사람들이 살아가는 공간은 다 제각각일 수밖에 없지만 그래도 조금은 지역적인 특성이 살렸으면 좋겠다.

집, 옛날 주거 형태가 사라지는 것이 아니라 그냥 문화가 사라지는 느낌이다. 그 사라진 문화를 대신할 새로운 문화가 지역적 기반 위에 들어섰으면 하는 바람이다.

육지나 외국 것을 그대로 수입한 것이 아닌.

멜국의 추억

  제주 사람들은 멸치를 멜이라고 부른다. 늦은 봄에서 여름으로 넘어갈 무렵이면 "멜이여! 멜이여! 멜들었져게."를 가끔 듣곤 했다. 그러면 마을 사람들은 이른 새벽에 자다 말고 바가스(양동이)나 찢어진 모기장을 들곤 갯것이(바닷가)로 전력 질주를 하곤 했다. 우리도 덩달아 뛰면서 "멜이여! 멜이여! 멜들어수다"를 외쳤다. 다분히 기쁘면서 기대에 차 있는 목소리로 힘차게 외쳤다.

  "멜들었져"는 멸치들이 밀물 때 바다에서 들어와 썰물 때 빠져나가지 못해 어느 한 곳에 갇혀 있다는 의미이다.

그래서 가능한 모든 도구를 들고 멜을 잡아서 반찬(지짐, 구이)을 하든 아니면 젓갈을 담고 혹은 멜국을 끓여 먹곤 했다.

어렸을 때 우리는 멜국 등의 멜 요리를 좋아해서 그 음식을 맛있게 먹었던 기억보다는 바당에 들어가 멜을 잡는 것, 그 자체가 더 좋았다. 일종의 놀이인 셈이다. 멜을 이쪽저쪽으로 다울리며(몰며) 바가스로 멜을 퍼냈던 그 놀이가 좋았던 것이다.

옆집 아주망(아주머니)이 늦게 와서 어머니에게 "멜 하영잡아수과(멸치 많이 잡았나요)?" 물어보면 어머니는 "무사 어디갔당 이제야 와수과(왜 어디 있다 이제야 왔느냐)?"고 말했다.

"밭에서 일허단 보난 경되수다(밭에서 일하다 보니 그렇게 됐다)."

그러면 어머니는 "아이고 이거라도 호끔 가정 갑서게(이것이라도 조금 가져가세요)." 하며 우리가 잡았던 멜을 그 아주망에게 거침없이 주곤 하셨다. 그리고 어떤 때는 우리가 동네 사람들로부터 많이 받곤 하였다.

얼마 전, 그 바당(바다)에 갔는데 어선을 정박하기 쉽게 하려다 보니 축항을 포장하여 얕은 바닷가가 사라진 이후 멜이 잘 들어오지 않는다고 한다. 어머니는 작년 여름에 축항에 오랜만에 멜이 들었다는 것을 한참 지난 후에 알았다고 한다. 동네 사람들이 다들 바쁜 것도 있지만 멜 들었다고 외치는 사람들이 없다. 이제는 "멜이여! 멜이여! 멜들었져!"란 소리는 거의 들어볼 수 없게 된 것이다.

"멜이여! 멜이여! 멜들었져."는 우리는 공동체라는 의미가 다분히 포함된 언어이다. 마을 사람들 중에 누군가가 멜이 든 것을 처음 보면 "멜이여! 멜 들었수다!"를 외치고 그것을 들은 사람이 또 다시 "멜이여! 멜들어수다!"를 외치면서 마을 사람들 모두가 다 알게 하여 서로의 삶을 함께 나누었던 공동체 언어였던 것이다.

　인위적인 올레길이 생기면서 많은 사람들이 육지로부터 이주를 해와 원주민과 의 갈등과 마찰이 생겨나고 있다. 함께 사는 사람들 사이에 새로운 공동체 언어가 나오길 바라지만 그리 쉽게 될 것 같지는 않다.

　고향 마을에도 육지 사람들이 내려와 마을 사람들이 해왔던 어촌계 식당을 인수하여 제주 음식 장사를 하고 있다. 멜을 걸어 서로 나누어 먹던 그 음식이 아니라 차로 배달된 냉동된 고기를 해동해서 파는 느낌이다.

　며칠 전 멜국을 먹으면서 그 옛날 추억들이 떠올라 그 맛을 나누고자 한다.

　이 집은 제주시 도심, 신제주 중앙중학교 옆에 있으며 제주 도민들이 많이 찾는 맛집이다. 사실 나이가 들어서인지 어려서는 먹지도 않고 냄새도 싫어하던 멜이 좋아진다.

　올봄 기장 대변항에서 먹었던 멜 지짐의 맛도 잊을 수는 없지만 제주에서 먹는 멜국은 그냥 순수 자연의 맛이라고나 할까? 싱싱한 배추와 마늘을 넣고 소금으로만 간을 했는데 국물의 시원한 맛과 씹으면 씹을수록 느껴지는 멜 특유의 고소한 맛이 입안을 감돈다. 이상하게도 생선 특유의 비린내가 전혀 없다. 개인적으로 술을 하지 않은 나도 멜국이 좋은데 술꾼들이 맛을 들이면 헤어 나오지 못할 그런 맛이다.

멜국이 나오면 기본적으로 먼저 국물부터 떠먹게 된다. 자연스럽게 그렇게 된다. 그리고 "야, 참 시원하다" 이 말을 여러 번 내뱉게 된다.

배추에 강된장을 넣어 싸서 먹다 보면 어느새 바닥이 보인다. 마지막 남은 국물까지 다 마시고 나면 아쉬움보다는 자연과 건강을 먹은 느낌이다. 그리고 이마엔 작은 땀방울이 곳곳에 맺힌다. 멜국도 맛있지만 제주 바다향이 배인 각재기국과 부드러운 멜 튀김 맛도 가히 일품이다. 예전에는 멜 튀김이란 단어 자체가 없었다. 멜의 재발견이다. 어린 시절 향수로 인해 먹은 음식이 이제는 완전 별미가 되어버렸다.

'앞 뱅디 식당'이다.

뱅디는 제주어로 마을에서 넓고 평평한 땅이라고 한다. 사실 나도 '뱅디'란 제주어에 그리 익숙한 편은 아니다. 새로운 단어다. 옛날에는 제주도라고 해서 언어가 다 같은 것은 아니다. 마을마다 고유의 언어, 단어가 각각 존재하였던 것이다.

어머니의 루이비통

숫토노래감시냐?

"어머니 무사 저 도새기 웩웩 웨엄수과(어머니 왜, 저 돼지 웩웩 소리 지르고 있나요)?"

"게메이 숫토 촞암신가(글세 발정 나서 신랑을 찾나)?"

"호끔 이땅 보면 알거여(조금 시간이 지나고 보면 알게 될 거다)."

잠시 후, 우리 집 도새기는 시도 때도 없이 웩웩대고 더 나아가 돌담으로 이루어진 돗통우리를 헝클며 우연내(텃밭)로 나와 이리저리 막 헤싸불고(헤치고) 다닌다. 그러면 어머니는 "야게! 뭐햄시니 저 도새기 돗통 안으로 담아 불라게(야! 뭐하고 있니, 저 돼지 우리 안으로 몰아 넣어라)."

하면 나는 도새기 것(먹이)을 줄 때 사용하는 몽데이(막대)로 도새기 궁뎅이를 때리면서 돗통 안으로 녀석을 몰아넣는다.

그러고 나면 어머니는

"내일 학교 갔당 집에 빨리 오라이 도새기 숫토노래 가사키여(내일 집에 빨리 오너라, 돼지 교미시키려 갈 예정이니)."

우리 동네 태흥리 동카름(동쪽) 사람들은 우리 마을을 조치 명동이라고 불렀다. 그러고 보면 우린 어릴 적부터 명동에서 살았다. 30여 가구가 살고 있는 조치 명동에는 집집마다 도새기를 기른다. 대부분 암도새기다. 도새기가 새끼를 낳으면 조금이나마 살림에 보태고자 했던 것이다.

씨앗 도새기(수퇘지)가 있는 곳은 폭낭 거리(오래된 팽나무가 있어 우리는 그 동네를 전부 폭낭 거리라고 불렀다.)로 집에서는 약 300~400m 떨어져 있다. 어머니 혼자 도새기를 몰고 가기에는 힘에 부쳐 형과 작은 막뎅이(나뭇가지)를 하나씩 들고 녀석의 궁뎅이를 살살치면서 폭낭 거리로 향한다.

우리뿐만 아니라 폭낭 거리로 도새기를 몰고 가면 마을 사람들은 "아이고 숫토노래 감고나 게(아아! 돼지 교미 시키려고 가고 있구나)." 하며 지나간다. 가끔 또래 애들은 재미로 달려들어 도새기 엉덩이를 차고 놀리며 같이 거든다. 당시는 흔히 있는 숫토노래 가는 익숙한 풍경이다.

지금 돌이켜보면 이것은 동물학대이다. 도새기는 자신의 기본적인 본능을 충족하러 가는 것인데 애들과 마을 사람들의 놀림감으로 전락해버린 것이다. 이런 것을 아는 어머니는 "도새기 건드리지 말앙.

잘 다울리멍 가산다이(돼지에게 못되게 하지 말고 잘 몰아서 가야 한다)." 하며 신신당부를 한다.

사람이나 동물의 본능은 참으로 놀랍다. 도새기를 돗통 우리 밖으로 나오게 하면 신기할 정도로 폭낭 거리로 향했다. 물론 가끔은 길가의 풀을 헤치며 쿵쿵거리기도 하지만 자신의 신랑을 빨리 만나고 싶은 마음에 그러는지 몰라도 처음 가보는 길을 마치 다녀본 길인 것처럼 그쪽 방향으로 잘 갔다. 지나가는 길에 아이들이 우리 도새기를 때리려고 하는 경우도 가끔 있었지만 형과 나는 필사적으로 애들을 물리친다. 어머니의 신신당부는 우리에게는 성경의 한 구절과도 같은 것이었다.

폭낭 거리 조금 아래에 있는 씨앗 도새기 우리에 다다르면 이 도새기는 마치 모든 일을 다 안다는 듯이 돌담에 발을 딛고 우리가 오는 쪽을 바라보며 자신의 또 다른 신부를 무심하게 내무리듯(무시하는 듯, 관심이 없는 듯)한 반응을 보인다. 그는 마치 밀림의 사자처럼 그 위용이 대단하다. 검은 털은 윤기가 잘잘 흐르고 거대한 몸집은 마치 황소저리 가라다. 천하장사 도새기같은 거만함이 그의 눈빛에서 느껴진다. "내가 이 세계에서 최고야!" 라고 그의 눈이 우리에게 말을 한다.

조금은 다른 이야기이지만 전성기 때 테니스의 피트 샘프라스(Pete Sampras)와 골프의 타이거 우즈(Tiger woods) 인터뷰가 오버랩된다. 그들의 이야기를 들을 때면 자신감이 가득 차서 오만함까지는 아니지만 '내가 World No. 1이다'란 느낌이 은연중에 배어 나온다. 이상하리만큼 나는 그들 둘의 인터뷰 영어 톤이 비슷하게 느껴졌다. (나중에 피트 샘프라스와 타이거 우즈가 이 이야기를 알게 되면 화를 낼지도 모르겠다. 어떻게 자신들을 도새기와 비교하느냐고 하면서. 혹시라도 만나게 되면 나는 그 세계의 No. 1을 비교하는 것이라고 다시 한번 정중하게 이해를 구해야 할 것 같다.)

어쨌든 이 씨앗 도새기는 자신의 우리 안으로 들어온 또 다른 기가 죽은 수줍은 신부와 무심하게 습관적인 거사를 치른 후 자신의 우리 안으로 들어가 버린다. 합방을 끝낸 신부를 배웅도 하지 않고 말이다. 신부 또한 본능적으로 그 돗통을 나와 자신의 집으로 향한다.

그렇게 짧은 합방을 마치고 자신의 집으로 향하는 신부 돼지는 올 때와는 다르게 짧은 다리로 만족스러운 걸음을 재촉하지만 이어지는 쿵쿵거림으로 집으로 가는 시간이 길어진다. 다음 날부터 신기하게 웩웩대는 소리는 들리지 않는다. 어머니는 신부 도새기에게 더 많은 음식을 가져다주며 정성을 다한다.

마을 사람들은 숫토놓는 씨앗 도새기 주인 아주망(아주머니)을 많이 부러워했다. 다들 "고만히 안장 돈 많이 번다(가만히 앉아서 돈 많이 번다고)."고. 당시 금액이 정확히 기억나지는 않지만 지금의 30~40만 원 정도가 아니었을까 하는 생각이 든다. 그러나 어머니는 한 번도 이 일을 부러워해 본 적이 없다.

"아이고 그냥 내 꺼 키우는 것이 좋추게 추첩허게 도새기들이 왔다 갔다 허멍 그걸 다 어떵해여(내 것 키우는 것이 좋다. 돼지들이 왔다 갔다 하면 주위가 더러워지고. 그것을 어떻게 하느냐)?"

당시 수입이 좋아서 옆집에서도 씨앗 도새기를 구해와서 숫토 사업을 했는데 자기네 도새기가 더 강하고 새끼를 많이 배게 한다고 시기하다 서로 싸워 한동안 원수같이 지냈다고 한다.

지금도 생생히 기억난다. 초등학교 때 월드컵 축구 경기를 보고 있는데 어머니가 플래시를 들고 분주하게 방을 나갔다 들어오시며

"아이고게, 도새기 새끼 낳져!"

어머니 얼굴에는 기대감과 초조함이 동시에 묻어났다. 물론 나도 내가 좋아하는 월드컵을 보면서 기대감과 초조함을 느끼지만, 어머니의 것과는 상당히 다른 것이었다. 솔직히 어머니의 그런 모습 때문에 TV에 집중이 안 되었다.

보통 도새기들은 6~10마리의 새끼를 낳는다. 가끔 10마리 이상을 낳는 경우도 있지만 그렇게 되면 새끼들이 졸아지고(작아지고) 젖을 못 먹어 죽기도 한다. 어머니는 애초부터 욕심을 부리지 않고 도새기가 새끼를 잘 낳을 수 있도록 짚을 깔고 여러 가지 정성을 다한다.

도새기 새끼는 정말 귀여웠다. 몽실몽실한 호끄망헌(작은) 도새기들이 우리 안을 돌아다니는 것이 보고 싶어 학교가 끝나면 다른 곳으로 새지 않고 잽싸게 집으로 왔다. 돌토고리(돼지 밥통)에 음식물을 넣어 주면 호기심 어린 눈빛으로 고개를 획 돌리고 바라보다가 하나같이 짧은 거리를 경주하듯 달려든다. 지금 생각해 보면 그들에게 먹이를 주는 것은 그들에게나 나에게나 조그만 행복이었다.

돗통에는 돌을 둥그렇게 파낸 도새기 밥통인 돌 토고리가 있었는데 새끼를 낳은 경우에 어머니는 새끼 밥그릇으로 큰 다라 하나를 더 두어 새끼들의 밥과 어미 밥을 구분해 주었다. 그러면 어미 도새기는 한 번도 자식 밥그릇에 눈독을 들이지 않았고 새끼들이 어미 밥그릇을 침범해도 성질을 부리는 경우가 없었다. 도새기의 모성 본능도 사람들 못지않다는 생각이 든다.

어느 날, 학교에서 돌아보니 어머니와 동네 삼촌이 도새기 새끼를 움직이지 못하게 잡고 청빗으로 털을 빗기며 이(작은 벌레)를 잡고 있었다. 우리 속옷에도 이가 있던 시절인데 하물며 우리에서 크는 도새기들에게는 얼마나 많은 이가 있었을까?

새끼 도새기에 이가 생기면 제대로 발육하지 않는다고 했다. 그렇게 어머니는 낮에는 돼지 이를 잡고 밤에는 우리들의 이를 잡았다. 어머니에게는 도새기가 애완동물 이상이며 자식같이 느껴졌을 것이다.

새끼 도새기들이 어느 정도 커 가면 먹이 전쟁이 일어났다. 그 전쟁은 새끼들이 다 팔려나가면 끝이 났다. 대부분 동네에는 도새기 장수가 있어 오일장 날에 4마리 정도 가져가서 팔고 다음 장날에 또 4마리를 가져가서 팔았다.

새끼들이 떠난 돗통 안의 어미 도새기에게 자식을 떠나 보낸 서운함이 있는지 없는지 우리는 모른다. 그저 것(먹이)을 주면 잘 먹는다. 어미 도새기는 한두 번 더 우리에게 큰 선물을 주고는 사라졌다.

어머니는 우리가 보는 앞에서는 도새기를 팔지 않으셨다. 도새기는 마을 대소사가 있는 날 갯것이(바닷가)에서 마지막 생을 다한다.

어느 날 학교 갔다 돌아오니 돗통 돌담이 헝클어져 있고 큰 도새기가 사라진 것을 알게 되었다. 그리고 며칠 후, 불안한 눈빛과 익숙하지 않은 몸짓의 새끼 도새기 한 마리가 우리 한쪽에 자리 잡고 있는 것을 볼 수 있었다. 그리고 그 도새기 새끼는 하루 이틀만 지나면 것(먹이)을 기대하는 눈빛을 띠고 돌 토고리 앞으로 호르륵 호르륵(재빠른 발걸음) 달려든다.

돌이켜보면 당시 집에서 기르던 도새기는 애완용이자 가족이었다.

또 한편으로는 살림에 큰 보탬이 되는 은행과 같은 것이었다. 어머니는 물질을 다녀오면 항상 "야, 도새기 것 주어시냐(돼지 먹이 주었니)?"라며 우리에게 묻곤 하였다.

그때 어머니가 잘 챙겨준 덕분에 도새기는 커갈수록 몬트글락해졌다(토실토실하게 살쪘다). 나 역시도 어린 시절 굉장히 몬트글락했다.

갑자기 20여 년 전 일이 생각난다. 서울 압구정동 현대 백화점 에스컬레이터를 올라가는데 내 앞의 어느 부인이 강아지를 안고 "엄마랑 백화점에 오니 좋니?" 하며 강아지에게 말하는 것을 보고 나는 속으로 '엄마? 아니 서울은 강아지 엄마가 사람이라고? 희한한 세상이네!' 하고 생각한 적이 있다. 물론 지금은 남자를 그의 아빠라고 말하는 것도 이해하지만 어쨌든 시대와 장소에 따라 동물에 대한 사랑 방식도 달라지는 것 같다.

어머니가 힘든 살림에 보태기 위해 도새기를 길러 팔았다고 도새기에 대한 사랑이 지금의 서울 강남 부인의 강아지 사랑보다 적었다고 할 수는 없을 것이다.

그리고 당시는 삼촌들과 동네 큰형들이 서로에게 이야기하며 웃는 것을 이해하지 못했던 말들이다.

"야, 너 언치낙 어디 갔당 왔나, 집에 강보낭 어성게 어디 우리 몰르게 오스록 헌디 숫토노래 뎅기나(야 너 어젯밤에 어디 갔나 왔나, 집에 가서 보니 없던데, 어디 우리 모르는 은밀한 곳에 숯토노래 다니나)?"

"야인, 뭐엥 골암시니 숫토는 무슨(애는, 뭐라고 하나 숫토는 무슨)."

3장

/

곱드글락

*곱드글락 '예쁜, 아름다운'이란 뜻의 제주어

산도록헌 폭낭 그늘 아래서 쉬멍 놀멍

제주에는 마을마다 폭낭이 있다.
폭낭은 쉼터다.
그리고 폭낭은 오고 가고 하는 사람들의 차부(정류소)다.

"어디 강 왐시냐?"
"장에 쏠 태우러 갔당 왐수다."
"무사 먹쿠과?"
"경허건들랑 호끔 젱 가라."

우리들의 여름이 모두에게 정겨웠으면 한다.

권력의 힘

오랜만에 동생이 고향 집에 왔다.

근 2년 만의 방문이다. 어머니가 갈수록 연로해져 여행할 상태가 안 되어서 동생이 열심히 일하여 어머니와 많은 시간과 추억을 함께 하려고 호주에서 날아온 것이다.

어머니에게 있어 딸은 아들과 며느리와는 많이 다른가 보다. 한동 안 딸이 언제 오나 하고 기다리고 또 기다렸다. 동생은 오자마자 가 방을 풀었는데 어머니와 관련된 물건들이 많았다. 그리고 다음 날은 어머니와 오일장으로 가서 어머니에게 필요한 물건들을 잔뜩 사서 들어왔다.

지난주는 오랜만에 다 같이 모여 식사를 했다. 식사하는 내내 어머 니는 동생이 사 가지고 온 호주산 신발을 테이블 밑으로 봤다 안 봤 다 하고 있었다.

"무사 경 좋으꽈(그렇게 좋으세요)?"

"게메이 경 막 조타게(그렇게 매우 좋다)."

우리는 그렇게 지나간 시간을 추억하며 웃었다.

동생이 아들 녀석에게 "이안아 너 그거 알메? 우리 집에서 느네 아 방만 전교 어린이회장 못한 거 알아(너희 아버지만 전교어린이회장 못 한 거 아느냐)?" 하고 말했다. 그러고 보니 형과 동생은 당시 전교 600여 명이 넘는 초등학교에서 전교어린이회장을 하였다. 그리고 여동생은 개교 이래 처음으로 여학생 회장을 지낸 것이었다.

지금 생각해 보면 형제들이 돌아가며 어린이회장을 한 것이 부모님의 입장에서는 커다란 기쁨이자 보람이었을 진대 어머니는 먹고사는 일에 바빠 신경을 써 주지 못했다고 하며 또렷이 기억하고 계셨다.

　"그래도 나도 분단장은 했다."

　내가 큰 소리로 말하자 모두가 웃었다.

　형이 회장이던 시절, 가을 운동회가 열렸는데 동생은 달리기 시합에서 3등을 했는데 형은 동생을 1등 줄에 세워 1등 상을 받게 하였다는 것이다. 당시에는 1등 한 것이 자랑스러웠던 것보다 1등 상품이 우리에게는 더 대단한 것이었다.

　"우아, 대단한 권력의 힘이다. 요즘 부정 입학 뺨치는 학내 비리다."

　우리는 또 그렇게 웃었다.

형이 5학년, 내가 4학년이던 어느 토요일, 운동장에서 교장 선생님의 훈시가 있었다. 산에 뱀이 많으니 내일은 주넹이(지네) 잡으러 가지 말고 집에서 부모님을 도와드리라는 훈시를 하셨다. 말을 맺으며 그래도 내일 주넹이 잡으러 갈 사람있으면 손들라고 하자 딱 2명이 손을 들었는데 그중 한 명이 형이었다. 나는 너무나 창피했다. 속으로 '손 안 들고 그냥 가면 되지.' 하며.

봄, 가을이면 우리는 들과 산으로 주넹이를 잡으러 다녔다. 잡아서 팔면 어느 정도 돈이 생기는데 우리에게는 산에서의 놀이이자 용돈벌이였다. 아마도 우리는 집안이 어려워 주넹이 판 돈을 전부 어머니에게 드렸을 것이다.

일요일 날, 우리 형제는 조반 전에 주넹이를 잡으러 갔다. 아침밥을 먹고 가면 남들이 다 잡아 버릴 것 같았다. 그날 우리가 얼마나 무리를 했던지 형이 돌아오는 길에 연못 띠(연못 근처)에 쓰러져 버렸다. 잽싸게 집으로 가서 이 사실을 어머니에게 알린 후 나도 거의 쓰러지다시피하였다.

어머니가 허겁지겁 달려가 쓰러진 형을 업고 오며 "일영아 정신 초리라게. 집에 강 밥 먹게게(일영아 정신 차려라, 집에 가서 밥 먹자)." 하자 형은 모깃소리로 "예" 하고 대답을 했다고 한다. 6·25 때 피난 온 아이 모습 그 자체였다고 한다.

어머니는 앞으로 절대 주넹이 잡으러 가지 말라고 신신당부를 하셨다. 하지만 우리 형제는 그다음 주 골갱이(작은 호미)를 들고 허리에는 주넹포(지네 주머니)를 차고 더 멀리 물영아리까지 갔다.

아마도 내가 3학년이던 해로 기억된다. 학교를 파하고 집으로 가

어머니의 루이비통

는데 폭낭 거리에서 아이들이 많이 몰려 싸움 구경을 하고 있었다. 같이 가고 있던 성진이가 "야 저거 너의 형 아니냐 막 맞암져게(맞고 있네)." 하는 것이었다. 형은 당시 체격이 왜소해서 남과 싸울 입장이 아니었다. 나는 형을 형이라 부르지 않고 이름을 부르고 다녔는데 형이 3리 형에게 맞고 있는 것을 보자 요즘 말로 눈까리가 뒤집어지며 무엇인가가 확 올라왔다. 책가방을 내던지며 달려가 3리 형을 엄청 패버렸다. 그러자 그 3리 형은 "야 너네 모다치기 할거냐(합쳐서 싸울거냐)?" 하며 억울한 듯 소리쳤지만 형은 전세가 역전되자 그 형을 다시 팼다. 다음날 학교에 소문이 좌-악 났다. 형제는 용감했다고.

저학년 시절, 우리 삼남매는 이틀 동안 집에서 스스로 밥을 해먹어야 했다. 부모님이 일이 있어 집에 들어오시지 못하게 되었던 것이다. 당시 라면은 상당히 귀했다. 밥보다 라면이 가장 맛있을 때였는데 집에 라면이 하나밖에 없었다. 정지(부엌)에서 지들꺼(마른 나무, 풀)로 물을 많이 넣어 라면을 끓이고 세 그릇에 똑같이 나누어 놓고 형의 제안으로 장깸보(가위바위보)로 이긴 사람부터 라면을 선택해 먹기로 하였다. 그 누구 하나 불평도 없고 모두가 승복하였다. 민주주의 제도를 우리는 그 어린 시절 그렇게 실천했던 것이다. 우리는 그렇게 웃고 이야기를 즐겼다.

식사 자리에 아들 녀석이 오고 싶어 하지 않았다. 모두를 만나는 것이 부끄러웠다기보다는 자신의 실망한 모습을 보여 주기 싫었던 것 같다.

얼마 전 일본에서 열린 골프 시합에 함께 다녀왔는데 스스로 많이 준비했지만 결과가 좋지 못하자 스스로 실망이 큰 것 같았다. 일이란 것이 잘될 수도 있고 안 될 수도 있는데…. 짐을 싸는데 아들이 그렇게 실망한 모습을 나도 처음 보았다.

형이 아들에게 "이안아, 안 된 것이 너의 잘못도 아니고 너의 탓도 아니다. 그 누구 탓도 아니다. 가끔 세상은 그렇게 간다." 라고 말하자 옆에 있는 동생도 거들었다. 그러면서 서로가 경쟁하듯 아들에게 용돈을 준다.

그 어린 시절 아이들이 이제는 군대 갔다 온 아들과 시집갈 만한 딸을 분 부모가 되어 어린 시절 형이 동생들에게 휘둘렀던 권력을 다 큰 조카에게 조용하게 보여주고 있었다.

"주위의 사람들로 인해 행복할 수 있다면 너는 참 행복한 사람이다. 그리고 그런 사람들이 많으면 많을수록 행복은 더 커진다." 하고 아들에게 말해주었다.

우리 삼남매는 각자 개성이 강하고 성격도 많이 다르다. 부모님 입장에서 보면 우리를 키우는 것이 지루하지 않았을 것 같다. 아니 정확히 말하면 그럴 겨를이 없었을 것이다. 이제 모두 50대를 넘겼지만 어릴 적 갖고 있던 마음은 서로 변하지 않은 것 같다.

우리는 서로에게 욕심을 부리지 않는다. 형은 나에게는 참 고마운 사람이다. 그리고 동생은 자신의 일에 전혀 신경을 쓰지 않도록 알아서 잘 살아간다.

이제 시간은 또다시 새로운 길로 갈 것이다. 우리는 현재의 자리에서 새로운 시간에 적응해 가며 앞으로 나아갈 것이다. 서로에게 좋

어머니의 루이비통

은 권력이 된다면 앞으로의 시간은 그냥 터벅터벅, 한편으로는 빠르게 달려갈 것이다. 그리고 또다시 지나간 시간을 함께 아름답게 추억할 것이다. 이제는 그 추억을 함께할 수 있는 사람들이 더 많아지고 있다.

며칠 있으면 동생이 호주로 돌아간다. 분단장 출신이라 작은 권력밖에 없지만, 동생의 가방에 무엇이라도 채워서 보내야겠다.

그리운 성산포

　아마도 내가 제주에 살면서 성산 일출봉을 처음 본 것은 초등학교 수학여행 때였을 것이다. 수학여행 첫 도착지가 성산 일출봉이었다.

　1976년, 태흥초등학교 개교 이래 처음으로 6학년(그 당시 120여 명)만 2박 3일로 제주도 일주 수학여행을 가게 되었는데 전부 다 간 것은 아니고 한 70~80명이 가게 되었다. 당시 어머니는 내가 못 가면 기십(기)이 죽는다며 수학여행을 보내 주시고 용돈도 100원이나 주셨다.

　출발하는 날 거의 모든 전교생이 나와 환송을 해주는데 당시 3학년인 여동생도 나와 손을 흔들어 주고 있었다.

어머니의 루이비통

나는 차에서 내려 용돈 100원 중 30원을 동생의 손에 쥐어주었다. 가정 형편상 수학여행이 약간 사치라고 여겼던 나의 마음을 누그러 뜨리기 위한 일종의 보상 행위였던 것 같다.

아무튼, 수학여행을 하면서 두 가지 기억이 지금까지도 생생하다.

한 가지는 첫 방문지 성산 일출봉이었다. 당시 성산 일출봉은 상당히 높게 느껴졌다. 비포장에다 안전장치도 제대로 안 된 높은 곳을 올라가며 공포에 시달렸다. 선생님들이 중간중간 위험한 곳에서는 손을 잡아 주셨는데 4학년 담임이었던 여선생님(진영자 선생님)이 손을 잡아 주었을 때는 좋기도 했지만 안 무서운 척 온갖 허세를 떨었다. 나뿐만 아니라 대부분 남학생이 다 그랬던 것 같다.

그렇게 올라간 성산 일출봉은 자연 그 자체였다. 놀라웠다. 시원하고 웅장했다. 그리고 그 아래쪽으로는 말이 있었다. 신기했다.

일출봉을 내려와 할머니가 하는 노점상에서 무엇인가를 사 먹으며 어머니에게 미안한 감정이 들었던 기억이 있다.

수학여행 중 또 다른 하나의 기억은 한라산이다. 우리 학교에서는 한라산이 항상 북쪽에 있었다. 그런데 제주시에서 자고 일어난 다음 날 아침 친구들이

"야! 봐봐! 한라산이 남쪽이 있저게, 뭐엥고람시냐게(야, 봐라. 한라산이 남쪽에 있다. 뭐라고 이야기하냐)?"

"어떵(어떻게) 한라산이 저쪽에 있나 저거 한라산 아니여."

그렇게 서로 한참을 우겼다. 있는 그대로였는데 보는 방향에 따라 신세계가 열려 있었다. 그것이 우리의 수학여행이었다.

또 담임 선생님의 어머니께서 우리 반 모두에게 라면땅과 과자를 주었던 기억도 있다.

고맙습니다. 고상훈 선생님!
지금 생각해 보면 당시 선생님은 우리를 위한 참된 선생님이셨습니다.
그 당시 공부 잘하란 말보다도 많은 꿈을 심어 주고, 다양한 교과서 외 수업을 가르쳐주신 선생님!
교실에서는 노랫소리가 끊이지 않았고 한 달에 한 번 학급 체육대회를 만들어 각자의 등번호를 달고 운동장에서 꿈을 갖고 마음껏 뛰어놀 수 있게 해주셨습니다.
겨울 방학이 시작되는 크리스마스 전날 애들과 소낭(소나무)를 잘라 와서 교실에 트리를 장식하고 시루떡을 쪄서 나누어 먹고, 각자 선물을 준비해서 랜덤으로 주고받게 하고….
학교 가는 것이 정말 큰 즐거움이고 기쁨이었습니다.
아마도 지금은 교직을 떠나 계시겠지만, 선생님과 함께했던 5, 6학년 2반 생활이 너무도 그립습니다.
선생님, 건강하시길 바랍니다.

누가 만약 내게 제주에서 가장 아름다운 자연 한 곳을 이야기하라면 그것은 성산 일출봉일 것이다. 그 첫 기억은 영원히 남을 것 같다.

어머니의 마깨

　고향 집에 들렀다. 나는 고향 집에 갈 때마다 화장실을 이용할 때는 항상 집안에 있는 것보다 밖에 있는 것을 이용했다. 현대식 돗통이다.

　고향 마을은 전형적인 농어촌 마을로 이제는 집을 지을 때 대부분 집 밖의 화장실이 사라지고 있지만, 다행인지 불행인지 고향 집은 내가 고등학교 1학년 때 지은 집으로 거의 40여 년이 다 된 집인데 집 밖에 화장실이 하나 더 있었다.

　집을 지은 후 얼마 동안은 집안 화장실 습관이 안 되어서 가족들 모두 밖에 있는 화장실을 이용하곤 했다.

그리고 나는 그때부터 가벼운 것은 우연내(텃밭) 구석에서 실례하는 버릇이 생겼다. 고추를 심어놓으면 고추가 열리기 전에 그쪽에서 실례를 했다. 오줌 맞고 빨리 자라라고 하면서.

돌담으로 둘러싸여 있어 누가 볼일은 없다. 가끔 옆집 민식형과 얼굴이 마주치는 경우가 있기는 했지만 아무렇지 않고 대수롭지 않게 안부를 교환했다. 아주 오래된 습관이다.

그 바깥 화장실 옆으로 어머니의 야외 수도가 있다. 이 야외 수돗가 옆으로는 어머니의 장독대 공간이 자리 잡고 그 공간 한쪽에는 아주 늙은 알루미늄 세숫대야가 장독 뚜껑을 대신하고 있다. 그리고 그 위 빨랫줄에는 건강한 접째기(빨래집게) 한 쌍이 내려앉아 아래를 내려다본다. 이 수돗가에는 돌로 된 빨래판과 큰 다라, 작은 바케스, 비누 등이 옆에 자리를 잡고 있다.

고향 마을의 지하수는 이상하리만큼 시원하고 물맛이 좋았다. 도시부터 시골까지 우리나라 사람들이 생수를 먹는 문화가 시작되었지만 우리 집은 아마도 제일 나중에 생수를 사다 먹었을 것이다. 생수를 사다 먹게 된 것도 어머니가 관절약, 신경통 약을 정기적으로 드시게 되면서 어머니의 편의를 위해 형이 물을 정기적으로 사다 드리게 되면서부터이다. 하지만 지금도 나는 자하수 수돗물을 거리낌 없이 마신다.

시판용 생수와 별 차이가 없는 물이라고 생각한다. 호주에서 많은 시간을 보냈지만 그들도 거리낌 없이 Tap water(수도물)를 마신다. (우리 정부나 지방 정부도 수돗물을 마셔도 되는지를 명확하게 기준을 정해줄 필요가 있다.)

어머니의 루이비통

그리고 나는 이 수돗가에서 샤워하는 것을 즐겼다. 고1 때부터 나는 큰 다라에 물을 가득 받아 놓고 역기를 들듯이 들고 머리 위로 물을 퍼붓는 것을 좋아했다.

"우아, 퍼퍼 푸아 푸아 푸아 퍼퍼퍼… 시원하다."

가끔 겨울에는 괴성도 지르면서. 군대 갔다 오고 내가 한겨울에도 여기에서 샤워하는 것을 민식이 형이 보고는 "야, 젊은 게 좋긴 조타이." 하고는 부러운 듯이 웃었다.

내가 독립하기 전까지 이 수돗가에서는 사계절 똑같은 샤워가 이루어졌다.

지금도 가끔 물 샤워만 할 경우가 있는데 그것이 전혀 불편하지 않다. 어쩌면 자연인의 근성이 있는지 모르겠다.

아무튼 밖에서 당연한 듯 샤워를 하고 집안으로 들어오며 "어머니 뽈거 그냥 저기 이수다 예(빨래할 것 그대로 수돗가에 있습니다)." 하면 어머니는 항상 "알았져 경 놔두라(알겠다. 그렇게 놔둬라)." 하며 내려가 빨래를 해서 탁탁 털며 널곤 하셨다.

아무튼 어머니는 집에 계실 때 이 수돗가에서 보내는 시간이 참 많았다. 가끔 고향 집에 들러 문을 열고 집 안으로 들어갔는데 사람이 없을 때는 어머니는 수돗가에서 "나 여기쪄(나 여기 있다)!" 하고 소리를 낸다.

집에 들어가 자연스레 수돗가로 향하면 어머니는 "밥 먹어시냐(밥 먹었니)?" 하신다. 이 '밥 먹어시냐?'는 어머니가 우리를 만나면 항상 처음 물어보는 말이다.

"뭐 햄수꽈(무엇을 하고 있나요)?"

"응 뒷집 신순이 어멍 놈삐 주엉나두난 여기서 다듬암져(뒷집 신순이 어머니가 무 주어 놔둔 거 여기서 다듬고 있다)."

이 수돗가에서는 고구마나 무 등 대용량 채소를 손질하거나, 큰 빨래(이불)와 간단한 빨래를 수시로 하기도 했다. 아버지는 가끔 갯것이(바닷가)에서 생선을 구해와 여기서 괴기(생선)를 패쓰기도(손질하기도) 했다. 집안의 주방이나 화장실보다 어머니는 여기서 보내는 시간이 참 많았다.

어머니의 성격은 참 깔끔한 편이다. 형이 결혼을 하고 형과 형수가 집에 세탁기를 선물해 주었다. 그런데 어머니는 세탁기를 쓰지 않으셨다. 처음으로 형이 억지로 세탁기를 돌리자 어머니는 뽄 것(빨래한 것) 같지 않다며 그것을 다시 수돗가로 가져가 마깨로 두드리며 빨래를 하셨다.

항상 하시는 말씀이 세탁기는 때가 잘 지워지지 않는다는 불평 아닌 불평을 자주 늘어놓으셨다. 그렇다고 세탁기가 고장 난 것은 절대 아니다. 집안 화장실에서 세탁기를 돌리면 마치 자신이 게으른 것 같은 느낌이 들어서였을까? 아니면 전기세를 아끼려고 그러시는 걸까?

아마 모두 다 포함될 수 있겠지만, 습관적으로 자신이 할 수 있는 것을 굳이 전기를 사용하면서 할 필요가 없다고 생각하시는 것 같다. 그것도 세탁이 완전하게 보장되는 것도 아니라서.

"뽈 것은 마깨로 탁탁 두드리멍 해야 잘 뽈아지주게(빨래는 마깨로 탁탁 두드리면서 해야 잘 빨린다)."라고 늘 말씀하신다. 그래서 고향 집 세탁기는 한동안, 아니 이십여 년 동안 공간만 차지하는 애물 덩어리

어머니의 루이비통

가 되어있었다.

해가 바뀌어 고향 집에 가보니 마루 한쪽에 대형 에어컨이 공간을 차지하고 있다.

"어머니 저거 에어컨 아니꽈? 무사 저거 언제 사수꽈(어머니 저거 에어컨 아니에요? 왜, 언제 샀어요)?"

"아이고 몰르키여게 필요 없댄 해도 느네 형이 상 낭 가불더라(아이고 모르겠다, 필요 없다고 했는데 형이 사서 놓아주고 가더라)."

나는 그 이후로 20여 년 동안 어머니가 에어컨을 켜는 것을 본 적이 없었다.

"아이고 그거 키젠 허민 문도 다 다다사곡 해영, 여름에 문다 다다불민 어떵 답답헹 살아지키니네 경허고 전기세도 하영 나온뎅 허더라(아이고 그거 켜면, 집안의 문도 다 닫아야 하고, 여름에 문 닫고 살면 어떻게 답답해서 살 수가 있나? 그리고 전기세도 많이 나온다고 하더라)."

실제로 단 한 번도 여름에 문을 닫고 살아 본 적이 없는 어머니, 아버지는 문닫는 것 자체로 자연으로부터 고립되어 버리는 듯한 느낌을 받으시는 것 같다. 게다가 고향 집은 여름에 바다에서 불어오는 마보름(마파람)으로 정말 시원하다. 그래서 그 에어컨도 사계절 내내 마루 한쪽 벽면에 비닐로 싸인 채 공간만 차지하는 장식품(?)이 되어 버렸다.

어머니는 편리한 문명을 애물덩어리로 만드는 신기한 재주가 있는 것 같다. 재주라기보다는 습관일 것이다. 내가 집에 들어서면서 자연에 실례를 하는 것처럼 어머니도 자연으로부터 고립되는 느낌을 좋아하지 않아서, 그래서 그런 것이다.

나 또한 습관적으로 에어컨 켜는 것을 좋아하지 않는다. 심지어 자동차의 에어컨도 거의 켜지 않다가 그 차가 노후화될 즈음 에어컨을 켜기 시작했다. 참 이상한 습관이다. 좋은 문명이 시원한 바람을 만드는데도…

아무리 사무실이 더워도 그 공간을 불평해 본 적이 없다. 그저 그렇게 여길 뿐이다. 어쩌면 남들이 보기에는 문명의 심각한 문맹이다. 특히 사무실에서 에어컨 가동을 위해 밖으로 더운 바람을 뿜어내는 에어컨 실외기를 접한 뒤로 더더욱 그런 것 같다.

2013년 즈음, 아들과 중국 연타이에서 시합을 한 후 한달 동안 머물렀던 적이 있었다. 그해 여름은 중국도 장난이 아니었다. 낮에는 37~39도였고, 밤에는 30도 밑으로도 기온이 떨어진 적이 없었다. 더군다나 그 아파트에는 에어컨도 없었다.

밤에 잠을 자다가 5~6번은 깼다. 깨면 가슴과 등에 땀이 흥건히 배어 있었다. 그러면 샤워를 하고 다시 잤다. 그리고 낮에는 연습을 했다. 그렇게 거의 한 달을 보내고 일본으로 가서 시합을 했는데 성적이 좋았다.

어릴 적 할머니와 많은 시간을 보낸 아들은 할머니 영향을 받아서 그런지 에어컨을 켜고 자면 죽는 줄 알았던 시절이 있었다. 아들과 함께 일본으로 여러 해 시합을 다닌 적이 있었다. 8월 말에 시합이 있었는데 그때 그 지역 기온은 34~35도가 보통이었다.

호텔로 돌아와 잠들기 전까지 에어컨을 풀로 켜고 있다가 잠들면 에어컨을 꺼야 했다. 시합을 앞둔 아들의 신경을 거슬리게 하고 싶지 않아서 에어컨을 끄고 잤지만 두세 시간만 지나면 침대 시트가 땀으로 젖어갔다. 그러면 일어나 창문을 열었는데 창문을 열어 두면 열차가 지나가는 소리가 들렸다. 그렇게 잠을 설치며 일어나는 일이 해마다 반복됐다. 아마도 3~4년을 그랬을 것이다.

나중에 용인에 있는 지인과 그 집 또래 형이 에어컨 사용하는 것을 보고 이해를 구하니 아들도 나중에는 수긍하고 잠잘 때도 에어컨을 켜게 되었다. 그 이후로 아들은 에어컨을 최대로 이용한다. 에어컨 최애자가 됐다.

나에겐 철칙 같은 것이 있다. 아니, 아들과의 무언의 약속 같은 것이다. 한국에 있을 때는 아들에게 무한 잔소리꾼이 되지만 외국에 나가거나 시합이 있을 때는 거의 말을 하지 않는 것이다. 이제는 잔소리 자체를 하지 않는다. 아니, 이제는 할 수가 없다. 그래도 아들은 내가 여전히 잔소리를 한다고 한다. 어쨌든.

언제부터인가 대문을 통해 고향 집 안으로 들어가도 어머니는 내가 왔다는 인기척을 느끼지 못하고 그냥 빨래만을 하고 계신다. 바로 근처까지 다가가 "나 와수다." 그러면 그제서야 "완다?" 하며 웃으시며 "밥 먹어시냐?" 물어보신다.

어버이날 즈음 아들과 집에 들렀다. 그리고 자연으로 실례하기 위해 수돗가를 지나는데 '어머니의 마깨'가 처음으로 눈에 들어왔다. 그동안 이곳을 자주 지나면서 이것이 나의 눈에 띄지 않았던 것도 신기하기도 했지만 그 마깨를 보는 순간 마음이 애잔해져 갔다.

마깨는 마치 어머니의 몸처럼 마르고 닳아 있었다. 한 이십 년 이상 된 빨랫방망이는 누가 돌보지 않는 것처럼, 혼자만 그렇게 눈에 띄지 않게, 그렇게 외롭게, 아픈 것처럼, 독거노인처럼 누워 있었다.

제주의 마깨는 특이하다. 조록(손잡이)이 있고, 굵고, 바닥이 넓어 가늘고 긴 육지의 빨랫방망이와는 다르다. 마깨는 육지 방망이보다 넓고 굵어서 빨래를 내리치는 면적이 넓다. 시간을 절약하고 많은 빨래를 할 수 있는 것이다. 그만큼 바쁘게 살아간다는 것이다. 그리고 양쪽 끝이 약간 유선형으로 되어 있다. 기본적으로 내리칠 때는 손을 보호하기 위해서 그런 것이고, 빨랫감과 마주칠 때 바닥 가운데로 칠 수 있도록 그나마 과학적인 설계가 들어있는 것이다.

그리고 마깨는 솔피낭(솔비나무), 박달낭(박달나무) 그리고 동백낭(동백나무) 등으로 만드는데 이들 나무의 특징은 하나같이 나무가 단단하다는 것이다. 그리고 솔피낭과 박달낭은 주로 중산간에서 자라며 약간 검은색을 띤다. 동백낭은 집 주위에 있다. 그리고 가끔 소나무나 측백나무로 마깨를 만들기도 했는데 이것들은 나무 자체가 약하고 깨지기 쉬워 그리 좋은 재료는 아니었다고 한다.

어머니는 시집와서 마깨를 한 3~4개 부러뜨렸다고 하셨다. 젊었을 때, 힘이 있을 때 빨래를 내리치다 보면 조록(손잡이) 부분이 톡 꺾이는 경우가 많았다고 한다. 어머니들은 억눌리고 순종적인 삶을 살다 보니 그 스트레스를 풀 곳이 없었다. 어쩌면 그 모든 스트레스를 푸는 방법이 빨래를 하며 마깨로 치는 것이었는지 모른다.

어려서부터 어머니가 아버지에게 소리를 치거나 대드는 것을 단 한 번도 본 적이 없었다. 아마도 아버지가 어머니 속을 많이 상하게 했을 것이다. 그러면 어머니는 부에낭(화가 나서) 마깨로 빨래를 힘껏 내리치는 것으로 화풀이를 하셨으리라. 속상함의 강도만큼 때리니 마깨 조록이 꺾였던 것이다. 그렇게라도 해서 스트레스를 풀었으니 다행이란 생각이 들었다.

지금에 생각해 보면 어린 시절 우리는 새 옷을 잘 입지 못했다. 아니, 우리 동네가 전부 그랬다. 명절이 가까워져야 어머니가 오일장에 가서 새 옷을 사주시곤 했는데 초등학교 5, 6학년 설 명절에는 형과 나에게 똑같은 잠바를 사주셨다. 똑같은 옷을 입고 올래 밖으로 나오는 것이 무안하고 이상했던지 형이 나에게 먼저 나가라며 밀어 돌부리에 넘어져 얼굴에 피가 난 적이 있었다. 그것도 설 명절 아침에.

아무튼 새 옷을 입는 것이 이상하고 익숙하지 않은 시기였지만 새 옷이 아니라도 항상 옷을 깨끗하게 입고 다녔던 기억들이 있다. 그만큼 어머니가 수돗가에서 마깨로 우리들의 옷을 자주 빨아 주신 것이다.

"추첩허게 행 다니민 모음도 추첩해진다(더럽게 해서 다니면 마음도 더러워진다며)." 하시면서.

어머니는 단순히 옷을 깨끗하게 빨래해 주신 것뿐만 아니라 우리의 마음이 더럽혀지지 않도록 순간의 어긋난 양심까지 그때그때 깨끗하게 빨아 주셨던 것이다.

옆 동네에 사는 사촌 금자누나가

"우리 말랫어멍(큰어머니, 집안에서 셋째 아들네)은 힘이 조앙 태흥리 바당 돌 다 일러 부렀다고(우리 말랫어머니는 힘이 좋아서 태흥리 바당(바다) 돌을 전부 뒤집어 해산물을 채취했다고)."

어머니는 젊었을 때 키가 크고 약간은 서양 체형이었다. 그런 어머니가 이제는 세월을 거스를 수 없어 몸이 마르고 신경통, 관절통으로 몸이 조금씩 아파지고 있다.

지금 어머니의 마깨는 어머니와 근 20여 년을 같이 해오면서 세월에, 속상함에, 노동으로 어머니의 몸만큼이나 야위어져 있었다. 차라리 깨끗하고 닳지 않은 마깨가 수돗가에 있었더라면 이렇게 눈에 띄지 않고 내 마음도 불편하지 않았을 텐데. 마깨도 어머니와 함께 나이 들어가고 있었다. 어머니와 오랫동안 함께했던 태왁(해녀가 물질할 때 가슴에 받쳐 몸을 뜨게 하는 뒤웅박)은 사라지고 이제 마깨만 남은 것이다. 또 다른 어머니의 얼굴로 나에게 다가온다.

"어머니 옛날 무사 우리가 말 안 들엉 속상허민 저 마깨로 우리 막 때리지 않아수꽈?"

농담 삼아 물어보면 어머니는 "야, 난 경해도 너희들 마깨로 때린 적은 없었쪄. 저기 누게 어멍은 속상핸 마깨로 택진이 막 때렸벳젠 햄져라게만, 난 비치락 조록으로 몇 번 때린 적이 있어지만 그것도 비치락 판나불카 부덴, 경도 못허곡, 경허고 비치락으로 사름때리민 안되주게, 경허난, 뽁당낭 막뎅이로 때리젠 해도 너네가 한놈은 동더레, 한놈은 서러레 도망 가불민 좇아가지도 못허곡, 경허멍 지나갔저 (나는 그래도 너희들을 마깨로 때린 적은 없었다. 저기 누구 어머니는 속상해서 택진이를 마깨로 마구 때렸다고 소문이 났지만, 나는 빗자루 손잡이로 때린 적은 있어도 그것도 빗자루가 빨리 헤어질까 봐, 그렇게도 못 하고, 그리고 빗자루로 사람 때리면 안 된다고 해서 못하고, 그래서 뽁당나무 막대기로 때리려고 해도, 너희들이, 한 놈은 동쪽으로, 또 한 놈은 서쪽으로 도망가면 좇아가지도 못하고 그러면서 지나갔다)." 라고 하신다.

옆에서 아들이 웃었다.

"동더레, 서러레." 하면서.

어머니는 어느 순간부터 세탁기를 쓰신다. 세탁기를 아끼는 마음에서 그런지 몰라도 수돗가에서의 빨래도 여전히 하신다. 걸레나 더러운 것을 빨 때 어머니는 세탁기를 사용하지 않고 아직도 마깨로 손빨래를 하신다. 그래야 깨끗하다 하시면서.

사실 오일장에서 마깨를 새것으로 사다 드리고 싶어도 이제는 새것의 조록(손잡이)이 손에 안 맞아 불편할 것 같아 새것으로 사다 드리지 못한다. 오래된 마깨가 힘이 없어 늙어 슬퍼 보여도 그래도 어머니가 저 마깨를 잡고 오랫동안 빨래를 할 수 있으면 좋겠다.

고향 집 수돗가에는 늘 마깨가 그 자리에 있으면 좋겠다. 물론 어머니가 지금 내 옷을 빨래하는 일은 없겠지만 그래도 그 마깨가 앞으로도 나의 양심과 마음을 더럽혀지지 않게 지켜줄 것 같은 느낌이든다.

좋은 사람, 좋은 간호사를 소개합니다

어제 오후 갑자기 형이 전화를 했다. 어머님이 쓰러져 서귀의료원 응급실로 옮겨지고 있다고…. 하던 일을 멈추고 의료원에 도착해보니 생각했던 것보다는 다행이었다. 아버지가 대처를 잘하신 것 같았다.

어머니는 요즈음 비가 오질 않아 매일 아침저녁으로 우연내(텃밭)에 심어 놓은 호박, 가지, 참깨 등에 물을 주고 계셨다고 했다. 그런데 어제 오전 날씨가 더워져 약간의 더위를 먹고 기력이 떨어져 아버지가 구급차를 불러서 서귀의료원 응급실로 오게 되었다는 것이다.

어머니의 루이비통

필요한 조치를 끝낸 후 어머니가 안정을 취하시며 이렇게 말씀하셨다.

"야, 쟤네(간호사들) 자꾸 왕졈게(간호사들이 자주 와서 보아 준다고)."

"야, 이안이(아들) 애인도 쟤네만 허느냐(아들 여자 친구도 간호사들만큼 하느냐)?"

"정말 요망지다게(정말 다부지고 똑똑하다)."

그리고는 담당 간호사가 올 때마다

"야, 이거 클르라게 나 빨리 집에 가사 키여 호박, 가지 걔네들이 나 막 기다렴져게 얼마나 더위사신디 다 소드랑 죽어감쩌게(수액 주사 빨리 풀어달라 나 지금 집에 빨리 가야 한다. 호박, 가지가 나를 기다린다. 얼마나 더위가 심한지 다 말라 죽어 가고 있다고)."

"아이고, 할머니 뭐엥 골람수과게 이거 다 맞앙가야 댐니다게 경해야 우연내 물도 주곡헙니다게(할머니 뭐라고 하시나요? 이 수액 주사 다 맞으셔야 합니다. 그래야 텃밭에 물도 줄 수 있습니다)."

"야 니 어디니(집이 어디지)?"

"병원 조끄디 이우다게(병원 옆에 살고 있습니다)."

그리고 두 사람은 둘만의 대화를 이어나갔다.

나는 속으로 이 간호사에게 많이 놀랐다. 보기에 20대 중반 같은데 요즈음 젊은 세대는 잘 쓰지 않는 제주어를 쓰는 것도 놀라웠고 기본적으로 여기는 응급실이지만 당신은 괜찮을 것이다, 안전과 안정이 보장되어 있다는 무언의 암시를 주고 있었다. 그리고 어머니의 눈을 바라보며 한마디 할 때마다 어머니의 마음 속으로 들어가는 것이었다.

걱정스럽게 바라보아 주는 딸, 손녀의 입장에서 어머니를 대하듯, 진짜 할머니를 대하듯 스스럼없이 어머니와 같은 세계에 있는 것이었다. 그것도 환한 웃음을 띠고서. 놀라운 소통 능력이고 실제로 간호사의 정의를 보는 듯한 느낌이었다.

사실 난 서귀포 의료원을 그리 믿지 못했다. 아니 의료원이 나를 그렇게 만든 적이 있다.

아들이 고등학교 시절 내 친구와 달리기 시합을 한 후 혈압이 안 떨어져서 응급실로 급하게 옮긴 적이 있는데, 다음날 의료원에서 할 수 있는 모든 검사를 다 했지만 '심방중격 결손'이란 선천성 심장병을 잡아내지 못했다. 2년 후 군입대 전 모든 몸을 스캔하는 과정에서 그것을 발견한 것이다. 그 과정에서 담당의사와 간호사들이 굉장히 불친절했던 기억이 있다. 물론 서귀포 의료원이 그때와는 많이 달라졌다. 최첨단 의료 시설이 들어오고 전문 분야의 의사 선생님들도 많이 계시고, 좋은 사람, 좋은 간호사분들도 많이 계시다. 실로 몇 년 만에 놀라운 변화가 일어난 것 같다.

신촌 세브란스 병원에서 아들이 심장 시술을 했을 때 놀라웠다. 모든 것이 파이브 스타(five star) 병원 호텔 수준이었다. 시설도, 환자를 대하는 그들의 마음도 그랬다. 상업적인 부분이 많았지만, 그것을 최대한 드러내지 않은 서비스 같은 것이었다. 특히 아버지로서 아들이 무사히 시술을 끝냈으면 하는 걱정과 초조함이 나 자신을 지배했지만 담당 의사(홍그루 선생님)와 간호사들이 보여준 전문 분야에 대한 자기 확신과 직업 정신은 시술 전 나의 걱정과 부담을 완화해 주었다. 그래서 큰 병원에 가야 한다는 사람들의 말이 이해되었던 경험이기도 했다. 병원 시스템에 대한 모든 것이 신세계였고 병원이 불친절한 곳이 아니란 것을 피부로 느끼게 되었다.

의사의 전문적인 진료는 말할 것도 없고 아들과의 공감 능력도 최고였다. 그리고 담당 간호사는 필요한 것을 말하기도 전에 차근차근 미소로 준비해 주었다. 조용하게 배려받는 그런 느낌이었다.

퇴원하면서 담당 의사와 간호사에게 고마움을 표현하지 않으면 안 될 것 같아 감사 편지를 보냈다. 그리고 그 이후에 1년에 한두 번씩 정기 검진을 가는 애프터서비스도 아주 만족스럽게 이어졌다.

조금은 다른 이야기이지만 당시 2인실을 사용했는데 대구에서 올라와 같은 방에 입원한 분의 나이가 나와 비슷해 보였다. 그런데 다음날 20대 여성분이 찾아와 환자분에게 거의 반말로 연인처럼 이야기하고 준비해온 음식을 다정하게 먹는 모습을 보고 속으로 '참 저분 능력이 좋은 분이시구나, 지방에 있는 사모님은 올라오시지 않고 젊은 여성이 옆에서 간병을 해주네.' 라고 생각했다.

그래서 그분에게 농담조로 "선생님, 참 능력 좋으십니다." 하자 "무슨 말이신지?" 하고 의아해하다가 내가 하는 말의 의미를 알고는 "아, 제 딸이에요. 딸이 대학 졸업하고 지금 서울에서 직장 생활을 하고 있습니다." 라면서 너털웃음으로 나의 무안하고 어색한 마음을 무마해 주었다.

병원에서 가족을 만나는 것과 같이 익숙하고 편안한 분위기에 있으면 병도 빨리 완치될 것 같다. 서귀포 의료원 응급실에서 8시간 정도 머무르는 동안 응급 처치를 받은 환자들 대부분은 노인들이었다. 아마도 이 더운 여름을 이기지 못하고 자신을 조금씩 놓아 버려 응급실로 실려 왔을 것이다.

병원 응급실이, 물론 다시는 가고 싶은 곳은 아니지만, 그런 긴장감이 흐르는 장소에서 고미지 간호사를 만난 것은 불행 중 행운이었다는 생각이 들었다. 신촌 세브란스 병원과 같은 분위기와 격은 아니지만 뭔가 특별한 그런 분위기였다.

교육만으로 이루어지는 서비스와 대인 관계가 아니었다. 다시 말해 돈을 지급해서 받는 친절함과 공감이 아니라 사랑하는 사람을 대하듯이 격의 없이 편하고 부드럽게 대하는 그녀의 친절한 대인 관계는 타고난 것이 아닐까 하는 생각이 들었다. 그 간호사도 보통 사람들과 같이 스트레스를 받고 단지 티를 안 낼 뿐이었을까? 그렇지 않다면 그분은 초등학교때 배웠던 백의의 천사가 분명하다.

요즈음 천사는 없다고 한다. 세상이 그렇다고 한다. 그녀도 일을 끝낸 후에는 가족과 주위 분들에게 위로와 편안함을 많이 받기를 바라본다. 그녀가 내 어머니에게 준 것과 같이.

돌아오는 길에 어머니가 "야, 걔 이안이 애인해시민 좋지 않으크냐 (아들 여자 친구였으면 좋지 않겠니)?" 하신다.

"게메양, 이안이는 이녁이 알앙 잘 해사주게, 우리가 골앙 뭐 됨니꽈게(글쎄요, 이안이는 자기가 알아서 잘해야 합니다. 우리가 이야기한다고 되나요)?"

"맞주게 게눈에 들어사주 무신(맞아, 그 녀석 눈에 들어야 하지)."

"이실거여게(있을 겁니다)."

어머니의 루이비통

"게메양(그럴지도)."

퇴원한 날 저녁 어머니에게 전화를 드렸는데 받지 않아 대신 아버지에게 걸었다.

"어머니 뭐 햄수꽈게(어머니 뭐 하고 있나요)?"

"우연네 호박, 가지에게 물 주엄심게게(텃밭의 호박, 가지에 물 주고 있다)."

"기꽈? 경허민 되수다(그래요? 그러면 되었습니다)."

어머니는 평범하고 행복한 일상으로 돌아오셨다.

Oh Lord! 감사합니다.

솔래기 물회 대 객주리 조림

어린 시절 남원 태흥리 바닷가에서 자랐다. 지금의 포구와 그 옛날 축항의 모습은 많이 다르지만 축항은 우리의 놀이터이자 아버지들의 일터이기도 했다. 그리고 가끔 배가 들어오는 아침이면 아버지를 따라 축항으로 가 그날 잡은 바릇괴기(생선)가 궁금하여 목을 길게 빼고 이리 저리 배 안을 살피는 재미가 있었다.

어머니의 루이비통

물론 아버지는 배에 올라 이것저것 살펴본 후에 배 위의 괴기를 가지고 내리시곤 했다.

나도 빨리 어른이 되어 배가 들어오면 배에 올라 무엇을 잡았는지 궁금증을 해소하고 싶은 마음이 들었다.

생선의 종류가 다양했고 많이 잡히기도 했다. 지금은 거의 볼 수 없는, 특히 당시 뱃사람들이 최고의 횟감으로 여기는 꼬들꼬들한 비긴다리(30~50cm, 붉은 상어새끼 종류)와 독게(보통 20~30cm 펄닭새우)도 많이 났지만 그래도 그 시절 최고의 생선은 옥돔이었다. 물론 지금은 비싼 횟감(다금바리, 돌돔)을 최고로 쳐줄지 모르지만….

옥돔은 겉모습이 예쁘고 늘랜내(비릿내)도 다른 생선에 비해 적었다.

형과 나는 생선을 좋아하지 않아 잘 먹지 않았지만 옥돔은 예외였다. 지금도 가끔 생각이 나는 음식이 옥돔죽이다. 요즈음은 옥돔죽을 먹어볼 기회가 거의 없다. 어쩌다가 아버지가 큰 옥돔을 구해 오면 어머니는 쌀로 옥돔죽을 쑤어주셨다. 쌀도 귀하고 옥돔도 귀하던 시절, 우리 집에서의 옥돔죽은 임금님의 수라상 못지않았다.

어머니는 옥돔에 물을 넣고 끓이다가 익으면 가시를 발라내고 산디쌀(제주 밭에서 나는 쌀)을 넣어 다시 끓이는데, 참기름 몇 방울과 소금간이 전부였다. 옥돔 자체는 기름지지만 아주 고소하면서도 담백하고 풍부한 맛을 낸다.

어머니는 옥돔으로 구이를 하는 경우는 극히 드물었고, 옥돔이 크면 죽을 쑤고 작으면 국을 끓여 주셨는데 이는 우리 집 식구 모두가 좀 더 넉넉하게 먹기 위해서였다고 하셨다.

옥돔뭇국은 당시 무가 많이 들어 있었지만 가시를 걷어내고 밥에 조망(말아서) 먹으면 옥돔 향과 맛이 남아 작은 생선으로도 여유 있게 즐길 수 있었던 것이다. 그때는 몰랐지만 지금에 와서는 옥돔 내장도 굉장히 맛있다. 그만큼 옥돔이 귀해 옥돔구이는 설 명절이나 제사 때 제수 음식으로 보는 게 전부였다. 또 당시 주위 살림이 거의 비슷했지만 그래도 조금 산다는 집에서 애를 낳으면 옥돔미역국을 끓였다고 한다.

나는 최근에야 옥돔 물회가 있다는 것을 알았다. 술을 좋아하지 않은 편이라 해장에 어떤 것이 좋은지 궁금해 본적도 없고, 활어 옥돔을 본 적도 없다. 주낙에 올라오자마자 바로 죽어 버려서 당시에도 옥돔회는 먹어본 기억이 없다. 아마도 생물인 경우, 옥돔은 살이 연하고 부드러워 횟감으로 그리 좋은 편은 아니었을 것이다.

옥돔 물회는 귀한 생선이다 보니 당일바리 옥돔을 구하는 것 자체가 어려울 뿐만 아니라 참 손이 많이 가는 음식이다 보니 옥돔 물회를 하는 곳은 제주도에도 몇 군데뿐인 것 같다.

일단 살을 발라 자르고 뼈는 작은 절구통에 넣어 으깬 다음 다시 칼로 다진다. 여기에 제주 무, 오이, 양파, 마늘 등을 넣고 된장과 고추장으로 간을 했는데 말로 표현할 수 없을 만큼 고소하고 담백한 맛이다. 나는 술을 별로 즐기지 않는데 술먹는 사람들에게는 최고의 해장, 다시 말해 황제 해장이 될 것 같았다. 해장을 떠나 나는 맛 그 자체로 즐겁다.

이 옥돔 물회를 즐기려면 먼저 전화를 해서 예약하는 것이 필수다. 당일바리 옥돔이 있어야 가능한데 그냥 가서 이 음식을 먹어 보려고 하면, 전생에 나라를 세 번 이상은 구해야 하거나 아니면 정말 운이 좋아야 한다.

　객주리는 쥐치다. 어릴 적 옥돔이 생선계의 황제 신분이라면 쥐치는 머슴 정도라 할 수 있다. 비늘이 없고 제사상에도 오르지 못하며 비린내가 심해 잘 먹지 않는 작은 것들은 축항에 버려지곤 했다. 배 위에서 생선을 살 때 덤으로 주는 생선이었다.

　객주리는 먼바다의 것은 약간 길고 가까운 바다의 것은 그냥 넓다. 낚시를 하거나 수영을 하며 작살로 잡는 이 고기는 거의 껨지의 필수품이 될 정도로 흔하디 흔했다. 근데 이제는 없어서 못 먹는다.

　객주리조림의 맛을 결정하는 것은 내장, 즉 간이다. 간을 넣고 안 넣고가 조림의 맛을 결정한다. 객주리는 2~3월이 제철이다. 객주리조림은 된장으로 간을 하고 고춧가루를 뿌려 먹는데 제주의 무가 맛을 배가시킨다. 무의 단맛과 어우러져 제주도 말로 참베지그랑(풍부하고 담백한)한 맛을 낸다. 국물에 밥을 말아 무와 함께 먹으면 그 감동이 조금은 오래갈 것이다.

　객주리는 현지 사람들의 가벼운 술안주로 올려지다가 이제는 그 맛이 널리 알려져 많은 사람들이 찾고 있다. 그야말로 생선 머슴에서 신분이 엄청나게 상승한 것이다.

　표선리 어촌식당은 어머니가 장사하다 지금은 그녀의 딸이 운영하고 아들이 바다에 나가 고기를 잡아 오는 곳이다. 대부분 자체적으로 소화한다. 참기름도 자체적으로 빻은 것만 쓰고 무는 겨울철에 수확한 것만 쓰기 때문에 봄과 여름까지 쓸려고 저장창고에 보관한다.

　그리고 이 집의 다양한 물회도 맛있다. 해마다 벌초를 한 후 지친 몸으로 먹었던 자리물회, 한치물회 맛도 일품이었다.

주위에 사는 제주 토착민들이 즐겨 찾는 식당인데 입소문을 타고 방송에 소개되면서 손님들이 밖에서 기다려야 하는 시간이 점점 늘어나게 되었다. 그래서 주인아주머니는 손님을 기다리게 하는 것에 대한 걱정이 많다. 전형적인 제주 아주망의 배려심이다. 식사 시간을 조금 피해 가는 것도 완전하게 음식을 즐기는 요령일 것이다.

음식은 사람들이 살아가는 문화적 특성을 가장 잘 반영하기도 한다.

"밥 먹어수꽈? 밥 먹어시냐(식사 했나요)?"

"야 왕 밥먹으라(야 와서 밥 먹자)."

"하영 먹읍서. 하영 먹으라 이(많이 들어요)."

지금도 고향 집에 가면 이런 인사를 나눈다. 몇 마디이지만 제주 음식 문화와 배경을 가장 잘 설명해 주는 말들이다. 배고픈 시절 이웃에 대한 나눔과 배려가 지금까지도 쭉 이어지고 있는 것이다.

우리가 함께했던 제주 음식은 공동체 음식의 성격이 강했고, 우연 내(텃밭)에서 자급자족 형태로 얻었던 친환경 재료가 주를 이루었다. 노동을 지탱하기 위해 에너지를 낼 수 있도록 탄수화물 섭취를 무난하게 하기 위해 국 문화가 발달하였다. 그리고 소스나 양념은 된장이 주류를 이루어 된장 문화가 발달한 건강식이었다. 그래서 물회에도 된장만을 썼는데 언제부터인가 육지 사람과 관광객의 입맛을 위해 고추장을 섞는 것이 보편화 되고 있다.

제주 음식 중에 정성이 가장 많이 들어간 음식을 꼽으라면 주저 없이 나는 된장이라고 말한다. 일 년에 한 번 만들어진 된장이 그해 그

어머니의 루이비통

집의 음식 맛을 결정하다시피 하니 집집마다 최고의 정성이 들어갈 수밖에 없었을 것이다.

어머니는 어린 시절 외할머니가 집에서 된장을 담글 때는 쇠양내 (서양 화장품 내음) 나는 딸들의 접근을 원천 봉쇄하여 자신만의 방식으로 된장을 담궜다고 하셨다.

외할머니와 어머니가 자주 하셨던 말이다.

"말존디 장맛이 구린다(말이 많으면 된장 맛이 구리다)."

물론 이 말 속에는 된장을 담글 때 여러 말보다는 정성이 들어가야 한다는 의미도 있지만, 된장을 담그면서 사람의 침이 튀기면 그 본연의 맛을 잃어버리기 때문에 주의해야 한다는 의미도 있는 것이다.

제주 음식은 조리 과정이 의외로 간편하고 단순하며 장식이나 외부 환경보다는 음식 그 자체에 집중하는 계절 음식의 성격이 강하다. 주재료를 제외하고는 대체로 구하기 쉬운 재료를 사용하였다. 그래서 신선하다.

제주에서 어머니가 자주 끓여 주시던 매역국과 내가 서울 가서 먹었던 미역국은 확연하게 달랐다. 물론 육지 미역국은 소고기가 들어간 것이 큰 차이일 수 있는데 육지 미역국은 그야말로 미역이 분해될 정도로 푹 끓이는 반면 어머니의 매역국은 페마농(쪽파)을 넣고 매역이 거의 데쳐진 수준으로 끓여진 것이었다. 이것은 아마도 재료의 신선도에서 오는 조리 방법이 차이가 아니었나 하는 생각이 든다.

음식은 문화와 사람들의 교류에 따라 변하기도 한다. 그리고 즐기는 사람들의 입맛에 따라 변해간다. 지금은 어떤 것이 전통음식이고, 향토음식이고, 외래음식인지 그 개념 자체가 모호해지고 있다. 제주 사람들의 이동이 자유로워지고 관광객과 육지 사람들이 많이 들어와 조리 방법이 다양해졌다. 특히 음식의 맛을 내는 양념과 소스는 제주 본연의 것이 아닌 다른 지방의 맛이 가미되고 최근에는 서구화되어 가는 느낌도 없지 않다.

많은 사람들이 좋아하는 흑돼지구이는 전통 제주 음식이라기보다 문명과 문화 그리고 육지 사람들이 만들어 낸 제주 음식이다. 사실 옛날부터 제주 사람들이 돼지고기를 즐길 때는 대부분 삶아서 먹거나 국을 끓여 먹었다. 제주에서의 돼지고기는 1980년대 초·중반 즈음 부위별 개념이 확실해지면서 구워 먹기 시작한 것 같다. 이는 다른 지방의 문화 습득에서 비롯된 것이라고 할 수 있다. 물론 그 이전부터 돼지고기를 구워 먹었던 경우가 있었겠지만 흑돼지구이가 보편화되기 시작한 것이 그 무렵이었던 것이다.

이제 제주에서는 지역이나 조리법의 구분 없이 제주 식재료로 만들어진 모든 음식이 제주 음식이 될 것이다. 그리고 앞으로 갈수록 전통음식의 개념은 모호해질 것이다. 그리고 음식의 개념을 구분하기보다 스스로 선택한 개인 취향의 음식들로 전통의 맛을 느껴 갈 것이다.

나 역시 최근에 와서야 음식의 맛을 알아 가고 그 즐거움을 느끼게 되었다. 그중에서도 집밥 정식이 최고라는 것을 알아 가는 중이다. 정식의 다양한 반찬들에 자꾸 손이 간다. 언젠가 시간이 허락된다면 사랑하는 사람과 함께 전국 일주를 하며 각 지역의 작은 정식 전문 식당을 찾아 그 맛을 느껴 보고 싶은 것이 요즈음 내가 가장 하고 싶은 일 중의 하나이다.

아직도 고향 집 태흥리의 부모님 음식은 예나 지금이나 변화가 거의 없다. 인스턴트 가공식품을 전혀 드시지 않는다. 우연내(텃밭)에서 자라는 채소와 감저(고구마), 그리고 돼지고기가 부모님 식단의 주류를 이룬다.

나 역시 갈수록 제주에서 제주 사람이 먹던 대로 제주 사람, 특히 부모님 세대가 드셨던 음식에 입맛이 따라가는 것 같다.

갈수록 제주 음식이 상업화되고 그 경계가 불분명해지고 있다.

제주에서 상업적인 성공보다 고집스럽게 그 옛날 그대로의 제주 음식을 하는 분들이 있다면 그 분들은 존경받아 마땅하다. 제주 문화를 이어가는 분들이기 때문이다. 그리고 그들이 만든 음식이 정직하다면 천천히 갈지언정 후에 많은 사람들로부터 사랑받을 것이라 확신한다.

왜냐하면 제주 음식은 그 바탕에 나눔과 배려의 정서가 있고 자연주의 건강식이기 때문이다.

아마도 표선 어촌식당의 가장 큰 친절은 맛 그 자체이다. 그리고 이 집 아주망 언어는 순수 제주어이다. 어쨌든 자주 들으면 어감이 익숙해져 기분이 좋아진다. 주위에 제주 민속촌과 해비치 리조트가 있다. 그리고 아이리스 촬영지로 알려진, 걷기에 좋은 해안가가 또 하나의 그림이 된다.

뫼쪽*

"조심행 혼져 가라이(조심해서 어서 가라)."
"예, 알아수다. 가쿠다 들어갑서(예. 알겠어요. 갑니다. 들어가세요)."
대문 밖에서 인사를 하고 차에 시동을 켠다. 어머니는 아들의 차가 전방 200m에서 우회전하여 사라질 때까지 바라보다가 자신의 얼굴보다 주름이 깊은 대문을 밀고 안으로 들어가신다.

고향 집을 다녀갈 때마다 어머니는 항상 대문 밖까지 나와 배웅을 하신다. 어머니가 언제부터 이런 배웅을 하셨는지 정확하게 기억나진 않지만 꽤 오래된 일인 것 같다.

어머니의 루이비통

몇 달간 해외에 있다가 오랜만에 고향 집에 들렀다. 양손에 이것저것 잔뜩 들고 "어머니, 나 와수다(어머니 나 왔어요)." "아이고 무사 경 줄어시니(왜 그리 여위었나)?" 하신다. 나는 항상 90여 kg의 몸무게를 유지하는 편이다. 그런데 어머니는 외국만 갔다 오면 "무사 경 줄어시니(왜 그렇게 살이 빠졌니)?"이다.

"아이고, 아니 우다게. 난 외국에 가민 밥도 잘 먹고 좀도 잘 잡니다게(아니예요. 외국에 있으면 밥도 잘 먹고 잠도 잘 잡니다)."

"아이고 경허민 소망이여(그러면 다행이다)."

이 몇 마디 인사는 수십 년을 했는데 신기하게도 바뀌지 않는다.

내가 집으로 돌아갈 때 이제 어머니는 대문 밖으로 나오시질 않는다. 재작년부터 어머니께 대문 밖으로 나오지 말라고 신신당부를 했기 때문이다.

대문 밖으로 나오면 계단을 올라 다시 집으로 들어가야 하는데 연로하신 몸으로 몇 개의 계단을 오르는 것조차 어머니에게는 마치 가파른 산을 등정하는 것같이 느껴지시리라. 그리고 어느 순간 아들이 가는 모습을 바라보는 백미러에 비친 어머니의 모습이 너무나 외로워 보였다. 그러면 얼마 못 가 다시 전화를 한다.

"밥 잘 먹읍서양(식사 잘하세요)."

어머니의 배웅은 항상 같았다. 고향 집을 자주 방문하는 형이나 외국에 살고 있는 동생이 일이 년에 한 번 정도 고향 집을 다녀가는 날에도 어머니의 헤어짐 방식은 똑같았다.

....

* 뫼쪽 : 얼굴을 살짝 내밀어 사물이나 사람을 바라본다는 의미

내가 어머니의 배웅을 완강하게 거부하기 전까지는.

대학교 1~2학년 겨울 방학 때쯤 아버지, 형과 배를 탔다(뱃일을 했다). 바다 일을 하는 것이 보람되고 즐겁게 여겨졌다.

나는 체질적으로 약간의 육체적 노동을 즐기는 편이기도 했지만 새벽에 중무장하고 배에 올라 찬바람을 맞는 것이 그렇게 좋을 수가 없었다. 그리고 그물을 거두면 올라오는 하아얀 무엇인가에 대한 기대감을 즐기는 것도 좋았다.

우리는 대부분 이른 새벽이나 늦은 밤에 바다로 나가곤 했다. 어머니는 배가 보이는 애삐리, 봉안이, 심지어는 남원까지 뛰어다니셨다고 한다. 특히 비바람이 부는 날이면 이리저리 배가 보이는 곳으로 찾아다니셨다.

지금 생각해 보면 아버지는 어머니에게 참으로 무심한 남편이었다. 배가 들어올 것을 미리 말하면 어머니가 이쪽저쪽으로 뛰어다닐 필요가 없었을 텐데 말이다.

한번은 배가 가라앉을 정도로 히라스(방어의 일종)를 많이 잡아 의기양양하게 축항(포구)으로 들어서서 어머니에게 "오늘 괴기 완전 하영 잡아 수다, 어머니 기분 좋지 않쫘 양(오늘 완전 고기 많이 잡았는데 어머니 기분 좋지 않아요)?" 했다. 그러자 어머니는 "잘 갔다 오능 것만큼 좋은 것이 어디이시냐 게(잘 다녀오는 것만큼 좋은 것이 어디에 있나)?" 하며 연한 미소를 지으셨다. 어머니에게는 그저 삼부자가 고기를 많이 잡든 그렇지 않든 무탈하게 돌아오는 것이 최고였던 것이다.

우리는 미안함도 없이 당연하다는 듯이 전쟁에서 돌아온 병사들마냥 지친 옷들을 벗어 버리면 그만이었지만 어머니 자신은 지친 기색

어머니의 루이비통

도 없이 감사한 얼굴로 우리보다 더한 노동력으로 빨래를 하고 모든 것들을 정리하셨던 것이다.

형과 내가 비슷한 시기에 군대에 입대했을 때도 어머니는 새벽에 일어나 별을 보며 자식들이 무사 안녕을 빌었다.

우리 형제가 군에 있는 동안 아버지 혼자 바다에 나갔다가 기관 고장으로 거의 이틀 동안을 표류하다 큰 배에 구조된 적이 있다는 것을 군 제대 후 한참이나 지나서야 알게 되었다. 참 다행이었지만 어머니 혼자 자신의 믿음에 의지하여 침착하게 그 외로움과 공포의 시간을 이겨내신 것이다.

해녀 일을 하면서 어머니는 정기적으로 자신이 손수 준비하신 음식을 구덕에 이고 당(토착 신앙을 모셔 두는 곳)에 가서 정성을 들이셨다. 어머니의 이러한 정성은 지금도 여전하다. 자식들이 큰일을 앞두거나 가족들의 안녕을 위해 정성을 들이고 싶은 시간에는 항상 그곳에 있다. 오래전에 해안 도로가 나면서 당이 사라졌지만 심방(무당)과 동행하여 어느 특정한 바닷가에서 자신만의 의례를 다하신다.

최근에는 어머니의 다리가 많이 아파 그렇게 하지 말라고 신신당부를 해도 계속 고집하는 바람에 가끔 형이 어머니를 모시고 간다. 자식들이 출가하여 손자, 손녀가 시집 장가갈 나이가 되어도 어머니의 자식을 위한 의례는 몸을 지탱하기 힘들어도 계속되는 것 같다.

제주도로 다시 내려온 후 형의 사무실을 방문하고 많이 놀랐다. 대부분의 건축사들은 자신의 사무실을 현대화하는 것을 당연시하는 데 형은 완전 거꾸로 가고 있었다. 옛날 할머니, 어머니들이 쓰시던 속박, 구덕, 차롱, 저울 등 제주의 오랜 문화들로 꾸며 놓았다. 건축사 사무실 이름도 그냥 제주 토속이다. '올래와 정낭'. 그렇게 지은 이유는 올래로 들어서는 순간 그 집의 반가움을 접하게 되기 때문이고, 그 반가움과 가족을 위한 마음을 함께 하고자 함이란다. 형은 제주의 할머니, 어머니들의 자식과 가족을 위하는 마음을 건축에 담아내고자 했다.

고향 마을 태흥리 해녀의 집은 제주 고향 사람이 아니면 그 누구도 갖지 못하는 아이디어와 방식으로 표현해 놓았다. 몇 년간 내가 테헤란로에 근무하면서 고층 빌딩을 접하고 왔다 갔다 하였지만 형의 건축과 표현이 최고라는 생각이 들었다. 그리고 존경스러웠다.

재작년 중국 최고의 건축가 Mr. Cui Kai와 식사를 하면서 그가 했던 말이 와 닿는다.

"건축가는 자신의 이상을 표현하는 것이 아니라 건축주의 마음이 그 지역의 정서에 들어가게끔 도와주는 역할을 하는 사람이다. 이것이 진정한 건축의 힘"이라고 하였다. 참으로 공감이 갔다.

지역에는 그 지역만이 갖고 있는 고유의 정서가 있다. 수많은 관광객으로 인하여 제주의 자연은 너무 쉽게 밟혀 아파가고, 제주의 정서와 문화는 그보다 더 빨리 버려지고 사라져 가지만 형은 항상 그것들과 같이한다. 민속학자는 아니지만. 그래서 나는 형의 일하는 방식이 너무나도 소중하고 존경스럽다. 그것은 어쩌면 어머니의 영향, 가족들을 위한 마음이 자연스럽게 표출된 것이 아닌가 생각된다. 어쩌면 그도 제주의 자연과 문화, 작은 돌담 하나까지도 그저 뙤쪽하게 바라보는 것으로 드러나지 않는 애정을 키워 온 것인지도 모든다.

어린 시절, 돌담 위에 얼굴을 뾰쪽 내밀고 환하게 웃으시며
"학교 잘 가땅 오라이(학교 잘 갔다 오너라)."
대문 밖까지 나와 배웅하셨던 어머니는 이제 자식들이 불편해할까
봐 대문 안에서 얼굴을 뾰쪽 내밀어 사라지는 자식의 모습을 바라보
는 것으로 배웅을 대신하신다.

나는 참으로 행복한 사람이다.
항상 나를 위해 기도해주시는 어머니 덕분에 지금도 내가 하고 싶
은 일을 할 수 있어서, 그리고 어머니가 내게 그랬던 것처럼 나도 뾰
쪽하게 바라볼 수 있는 가족들이 있으니 행복하다. 어머니가 가족들
에게 그랬던 것처럼 나도 그런 마음이다. 물론 어머니의 마음에는 한
참 미치지 못하겠지만.
어쩌면 어머니가 몸은 고달프게 살아오셨지만 뾰쪽하게 바라볼 수
있는 마음이 있어 그 힘들고 모진 세상을 이겨내지 않으셨을까?
누군가를 위해 뾰쪽하게 바라볼 수 있는 마음이 그 마음을 받는 것
보다 더 편하고 행복하게 느껴지는 것은 왜일까? 내가 나이를 먹어
서일까? 아니면 내가 정말로 부모가 되어가고 있는 것일까?
다음에 고향 집에 가게 되면 어머니가 대문 밖까지 나와 배웅하시
더라고 그냥 그렇게 바라봐 주고 싶다. 어설픈 부모지만 나도 어머니
와 같은 그런 마음이니까.

모밀저배기(메밀수제비)

　모밀은 표준어로 메밀이고 저배기는 수제비, 즉 모밀저베기는 다시 말해 메밀수제비이다. 제주도에서는 밭농사를 하면서 모밀을 재배하는 곳이 그리 많지 않았다. 왜냐하면 주로 주식이 되는 작물인 감저(고구마)를 재배하였기 때문이었다.

　요즘은 모밀을 거의 사시사철 재배하고 특히 모밀꽃을 피우는 것으로 관광상품화한 곳도 많지만 옛날에는 보리를 수확하고 난 후인 음력 6~7월에 씨를 뿌리고 10월 중순 경 수확을 하였다. 일 년 작물 중 제일 늦게 모밀을 수확하였다.

어머니의 루이비통

그리고 마을에서는 소량으로 재배하여 조금은 귀한 음식 재료였다.

모밀가루를 뽑기 위해서는 고래(맷돌)에 모밀을 넣고 갈았다. 대체로 처음 걸러 나온 것들은 껍질이 대부분이라 이것으로는 음식을 해먹을 수 없어 버렸다. 중간 체로 거른 것은 약간 투박하여 주로 범벅을 해서 먹었다. 삶은 감저(고구마) 위에 모밀가루를 뿌리고 휘이 저어 먹기도 했다. 그것은 단맛과 함께 배고픈 시절의 포만감으로는 그만이었다.

마지막 단계인 고는 체(가는 체)로 걸러진 모밀가루로는 저배기, 전기(빙떡), 묵을 만들어 먹었다. 예전에 살림 형편이 조금 나은 집에서만 제사나 명절 때에 전기나 묵을 제사상에 올렸다고 한다. 그 당시는 귀하고 소중했던 음식 재료였던 것이다.

모밀저베기는 옛날에 애를 낳고 피를 멈추는데, 해독 및 부기를 빼는 데 특히 좋아 산모들을 위한 음식이기도 했다고 한다. 어머니가 형을 낳았을 때 외할머니는 거의 보름 동안이나 모밀저베기를 해주셨다고 한다. 당시에는 그냥 맹물에 소금으로만 간을 하여 먹었는데 다른 음식 재료를 함께 넣으면 모밀 특유의 고소함이 사라지기 때문이었다고 한다. 정직하게 그 재료의 맛 자체를 즐겼다고 한다.

저베기는 배고픈 어린 시절 참 많이 먹었던 음식이다. 그 당시 가장 흔한 것이 보리여서 우리는 보리저베기를 주로 먹었는데 아주 간혹 모밀저베기를 먹을 때도 있었다. 아마도 그때 아버지가 어디를 다녀오셨거나 어머니가 아버지만을 위한 음식으로 모밀저베기를 해드릴 때였을 것이다. 아버지는 모밀 음식을 정말 좋아하셨는데 전기(빙떡), 묵 등을 특히 좋아하셨다. 가끔 아버지는 어머니에게 음식 타박을 하셨는데 모밀저베기만은 예외였다.

저베기에 먹는 반찬은 깍두기나 김치면 족하였는데 우리 가족은 대부분 담백하고 약간은 밍밍한 모밀저베기 자체를 좋아하였다.

아버지는 요즘 말로 나쁜 상남자였다. 실제로 좋은 남편은 아니었다. 집 밖에서는 호인 소리를 들으면서 어머니에게는 고생을 시키고 힘들게 했다. 그래도 어머니는 며칠 만에 집으로 돌아오신 아버지를 위해 아버지가 좋아하는 음식, 모밀저베기를 해드렸다. 그 당시에는 어머니의 모밀저베기가 그런 의미인줄 몰랐다. 자신에게 결코 너그럽지 않은 지아비를 위해 어머니가 할 수 있었던 은근한 사랑의 표현이었던 것이다.

갑자기 어머니에게 모밀저베기가 먹고 싶다고 했더니 끓여 주신다.

"무사 아방이 경 미썽볼라도 이 모밀저베기 경 잘해 주어수꽈(왜 아버지가 그렇게 미워도 이 메밀수제비를 해 주었나요)?" 하니 어머니가 "경해도 아방은 아방이주게(그래도 아버지는 아버지다)."라고 하신다.

어머니는 85세가 넘은 지금도 가끔 아버지가 어머니를 구박하신다고 한다. 말로는 구박하면 밥 안 해줄 거라고 하면서 아버지를 제일 먼저 챙기고 걱정한다. 어머니는 정말 한결같은 분이다.

그런데 아버지는 어머니가 인생 최고의 복이었다는 것을 알고 계실까?

아무튼 앞으로도 두 분이 건강하게 서로를 위하면서 살아가셨으

어머니의 루이비통

면 좋겠다.

모밀저베기를 먹으면서 단 한 번이라도 나도 누군가를 위해 정성을 다해 음식을 만들어 본 적이 있었던가를 반문해 본다.

기회가 되면 나도 그렇게 해보고 싶다. 더 외로워지기 전에 말이다.

사랑

얼마 전 어머니가 응급실을 다녀오셨다. 우연내(우녕팟: 집에 있는 작은 텃밭)의 호박, 가지, 콩, 고추가 가뭄에 마르고 시들어 가는 것을 보지 못하여 매일 아침 물을 주고 계셨는데 더위 먹고 기력이 떨어져 쓰러질 지경이 되신 것이다. 아버지가 119를 불러 서귀의료원 응급실로 실려 가신 것이다.

응급실에서 두 분은 서로를 보는 것이 아니라 어머니는 말똥말똥 그저 천장과 주위만 바라보셨고 아버지는 그런 어머니 옆에 앉아 정면을 바라보고 계셨다. 참 어색한 모습이었다.

어머니의 루이비통

우리들이 다가가자 어머니는 대뜸 "야, 느네 아방 집에 가랭 허라 (아버지 집에 가시라고 해라)."였다.

"여기 이성 뭐 헐거니게 집에 강 편안히 있는게 좋추게(여기 있어서 할 일도 없는데 집에 가서 편안히 있는 것이 좋지)."

나름대로 어머니만이 할 수 있는 아버지에 대한 배려였다.

의사 선생님이 "할아버지, 담배 끊으세요. 할머니 폐렴 증세가 있어 담배를 피우시면 안 됩니다." 라고 하자 아버지는 미안한 얼굴로 머쓱해지셨다.

"아버지 집에 강 이십서(집에 가 계셔요)." 하자 뭔가 여기서 자기가 할 일이 있는데, 뭐라도 해야 하는데 하는 아쉬움이 얼굴에 많이 묻어났다.

어머니는 우리들을 보면 "아이고 느네 아방 미썽볼랑 죽어지키여 맨날 방에서 테레비만 보명 담배만 피웡져게(너네 아버지 미워서 죽겠다. 매일 TV보면서 담배만 피우고 있다)." 하신다.

그리고 요즈음 아버지가 귀가 조금 멀어 TV 소리가 커지는 것도 듣기 싫다고 불평 아닌 불평을 늘어놓으신다.

집안 식구들 모두가 어머니 건강 걱정이 커져 가니까 아버지는 약간 소외되는 느낌도 없지 않다. 자식들이 가부장적으로 살아온 아버지의 방식이나 습관보다 어머니와 더 익숙하다 보니 그런 것 같기도 하다.

어머니는 가끔 "야, 느네 아방 나 막 욕했져, 욕해도 내가 뭐엔 골랑심지 잘 모르는 것 같아 좀좀행 이서라(야, 너희 아버지 내가 욕했다.

그래도 내가 뭐라고 하는지 잘 들리지 않는지 조용히 있더라)." 하신다.

"경허난 용심나민 난 이제 느네 아방에게 막 욕한다(그러니까 화가 나면 나는 이제 너희 아버지 욕한다)."

언제부터인지 두 분 사이에 찾아온 새로운 변화다. 어머니는 아버지에게 시집와서 기를 펴고 살아 보신 적이 없는데 이제나마 대응을 하신다. 물론 아버지도 어머니가 말하는 것이 안 들리는 것이 아니라 못 들은 척하시는 것 같다.

아버지께 전화해서 어머니가 우연내에서 일 못하게 하라고 부탁드리면 "야, 게메이 느네어멍 이젠 나 말 호나도 안 들엄져(야, 글쎄 너희 어머니 이제는 내 말 전혀 안 듣는다)."라고 하신다.

집에 두 분만 계시니 투닥투닥 하시는 것 같다. 어머니는 항상 "아이고 나 먼저 죽어 불민 느네 아방 고생이어 누게가 왕 밥해 줄 거니게 혼자 살아봐사주 눈물이 날 거여(아이고 내가 먼저 죽으면 고생할 거다. 누가 와서 밥을 해 주겠니? 혼자 살아 봐야 안다. 아마도 눈물 날 거다)."라고 말씀하신다. 그러고 보니 어머니는 아직도 아버지에게 아침, 점심, 저녁을 손수 차려 주신다.

거동이 조금 불편하지만.

어머니는 참 한결같다. 그런데 어머니는 아버지가 밖으로만 돌아다니다가 나이 들어서 집에 있으니 아버지가 밥을 차리는데 와서 꼬치꼬치 여기저기 참견을 하니 또 투덜투덜하신다. 지금 이런 것들이 두 분이 살아가는 방식이다.

"느네 아방은 한 번도 날 편하게 해준 적 없져게 (너희 아버지는 한 번도 나를 편하게 해준 적이 없다)."

어머니는 체질적으로 건강하신 분이시지만 오랫동안 해녀 일과 집
안 노동으로 인하여 7~8년 전에도 한 달 동안 병원에 입원하신 적이
있다. 아버지는 이틀에 한 번꼴로 병원에 오시며 어머니가 좋아하시
는 고구마, 호박 등을 손수 쪄서 가져오시고 동네 어머니 친구분들에
게 알려 병문안 오게 하시는 등 어머니가 의식을 회복하시는 데 많은
도움을 주셨다.

어머니는 의식을 회복하신 후 "느네 아방 집에 이시냐? 밥은 어떵
잘 촐령 먹엄신가(아버지 집에 계시냐? 식사는 잘 차려서 먹고 있는지)?"

아버지 걱정을 제일 먼저 하셨다.

그러던 어느 날 일을 마치고 병실에 가서 보니 아버지가 안 계셨다.

"어머니, 아방 어디간(어머니! 아버지 어디 갔어요)?"

"나가 집에 가랜 했져게(내가 집에 가라고 했다)."

"무사 마씨(왜요)?"

어머니는 잠시 머뭇거리시더니 마주 보는 침상의 젊은 할머니 환
자가 잠시 자리를 비우자 "느네 아방 앞에 누워 있는 저 여자에게만
자꾸 바땅바땅 허멍 고구마도 갖다주고 음료수영 막 갖다 줘베라(너
희 아버지 앞에 누운 여자에게 자꾸 눈이 가고, 고구마, 음료수 다 갖다 주어
서)."라고 하신다.

"무사 아픈디 고찌 나우엉 먹으면 좋지 않으꽈(왜 아파 있는데 같이 나
누어 먹으면 좋지 않나요)?"

어머니는 요즘 말로 남자가 여자에게 작업하는 느낌인 것 같아서
아버지를 집으로 가게 하신 것이다. 나는 속으로 '무사 경 미썽 볼랑

죽어지켄 허멍(왜 그렇게 미워 죽겠다고 하면서).' 하고 웃었다.

　며칠 전 어머니가 "나 보약 행 먹어 사시키여(나 보약 먹으려고)." 하신다. 들던 중 반가운 소리였다. 어머니는 7~8년 전까지만 해도 보약이란 단어를 모르고 살아오신 분이었다. 퇴원후 가족들과 엄청 싸우고, 아니 빌어서 어머니에게 보약을 해드린 적이 있다. 좋은 음식이든 무엇을 해드리면 "아이고 나 그런 거 안 먹는다. 느네나 잘 먹주게(아이고 난 그런 보약 같은 거 안 먹는다. 너희들이나 잘 먹으면 되지)." 하고 말하고는 해온 음식은 전부 아버지에게 드리고 본인은 잘 안 드셨다.

　내가 서울에 있는 동안 붕어즙 등 몇 번의 보약을 해서 보내 드렸지만 나중에 알고 보니 어머니는 전혀 안 드시고 아버지가 다 드셨다고 한다. 그래서 그런지 몰라도 87세인 아버지가 85세인 어머니보다 훨씬 건강하신 듯 하다.

　어떻게 보면 아버지는 삶에 대하여 전혀 걱정하지 않는 편이고 어머니는 항상 걱정하고 준비하는 스타일이시다. 그래서 두 분은 투닥투닥하시며 대부분은 가부장적인 아버지의 페이스대로 지금까지 오신 것이다.

　어머니는 항상 자식과 손자를 걱정하며 살아오신 분이다. 그래서 보약을 먹고 좀 더 건강해져서 손자들이 결혼도 하고 잘 사는 모습까지 보고 싶은 것이 아닐까 하는 생각이 들었다. 물론 그럴 수도 있지만 그러나 그것만은 아닌 것 같다. 요즈음 자꾸 어머니는 "아이고 내가 죽어 불민 느네 아방 누가 왕 밥해 줄 거니, 눈물 날 거여(아이고 내가 죽으면 누가 너희 아버지 밥을 해주나? 아버지가 눈물 많이 흘리실 거여).” 하신다. 거동이 조금 불편하신 어머니는 건강한 아버지를 진심으로 걱정하시고 계시는 것이다. 본인이 끝까지 아버지를 챙기시는 것이다. 우리들에게는 “밉썽 볼랑 죽어 지키여(미워서 죽겠다).” 하면서 자신만의 방식으로 한결같이 아버지를 걱정하고 사랑하시는 것이다.

그것을 느꼈을 때 존경스러움과 경외의 감정이 들었다. 사랑 그것은 한결같음이었다.

그 한결같음이 묵묵히 아버지 옆에서 자리를 지켜온 것이다. 자신을 바라보아 주지 않아도 항상 아버지를 챙기고, 요즘 말로 그윽하게 바라보지는 않지만 나름대로 자기가 해야 할 것을 하는 방식으로 아버지를 존중하며 살아가는 것이다.

어머니가 더욱 건강해져서 같이 그 사랑이 오래오래 갔으면 좋겠다.

올해도 우연내 호박이 어머니의 정성으로 예년처럼 건강하게 잘 익어갈 것이다.

4장

/

배
롱
배
롱

＊배롱배롱　'희미하지만 꺼지지 않게 반짝이는'이란 뜻의 제주어

물에 들멍

"어머니 물에 들멍 무슨 생각 허멍 해수꽈?"

"뭔 생각허멍 허느니게? 모른 밭에 생각 난거 각중에 맨착 생각나
주게."

"무사 숨비멍 아방 막 저둘른 것도 생각납디까?"

"아이고 느네 아방 저둘른거 생각허민 깊은디 숨비지 못헌다게."

"기냥 다른 사람보다 숨백으로 하영 허젠 해사 잘해지주게."

"기꽈? 경했꼬나 예."

"뭐든 모음이 편해 사주게."

물질한다는 것은 그리고 상군이 된다는 것은 육체적 노동에서뿐만
아니라 정신적으로 최고의 멘탈을 가지고 있는 것이다.

좀녀(해녀)

오늘 제주에 많은 눈이 내리고 있습니다.

그리고 바람도 셉니다.

갑자기 어머니 생각이 납니다.

이 사진 한 장이 그 시대의 모든 어머니들의 삶을 보여주는 것 같습니다. 태왁을 진 그들의 발걸음에서 삶의 무게와 동시에 빨리 집에 가서 아이들에게 밥을 해주어야겠다는 책임감과 밥을 줄 수 있다는 기쁨, 사랑이 동시에 느껴집니다.

저희 어머니가 그랬습니다. 우리들의 어머니,

좀녀가 모두 그랬습니다.

그때는 그게 당연한 것이었습니다.

한시도 쉬지 않고 그들은 일했습니다.

물때가 아닌 날은 밭에 나가 일을 했습니다.

그들은 철인이었습니다.

일 년에 일하지 않고 쉰 날은 아마도 물때가 아닌 비 오는 날이었을 겁니다.

햇빛에 쪼그려 앉아 밭을 메고, 물질을 하면서 숨을 참아야 했습니다. 그리고 머리가 아프면 뇌선(일종의 진통제)을 밥 먹듯이 꼭꼭 먹었습니다.

그들은 50세가 되기도 전에 머리 아프다, 다리 아프다, 신경통이

어머니의 루이비통

도진다는 말을 입에 달고 살았습니다. (일종의 잠수병입니다.)

그리고 그들은 서로에게 나누었습니다.

옆집에 제사가 있는 다음 날 아침에 일어나 보면 차롱 안에 흰쌀밥
이랑 떡, 고기 등이 있었습니다.

아마도 그렇게 나누는 것은, 힘들어서 서로를 이해하고 의지하였
기 때문일 것입니다.

좀녜에게는 바다에서 물질하는 노동량이 그들의 모든 노동량의 전
부는 아닙니다.

그녀들이 자신의 삶에 불평하거나 회의적인 시간을 본 적이 없었습니다. 왜냐하면 살아야 하기때문에 그럴 시간조차도 허용되지 않는 삶이었습니다.

그녀들은 한없이 강하고, 늘 성실했으며 끝없이 순박한 우리의 어머니들입니다.

그녀들의 여생이 이제는 좀 더 편안해졌으면 하고 바라봅니다.

어머니의 루이비통

늙은 호박

　작년 이맘때, 아들 녀석과 서울에서 일을 보고 용인에 있는 지인 가족을 만나러 갔다. 그 지인 가족은 아들이 왔다며 맛있는 것을 사 주겠다고 한우 고깃집으로 우리를 데려갔다. 식사 시간이 한참 지난 오후였지만 빈자리가 없어 한 30분 기다리다 자리를 잡게 되었다.

　고기가 구워지고 반찬들이 정갈하게 세팅되었는데, 어린아이 손바닥만 한 크기의 약간은 두껍게 부쳐진 호박전이 나왔다. 세상에 태어나 그렇게 부드럽고 달콤한 호박전은 처음이었다.

아들 녀석은 고기에 집중해서 먹고 나는 호박전을 3번이나 리필해서 먹었다.

좋은 고깃집이었는데 고기는 안중에도 없고 나에게는 호박전이 더 맛있었던 것이다. 늙은 호박이 그렇게 맛있었던가. 글자 그대로 재발견이었다.

나는 특별한 음식을 좋아하고 즐기는 편이 아니다. 단순하게 배만 고프지 않으면 되었다. 때가 되면 먹지만 시간을 내어 맛집을 찾아다니는 스타일도 아니다. 근데 그 호박전의 기억은 그 이후 항상 따라다녔다.

7년 전에 어머니가 갑자기 쓰러져서 중환자실에서 7일 만에 깨어난 적이 있었다. 깨어나자마자 어머니는 호박 탕시가 먹고 싶다고 하셨다. 곧바로 해드리니 어머니는 참 잘 드셨다. 호박 탕시는 보통 제사상에 올리는 제주 음식으로 늙은 호박을 삶아서 그 위에 참깨를 뿌린 아주 단순한 음식이다.

며칠 후 어머니에게 물었다.

"무사 경 호박 탕시가 먹구정 헙디가(왜 그렇게 호박 탕시가 먹고 싶었습니까)?"

"게메이 그냥 그게 제일 먹구중 해라(글쎄 그냥 그게 제일 먹고 싶더라)."

아마도 어머니 입에 가장 익숙한 것이고 항상 그 계절에 드셨던 음식이어서 그랬을 거란 생각이 들었다. 그리고 보면 어릴 때부터 우리 집 우연내 담장 위에는 항상 호박이 열려 있었고 학창 시절 도시락 반찬으로도 자주 해주셨다. 그리고 어머니는 호박 덴뿌라도 자주 해주셨다.

제주도에 내려온 후 추석을 전후로 고향 집에 가면 어머니는 항상 "호박 탕 나누어 신디 가정 갈타? 가정강 반찬행 먹으라(호박 따서 놔 두었는데 갖고 갈래? 갖고 가서 반찬 해서 먹어라)."라고 하셨는데 한 번도 가져와 본 적이 없었다. 올 추석에는 용인 호박전의 기억 때문인지는 몰라도 내가 먼저 호박이 늙기도 전에 두 개나 가져왔다. 그리고 얼마 후에 전화로 "호박 다 먹어시냐(호박 다 먹었니)?" 하며 교장 선생님 댁에서 호박을 빌려다 놓았으니 또 갖고 가라는 것이었다.

　어머니는 우리들이 무엇을 먹든 간에 그것을 좋아하시는 것이다. 항상 고추가 열면 고추 가져가라, 무 가져갈래, 콩잎 가져가라, 고구마 가져가라 하신다. 그래서 우리는 이것이 필요한 것인지도 모르고 가져온 적도 많다. 어머니의 정성을 당연하게 여기는 오만한 아들처럼 말이다.

　우리 어머니는 참 검소하고 성실하신 분이다. 그리고 자식들에 대한 책임감이 무척이나 강하신 분이다. 나는 이런 어머니의 사랑을 당연하게 여겼는데 나이가 들며 어느 순간 어머니가 지금까지도 참 안타깝게 생각하며 평생 무거운 마음으로 갖고 계신 일을 알게 되었다.

　나는 대학교에 들어갈 때 우여곡절이 많았다.

　당시 집안의 부주의로 대학등록금을 못 내 합격하고도 지원했던 학과에 못 가고 다른 과에 입학을 했다. 집안 형편이 그리 좋은 편은 아니었지만 대학등록금을 못 낼 정도는 아니라고 생각했다.

　어머니는 그게 평생 짐이 되었던 모양이었다. 대학에 들어가 방황하며 학교생활에 정착을 못했지만 등록금을 납부할 시기가 다가오면 물질을 해서 여유 있게 등록금을 준비해주셨다. 나는 그것을 당연하

게 생각했다. 그 당시의 나는 어머니의 마음을 헤아려 줄 여유가 없
었다.

이후 군대를 다녀오고 복학을 하여 졸업과 동시에 취업을 했다. 또
결혼을 하고 유학을 가는 등 내 생활이 계속 이어졌다. 유학을 갔다
오면서 많은 것을 포기하고 희생해야 했지만 그 결정을 후회해본 적
은 없다. 그러나 그 희생으로 마음이 아파 잠을 못 이룬 적이 많았
다. 그때 어머니는 옆에서 진심으로 같이 아파해주고 울어 주셨다.
시간이 다 해결해 주는 것이라며….

이후 부산, 서울, 외국에서 생활하느라 집에 올 기회는 그리 많지
않았다. 간간이 어머니께 용돈을 보내드려도 한 푼도 쓰지 않고 따로
모아 두셨다. 그리고 집을 수리해 준다고 해도 어머니는 늘 그렇게
거절을 하셨다.

"아이고 난 이런 거 다 필요 없져 느네(너희들이)나 잘 살면 된다."

그렇게 아들이 집에 돈을 쓰고 자신을 위해 쓰는 것을 거부하셨다.
그리고 손자가 커서 외국에 가는 데 쓰라고 모아둔 돈을 손자에게 건
네시는 것이다.

매해 어머니 생신 때 무엇을 드시고 싶으냐고 여쭈어보면 "아이고
나야 아무거나 먹으면 되주게. 느네 먹고 싶은 데로 가라." 하신다.
그러면 메뉴 선택은 손자, 손녀들의 몫이 되었다.

어머니는 아버지 생신날 호텔에서 식사한다고 하니 마지못해 따라
나섰지만 그리 편하게 식사하시는 것 같지 않았다. 그리고 나에게 다
음부터 이런 거 절대 하지 말라고 하셨다. 앞으로는 절대 안 따라갈
거라면서….

어머니의 루이비통

올해는 형 식구들과 다 같이 자장면을 먹었다. 어머니가 드시고 싶다고 하신 것이다. 그래서인지 어머니는 참 잘 드셨다. 맛있게 드시는 모습에 처음에는 기뻤지만 나중에는 조금 슬퍼졌다.

당신 생신날 처음으로 스스로 선택한 메뉴가 자장면이라는 것이, 그리고 그렇게 잘 드시는 것을 보고….

중환자실에서 깨어나시면서 찾았던 음식이 호박 탕시와 고구마였던 것이 지금 은 당연하게 생각되지만 어머니 인생으로 봐서는 가여웠고 아들의 입장에서 보면 한없이 미안한 일이었다. 평생 당신이 직접 해 드신 음식 외는 드신 적이 없어 단 것이 필요한 때 그것을 찾으신 것이다. 집 우연내(텃밭)에서 필요한 것을 키우고 해녀 일을 하며 바쁘게 살다 보니 특별하게 맛있는 음식도 모른 채 그렇게 살아오신 것이다.

나도 30대 중후반이 되어서야 좋은 음식이 가정을 화목하게 하고 행복하게 하는 요소라는 것을 알게 되었다. 그러한 것을 잘 누리는 것 또한 우리가 인생을 잘 살아가는 것이라는 것을 알았다. 그러나 어머니의 일생은 그런 것이 아니었다. 너무나도 어려웠던 시기에 성실, 절약이 몸에 배인 분이다. 오로지 평생 해녀로 그중에서도 상군으로 우리 삼남매를 키우시는데 자신의 희생을 최고의 무기로 살아오신 분이다.

가끔 내가 어머니의 희생을 강요한 아들인 것 같아서, 아직도 내가 하고 싶은 일을 한다고 많이 돌아다니며 어머니께 걱정을 끼치는 것 같아 죄송한 마음이 든다. 그래도 어머니는 나를 이해해주신다. 무언가를 알아서 이해하는 것이 아니라 아들이 하니 그냥 이해해주는 것이리라. 형도 가끔 어머니가 지금 옆에 계시는 것만으로도 우리에게는 커다란 버팀목이 된다고 말한다. 실제로 그렇다.

나는 한 번도 어머니에게 대학 등록금에 대하여 여쭈어본 적이 없었다. 그게 왜 당신에게 무거운 짐이 되었는지를, 나는 어느 순간(군대 가면서)에 잊어버렸다. 그리고 스스로 그런 기회를 주신 것에 대하여 감사하게 생각했다. 교사로 살지는 못했지만 덕분에 아주 열정적이며 다이나믹한 삶을 즐겼고, 그러한 삶이 이어졌다. 그리고 앞으로도 그럴 것 같다. 그때의 내 나이가 된 아들이 병역 의무를 마칠 즈음에 갑자기 어머니가 평생 나로 인해 아픈 마음으로 사셨을지 모른다는 생각이 들었다. 죄송한 마음이 들었다.

어머니는 나에게 참 좋은 가치와 DNA을 물려 주셨다. 어쩌면 아들의 성실함까지도 할머께 물려받은 것 같다. 성실과 희생이라는 가치만 있으면 인생을 살아가는 데 아무런 문제가 없는데 그것을 물려 준 어머니는 항상 나에게 미안한 마음을 갖고 계시는 것 같다.

"그러실 필요 전혀 없습니다. 자식들과 손자들에게 좋은 가치와 DNA를 물려주신 것만으로 어머니의 인생은 성공했다는 자부심으로 행복하셨으면 좋겠습니다."

주말에 고향 집에 블렌드를 들고 가서 호박전이나 같이 해 먹어야겠다.

용인에서 먹었던 맛은 아니겠지만.

아니, 어쩌면 그 맛을 뛰어넘을지도 모르겠다.

어머니의 루이비통

불턱

 제주도 해안가 마을을 다니다 보면 가끔 1m 내외의 높이를 돌로 둥그렇게 혹은 직사각형 형태로 쌓은 공간을 볼 수 있다. 이 공간은 옛날 해녀들의 탈의실이다. 추운 바당(바다)에 들어갔다 나와 몸을 녹이기 위해 불을 피운 곳이라고 해서 불턱(불톡)이라고 불린다.

 한마디로 불을 쬐는 곳이다. 물질 전후로 해녀들이 함께하는 공간이기도 하다.

 불턱은 두 가지 종류가 있는데 자연적으로 만들어진 것과 인위적으로 만들어진 것이 있었다.

인위적인 불턱은 마을에서 만든 것으로 20~30명의 해녀들이 사용했고, 자연적인 불턱은 큰 엉덕(바위) 밑 비바람을 피할 수 있는 곳에 자리를 잡고 있는데 보통 10명 이하 정도의 해녀가 사용하는 곳으로 물질을 하는 장소에 따라 여러 곳에 자연 불턱이 존재하였다. 이 불턱은 1980년대에 들어서서 현대식 탈의실이 들어섬에 따라 거의 자취를 감추고 약간의 흔적들만 남아 있다.

불턱이 활발했던 시기에는 해녀들 사이에 약간의 규율이 있었는데 나이 어린 해녀들이 돌아가면서(차례로) 구덕에 지들커(땔감)를 가져와 불을 피웠다. 그리고 때때로 가져온 감저(고구마)나 식겟떡(제사떡)으로 물질 후의 허기진 배와 추운 몸을 달래곤 하였다.

불턱은 마을 해녀들이 공동체 생활을 영위하는 곳으로 서로 소식을 주고받고조사를 알리며, 때로는 마을에 중요한 일이 있을 때 의사 결정을 하던 곳이기도 했다. 간혹 갓난아이가 있는 경우에는 물질 끝나는 시간에 맞추어서 애를 데리고 가서 젖을 물리곤 했다고 한다. 어머니들의 힘든 시기, 힘든 생활을 이길 수 있게 해준, 같이 있어서 정감 있는 사랑방과 같은 곳이었다.

"그땐 불턱이 막 재미져났져(재미있었다)."

어머니의 불턱에 대한 추억이 희미한 웃음으로 입가에 번진다.

물질 전후로 짧은 시간이지만 여성들만이 공감하는 수다 세상을 통해 서로의 연대감을 확인하는 시간을 보냈으리라.

불턱은 종종 산물(민물)이 나는 곳에 있는 곳도 있었으나 대부분 산물이 없는 곳에 있어서 추운 날에는 뜨거운 물을 병에 담아가서 물질 후 간단하게 몸을 헹구고 집으로 돌아가기도 했다.

이 불턱이 가장 붐비는 시기는 매역허지(미역채취 날: 마을마다 3월경 날을 잡아 미역을 채취)인데 이때는 100여 명이 사용하기도 했다고 한다.

1960~70년대까지만 해도 매역은 해녀들에게 가장 큰 돈벌이가 되어 매역허지날은 마을 아낙네들 대부분 매역을 조무랐다(미역을 채취하였다)고 한다. 그리고 집안의 모든 남정네, 어린애 할 것 없이 매역을 바당에서 지고 날랐다. 이날은 마을에 제일 많은 사람들이 모이는 날이었다. 최고의 마을 행사이자 집안의 경제 활동인 셈이다.

나도 어릴 적 매역 허지날의 기억이 조금 남아 있는데 아마도 풀떡(풀빵)을 먹을 수 있어서 그랬던 것 같다. 우리 마을에 일 년에 꼭 두 번만 풀떡 장수가 오는데 한번은 초등학교 운동회와 다른 한 번은 매역 허지날이었다. 이날은 풀떡 장수가 풀떡을 구워 돌 위에 놓고 팔곤 했는데, 어머니가 사주시면 맛있게 먹었던 기억이 난다.

풀떡 장수가 매역 조물앙 나오기 전에 미리 구워 놔두어서 대부분의 풀떡이 식고 미지근한 것이었지만 그래도 당시는 최고의 맛이었다.

며칠 전 형이 전화로 "야, 그 동네에 풀떡 파는디 이시냐(야 그 동네에 풀빵 파는 데 있느냐)?" 하고 물었다.

"무사 마씨(왜요)?"

"어머니 안티 상가게(어머니 사다 드리게)."

"게메양 요즘 풀떡 파는디 이싱가양(그러게요 요즈음 풀빵 파는 곳이 있을까요)?"

이따금 어머니는 입맛이 없다면서도 풀떡이 먹고 싶다고 하신다. 힘든 시절이었지만 가끔 지나간 그 시절이 떠올라 그러시는 게 아닐까? 다음엔 붕어빵이라도 사드려야겠다.

시간은 불턱과 풀떡을 뒤로하고 저만치 앞서 가고 있다. 그리고 우리는 어머니들이 자신들의 가족을 위해 걸었던, 이제는 인위적으로 포장된 올레길이라는 그 길을 자신의 건강과 여행의 즐거움을 위해 걷고 있다.

지금 그 제주에 불턱의 공동 지역 정서가 사라져 가고 육지 사람들이 들어와서 자신들만의 이익과 즐거움만을 위한 제주 마케팅 정서로 대체되어 가고 있다.

그리고 복원된 불턱에는 사람들의 마음이 머무르기보다는 지나가는 여행객들의 거친 발걸음 소리만 반복될 뿐이다.

어머니의 루이비통

좀녜의 여유

　제주 해녀가 언제부터 바다에서 물질을 시작했는지 정확하게 알 수 없지만 마을 아낙네들이 해녀로서 바다에 뛰어들기 시작한 것은 내가 알기로는 1620년 이후이다. 그전에는 포작인이라는 남자들이 전복을 채취하여 한양의 임금님께 진상하였다고 한다. 그런데 그즈음 전복 진상품의 요구가 강해지고 중간에서 많이 사라지다 보니 포작인들이 그 착취를 견디지 못해 도망을 가거나 할당된 전복을 잡기 위해 집안에 있는 아낙네까지 지아비를 돕기 위해 바다로 나간 것이 제주 해녀의 시초라고한다.

못살았던 시대, 힘없는 가족들과 자기 가족에 대한 사랑이 제주 해녀의 근원인 것이다. 그래서 해녀들은 가족을 위해 그 모진 삶을 스스로 받아들이고 거친 자연 속에서 강인한 삶을 이어가게 된 것이다. 그러한 삶이 할머니에서 어머니로, 딸로 이어진 것이다.

어린 딸아이가 할머니, 어머니의 물질하는 모습을 보고 빠르면 열두셋 즈음에 처음으로 태왁에 의지한 채 물속으로 뛰어들었다가 60~70년을 그 태왁에 의지하며 보내게 되는 것이다. 누구처럼 소설이 될 만큼 멋진 인생이 따로 있다고는 생각하지 않았다. 그저 가족에 대한 사랑과 생존에 대한 의지로 버티어 내는 것이었다.

음력 정월에 톨(톳)을 캐서 말리고, 2월 한 달은 매역(미역)을 채취하고, 3~4월에는 소라와 전복을 따고, 5~6월에는 귀(성게)를 잡고, 여름날 잠깐 태왁을 놓았다가 가을이 되면 다시 농사일을 병행하며 겨울까지 소라, 전복을 땄다. 그리고 애를 낳고, 애들을 키우고, 초등학교에 보내고, 대학을 마치게 하고, 그 아들딸들이 결혼을 하여 애들을 낳아도 어머니들은 물때가 되면 바당에 나가 태왁에 몸을 의지했다. 어쩌면 남편이 인생의 동반자가 아니라 바다에서 의지했던 태왁이 이들의 진정한 동반자가 아니었을까?

물질을 잘하는 해녀를 상군이라고 부른다. 상군이 되어 가정이 안정되고 넉넉해지면 물질을 그만두어야 하는데 이상하게 상군은 죽을 때까지 평생 바다에서 물질을 한다. 아마도 이것이 그들의 숙명인 것이다.

어머니도 그랬다.

아버지는 어머니가 일흔여덟이 되던 해, 오랫동안 사용해왔던 어머니의 태왁을 부수어 버리셨다. 그제서야 물질을 그만두셨지만 어머니는 부서진 태왁을 붙잡고 한참동안 우셨다고 한다.

자식들이 힘이 없어진 어머니가 걱정되어 바당에 나가지 말라고 그렇게 부탁을 해도 듣지 않자 옆에 계시던 아버지가 그렇게 해 버린 것이다.

그리고 한동안 물질은 끊어도 여전히 물때가 되면 작은 구덕을 들고 보말을 잡으러 다니시곤 했다.

해녀들에게 바당은 삶의 터전이기도 하지만 그냥 위로를 받는 곳이기도 하다. 어쩌면 해녀들 자체가 그냥 바당과 한 몸인 것이다.

며칠 전 고향 집 근처에서 귀(성게)를 까고 있는 해녀들과 잠깐 이야기를 나누었다. 그들에게 조금이라도 도움이 될까 해서 몇 자 적어보려고 한다.

육지에서 많은 사람이 제주에 온다. 그리고 바당에 들어가 다이빙을 한다. 동호회로 오든 개인으로 오든 다이빙을 하든 수영을 하든 마을 양식장에는 들어가지 말았으면 한단다. 또 바다에 들어갈 일이 있으면 어촌계장에게 미리 알려주면 좋겠다고 한다.

얼마 전 육지에서 온 다이버들과 해녀들과의 마찰이 심하다는 뉴스를 본 적이 있다. 같은 바당을 두고 생존에 대한 가치와 유희에 대한 가치가 서로 충돌하고 있는 것이다.

바당은 소유권은 없지만 자신들이 성게든 소라든 들으쳐 놓은(넣어 두고 기르는) 양식장에 들어가면 하나라도 잡아서 나온다는 것이다. 서로 이해가 필요한 시점이다. 생존과 유희는 공존해야 한다.

그것이 제주 바당이다.

"아니 이추룩 일허민 언제 쉬엄수과(이렇게 일하면 언제 쉬나요)?"

"아이고 뭐엔 고람수꽈 이추룩 안장 말허는 것이 쉬는 거주게(아이고 뭐라고 하나요, 이렇게 앉아서 이야기하는 것이 쉬는 거지)."

더 고를 말 안 고를 말(할 말, 안 할 말) 다 하면서 수다는 이어졌다.

그리고 간간이 많이 웃었다.

어머니의 루이비통

어머니의 루이비통

제주는 바람이 많이 분다. 길이 비탈지고 돌이 많아 육지처럼 여인 네들이 머리에 짐을 이고 다니지 못한다. 그래서 대부분 등에 짐을 진다.

감저(고구마)를 수확하면 헌 구덕에 잔뜩 넣어 지고 집으로 향한다. 촐(억새)을 베고 이동할 때, 바당에 물질하러 갈 때, 고기 팔러 시장에 갈 때, 심지어 애기업고 밭에 갈 때도 그녀들은 구덕에 자신들의 생활을 담는다. 가끔은 촐령 다닐(잘 차려 입은, dressed up) 때도 그녀들의 구덕은 옆구리에 있다. 마치 세련된 핸드백을 어깨에 멘 것처럼.

이 구덕은 대부분 장방형이나 방형 형태로 원재료는 대나무이다. 대나무는 가볍고 내구성이 강하며 제주도 전역에서 손쉽게 구할 수 있어 구덕을 만들기에 아주 좋은 재료다.

우리는 초등학교 시절, 바당에 괴기(바다에 고기) 낚으러 갈 때면 옆집의 대나무를 잘라 청대(낚시대)를 만들곤 하였다. 그리고 더 단단한 것으로는 소살(작살)을 만들어 고기를 쏘기도 하였다.

현대의 여성들은 늘 핸드백을 갖고 다닌다. 이 핸드백에는 자신을 더 아름답게 보이게 하기 위한 간단한 화장품이나 필요한 것들을 넣고 다닌다. 옛날 해녀 어머니들은 핸드백격인 구덕을 지고 다녔다. 이는 곧 삶의 무게, 무거운 현실을 지고 다니는 것이며 게다가 그것이 무거운 줄도 모르고 습관처럼 지는 것이었다. 어머니는 열세 살 때 물질을 시작하면서 촐구덕을 지고 다니기 시작하였다.

구덕은 용도에 따라 여러 가지 형태로 나뉜다.

곤대 바구리(고는 대구덕)는 구덕 중에서 여인네들이 가장 소중하게 여기는 것이다. 이것은 주로 모슬 갈 때(당에 정성 드리러 갈 때, 타지 경조사에 참가할 때)나 오일장에 옷 사러 갈 때 주로 갖고 다닌다. 구덕들 중에는 노동의 개념이 가장 덜한 것이다. 내 기억으로는 구덕 자체로도 예뻤던 것 같다. 내가 이렇게 느끼는 것은 어릴 적에 어머니가 시장이나 외방(출타)에 갔다 올 때 구덕의 보따리를 걷어서 떡이나 먹을 것, 그리고 새 옷 등을 꺼내어 주셔서 항상 좋은 추억이 시작되어서 그런 것도 있을 것이다. 실제로 이 구덕은 일년생 미만의 대나무로 촘촘하게 만들어서 매끄러웠다.

어머니의 루이비통

어머니가 장에서 돌아와 우리의 이름을 부르며 올래에 들어서면 우리 삼남매는 기다린 듯이 뛰어나갔다. 가끔은 어머니가 올 때 즈음 올래 입구에서 어머니를 기다리기도 하였다. 할머니나 어머니는 이 구덕을 대부분 등에 지고 다니기보다 옆구리에 끼고 다니셨다. 어머니의 물질적인 인자함, 관대함, 너그러움, 그런 것들이 이 곤대 바구리에서 시작되었다.

촐구덕은 여인네들의 노동의 시작을 알린다. 상군(최고의 해녀)이 되기 전 바당에 물질하러 다니면서 주로 이용했다. 물질해서 잡은 것도 갖고 다니지만 바당 고띠(깊지 않은 물가)에서 고동, 보말, 고메기 등을 잡을 때도 항상 가지고 다녔다. 곤대 바구리와 크기가 비슷하지만, 질구덕보다는 작고 대나무가 조금은 투박하고 넓다. 바당에서 잡아온 성게나 해산물은 촐구덕에 담아 시장에서 팔았다.

평상시 제주 아낙네들은 바당이나 밭에서 일할 때, 그리고 일을 마치고 이동할 때 대부분 같이 다닌다. 마을 해녀들이 촐구덕이나 질구덕을 지고 돌담길 사이로 갯것이(해안가)로 가는 모습이 아직도 선하게 남아 있다.

질구덕(지는 구덕)은 그저 여인네들의 힘든 노동의 상징이다. 이는 크기도 곤대 바구리보다 클 뿐만 아니라 굵고 넓은 대나무로 투박하게 만들어 사용하였다. 물건을 많이 담아서 한꺼번에 많이 옮길 때 주로 사용하였다.

해녀가 상군인가, 하군인가를 겉으로 판단할 수 있는 것이 촐구덕을 지느냐 질구덕을 지느냐이다.

어머니는 시집을 오고 나서 항상 물질하러 다닐 때 질구덕을 지고 다녔다고 한다. 매역을 조물어(미역을 따서) 등에 지고 물질한 구젱귀(소라)나 귀(성게)를 담았으며 지들커(땔감, 이나 마른 풀)를 질구덕에 담아와 물질을 끝내면 불을 피워 언 몸을 녹이기도 하였다. 이 질구덕의 무게 때문에 대부분 여인네들의 허리와 등이 휘어진다. 지금도 허리가 굽은 어머니들을 보면 여간 마음이 짠한 게 아니다.

물구덕은 허벅을 넣고 물을 길으러 다니기 위해서 만들어진 것으로 다른 구덕에 비해 높이가 있으며 제주 말로 조금 소랑한 편(가는 편)이다.

마을 근처에는 산물이나 우물 큰 곳 한두 개는 꼭 있어(실제로는 여러 곳이 있지만 가장 짠맛이 덜하고 물량이 풍부한 곳, 집에서 약 1km 정도에 있는 소금밭 근처에 위치) 여인네들이 사나흘에 한 번은 여러 번 물을 길어서 마당이나 정지(부엌)에 있는 물 항아리에 담아 두고 사용하였다.

어머니는 아주 이른 새벽에 물을 길으러 다니셨다. 이른 아침의 물이 깨끗할 뿐 아니라 늦게 가면 물을 다 떠 가거나 더러워지기 때문이었다. 그리고 다른 일을 하기 위해서 그 이른 시간에 나섰다고 한다. 새벽 3~4시에 잠든 우리 모습을 뒤로하고 몇 번을 오가도 우리 삼남매는 곤히 자고 있었다고 한다.

이른 새벽에 물을 길으러 가는 것은 참으로 무서웠다고 한다. 우물가 근처는 항상 도채비(귀신)가 나타난다는 곳이었고 밤에는 항상 죽은 애기 울음소리가 그치질 않았다고 한다. 한번은 창용이 어멍(어머니)이 물 길으러 갔다 오다 도채비를 만나 허둥지둥 집으로 돌아와 보니 물허벅에 가득 채웠던 물이 반도 안 남아 있었다고 한다.

어머니의 루이비통

가끔 우리가 그 노동을 조금 줄여 줄 수 있었던 것은, 비가 올 때 바가스(바켓)로 지붕에서 내리는 물을 받아 물항아리에 담는 것이었다.

애기(아기)구덕은 말 그대로 애기를 담는 구덕이다. 할머니 때에는 애기 구덕에 촐(풀)을 깔아 애기를 눕히곤 했는데 어머니 때에는 주로 삼베를 밑에 깔았다고 한다.

여인네들은 아기를 낳고도 요즘 같은 산후조리가 없어 다음 날부터 일하러 나가곤 했다. 애기구덕을 지고 밭에 나가 그늘에 애를 눕혀두고 검질(잡초)을 메거나 밭일을 하면서 아이를 보고 젖을 물렸다고 했다. 그리고 집에서는 발로 애기 구덕을 흔들어 아기를 재우고 손으로는 바느질을 했다고 한다. 그야말로 몸의 일부라도 쉬는 데가 없었다. (남자들은 대체 무엇을 했는지.)

우리 삼남매도 모두 애기구덕에서 컸다.

아들은 쇠로 만든 애기구덕에서 자랐는데, 이것은 손잡이가 있어 그나마 애기를 흔들며 재우기가 편하였다. 가끔 어머니가 와서 아들을 재울 때는 편안하고 인자한 목소리로 아들의 눈을 바라보며 자장가를 불러 주시곤 했다.

"자랑 자랑 엉이 자랑 우리 애기 잘도 잔다…."

바구리는 촐구덕이나 곤대 바구리가 시간이 많이 지나 해어지고 구멍 나면 두꺼운 종이나 형겊 등으로 땜방을 하여 사용하는 것을 말한다. 일종의 재활용 구덕인 셈이다. 이 바구리에 여러 가지 잡동사니를 넣어두고 집안 한구석이나 고팡(부엌 한구석이나 따로 한 공간에 잡동사니를 보관하는 곳)에 보관을 하였다.

추운 겨울날 마당에 땅을 파고 눌(저장소)에서 감저(고구마)를 갖고 와 쪄서 먹곤 했는데 눈이 오는 날에는 한꺼번에 많이 꺼내 바구리에 넣어두고 이틀에 한 번씩 감저를 구워 먹거나 삶아 먹곤 했다. 곤대는 '고운', '아름다운' 이라는 의미이다.

구덕은 대부분 여인네들이 사용하는 것인데 유일하게 남녀 공용으로 쓰인 것이 송동 바구리이다. 특히 남자들은 여름에 바당에 괴기 낚으러 갈 때 이 송동 바구리의 양쪽에 작은 구멍을 내어 끈으로 엮은 후 허리춤에 차고 낚은 괴기(생선)를 두곤 했는데, 더운 날 밖에 너무 오래 있으면 괴기가 거의 몰라 버려(말라버려) 낚시를 할 때는 주로 송동 바구리 바닥이 물에 닿을 정도의 높이에서 낚시를 하곤 했다.

어머니는 바당이 센 날 물질을 못 하면 썰물 때 이 송동 바구리에 보말과 고메기를 가득 잡아 오시면 우리는 뺍바농(바늘)으로 보말과 고메기를 깠다.

제주 연인네들은 구덕을 끼고 살았다. 그 구덕 또한 제주 여인네들처럼 조용하고 질긴 삶이었다.

집집마다 용도에 맞는 다양한 구덕이 있었다. 어릴 적부터 우리 집 건물 벽면에는 늘 태왁과 그 옆에 촐구덕, 질구덕이 걸려 있었다. 그리고 옆으로는 허벅이 자리 잡고 있었지만 언제부터인가 허벅이 없어지더니 지금은 태왁과 촐구덕, 질구덕 모두가 사라졌다.

어머니는 올해 85세이시다. 이미 10여 년 전에 구덕 사용하는 일을 멈추고 오직 모슬 갈 때만 드문드문 곤대 바구리를 사용한다. 그것도 이제는 대부분 집안 한구석에 걸려 있는 시간이 많아지고 있다. 그

어머니의 루이비통

래도 다른 구덕과 비교해서 이 곤대 바구리와 함께 한 시간이 많았다면 육체적으로 덜 지친, 조금은 여유 있는 삶을 사신 것이라 할 수 있는데 아마도 어머니는 질구덕과 함께한 시간이 더 많았을 것이다. 지금 고향 집에 걸려 있는 곤대 바구리는 30년이 지났지만 바닥만 조금 해어졌을 뿐이다. 대체로 멀쩡해보이는 것이 조금은 안쓰러워 보인다.

여동생이 한 육칠 년 전에 "오빠 어디 갔다오당 어머니 조그만 가방이나 하나 상 옵서게(어디 다녀오다가 어머니 조그만 가방 하나 사서 오세요)." 했다.

"무사(왜)?"

"왕 보난 들렁다니는 좋은 가방 하나 어싱게 마쓰 경허고 오빠가 사다 주민 막 좋아 헐거우다 게(와서 보니 들고 다니는 좋은 가방 하나도 없고 그리고 오빠가 사다 주면 어머니가 매우 좋아한다고)."

"게메이 우린 어멍이 뭐가 필요한지도 모르고(그러게 어머니가 무엇이 필요한지도 모르고)?"

그해 외국 나갔다 오면서 면세점에서 작은 손가방을 하나 사다 드렸다. 사실 그 백은 프라다도 구찌도 루이비통은 더더욱 아닌, 환하고 밝은 여러 개의 꽃무늬가 그려진 가벼운 태국산 가방이었는데 어머니가 기뻐하시던 얼굴이 눈에 선하다. 작년 말까지 해녀증, 휴대전화, 반 접은 지폐, 동전 등 잡동사니를 넣고 노인정에 가든 물리치료를 받으러 갈 때마다 우리 아들이 외국 갔다 오다가 무슨 면세점에서 샀다며 자랑을 많이 하셨다는데 그만 지퍼가 고장 나서 더 이상 들고 다니시지 않는다.

"야 외국에 언제 감시냐(외국에 언제 가니)?"

"무사 마씨(왜요)?"

"아니 갔다 오당 그 가방 호나만 다시 사당 오라 그거 막 좋더라게
(아니 가다 오다 그 가방 하나만 다시 사서 오라 그거 매우 좋다)."

"예, 알아수다."

그 이야기를 한 후 여러 번 밖으로 들락거렸는데 한 번은 잊어버리고 또 한 번은 비행시간에 쫓기느라 사다 드리지 못했다. 어머니는 그것을 한 번도 서운해하신 적은 없다. 지금은 그전에 쓰셨던 것을 다시 꺼내서 가지고 다니신다.

내가 참 무심한 것 같다. 한정판 명품백도 아닌데….

똑같은 것을 찾느라 시간이 없었다고 변명을 했지만 다음에 나갈 때는 꼭 그 태국산이 아니라도 더 좋은 것으로 사다 드려야겠다.

고향 집에 걸려 있는 어머니의 곤대 바구리뿐만 아니라 지나간 모든 구덕들은 우리들에게는 어머니와 함께 자식들을 키우고 교육시킨, 손자들에게는 사랑을 쥐어준 그야말로 어머니의 정성과 사랑 그리고 삶의 무게를 이겨낸 어떠한 루이비통 백보다 소중하고 자랑스러운 명품백이다.

그리고 지금 남아 있는 유일한 구덕, 이 곤대 바구리는 고향 집 벽면 한쪽에 늘 거기에 있어 왔듯이, 앞으로도 다시 사용할 날이 있다는 듯이 그렇게 걸려 있을 것이다.

마치 어머니의 정성과 사랑이 우리 가슴에 걸려 있듯이.

어머니의 루이비통

제주의 겨울

제주에 눈이 왔습니다.

외할머니댁에 머물렀던 겨울은 왠지 모르게 따뜻했습니다.

정지(부엌)에서 감저(고구마)를 구워 주었던

굴묵*에 불을 피워 방바닥이 따뜻함을 넘어 뜨거웠던

그 겨울의 그리움이 눈처럼 쌓이고 있습니다.

....

* 굴묵은 제주어로 마른 나무, 장작, 솔똥(솔방울), 솔잎 등으로 불을 피워 방바닥으로 온기가 전
  달되는 제주 전통 온돌 형태이다.

감저(고구마)

"야 낼랑 샛어머니네 감저 파러 갈거낭 경 알앙이시라 이(내일은 두 번째 큰집 고구마 캐러 갈거니까 그렇게 알고 있어라)."

"기꽈? 알아수다(그래요? 알겠습니다)."

그 당시(초등학교 4, 5학년)에는 일하러 가는데 공부를 핑계로 안 간 다고 할 수 있는 상황이 아니었다. 일손이 부족하여 놉(일손)을 빌어 서로서로 감저를 캐야 했기 때문에 집안의 작은 일손마저 필요하였 다. 그러나 나는 이런저런 상황을 떠나 감저 파러 가는 것이 그저 좋 았다.

어머니의 루이비통

남자들은 대부분 감저꿀(줄기)을 거두어 모다낭(합쳐서) 치우고, 할머니, 어머니들은 골갱이(작은호미)로 쪼그려 앉아 감저를 캔다.

일훈 형(사촌)이 감저꿀을 능수능란하게 착착 자르면 우리는 그것을 모당 밭 한쪽으로 차곡차곡 갖다 놓는다. 어머니가 "경해도 조심행 허라이 감저 묻으면 뽈아도 안 진다이(그래도 조심해서 해라. 감저액이 묻으면 빨아도 잘 지워지지 않는다)." 라고 말한다. 형과 나는 감저꿀이 어느 정도 쌓이면 그곳으로 신나게 달려가 낙법 연습을 하며 그곳에 쓰러지곤 했다.

한두 번을 그렇게 놀고 있으면 일훈 형이 "야 너네 이래왕 빨리 이거 안 거들래?" 한다. 그러면 우리는 한동안 열심히 감저꿀을 치운다. 그리고는 시간이 좀 지나면 "야 너네 저기강 지들커 좀 행 가정 오라(너희들 저기 가서 땔감 좀 해서 갖고 오라)." 한다. 사촌 형이 이 소리 할 때만 기다렸다. 그렇다. 감저를 구워 먹기 위해서다.

우리는 신이 나서 재빠르게 솔똥(솔방울)과 솔잎, 마른 나뭇가지를 가져와 불을 피워 감저를 굽기 시작한다. 밭에서 감저 굽는 것은 우리가 좋아하는 요소가 전부 다 있다. 방엣불(불장난)도 있고(초등학교 5학년 때인가 불장난을 하다 뒷산을 다 태우고 도망간 적도 있다), 일을 안 해도 되고, 맛있는 군감저가 있기 때문이다.

어느 정도 감저가 익어가면 감저꿀로 감저를 덮어 버린다. 이렇게 하면 감저가 타지 않고 안쪽까지 잘 익는다. 그리고는 20~30분 있다 꺼내 먹으면 된다. 그사이 우리는 감저꿀 쌓아 놓은 데로 달려가 다시 쓰러지며 서로에게 나뭇가지를 겨누며 '탕, 탕' 소리를 낸다.

그리고는 다들 둘러앉아 군감저를 꺼내 먹는다. 우리는 손보다 더 큰 뜨거운 감저 껍질을 벗겨가며 호호 불면서 먹는다. 근데 어떤 것은 껍질이 하도 타서 손으로 잘라 탄 껍질 안쪽 부분을 핥듯이 먹는다. 그러면 우리 입주뎅이는 그야말로 숯검댕이가 되었다.

"야 경 맛조냐? 호끔 천천히 먹으라게 입 덴다 이(야 그렇게 맛이 있나? 조금 천천히 먹으라. 입 덴다)."

입이 데는 것이 문제가 아니었다. 감저를 먹다가 한순간에 의지와 상관없이 한 부분이 입속으로 넘어가 급하게 삼켜 가슴까지 뜨거워 눈물이 난 때가 있었다. 고통스런 순간이다.

옆에 있던 일훈 형이 웃으면서 "애 봅서 와리당 속까지 다 데부러 싱게(애 보세요. 급하게 먹다 안에까지 데어 버렸네)." "마 물 먹으라게(여기 물 마시라)." 하면서 큰 사발에 물을 건네준다. 그러면 어머니들은 김치나 자리젓에 같이 먹으라고 한 마디씩 한다.

"야 경 먹언 솔이냐(야 그렇게 먹어서 잘 쪘나)?"

나는 억울하듯이

"아니우다게(아닙니다)."

그렇게 다들 웃으면서 맛있는 점심이 지나간다.

감저를 먹고 난 후 형과 내가 일이 실퍼져(싫어져서) 대충하는 꼴을 보이면 일훈 형이 "야, 너네 저기 감저꿀 위에강 좀이나 자라." 그러면 가을 햇빛에 얼굴이 타는 줄도 모르고 천연 침대 위에서 곤히 잠을 잤다. 한참 후 차져가는 가을바람이 자명종 시계마냥 어깨와 목을 때리면 부스스 일어나 어머니에게 "다 안 끝남수꽈 집에 가게 마씨(다 안끝났어요? 집에 가요)." 하고 조른다.

"호끔만 이시라 다 햄시냥 꼬치 가사주게(조금만 있어라 다 끝나가고

　　　　　　　　어머니의 루이비통

있으니 다 같이 가야 한다)."

오후가 되면서 바람이 더욱 차지고 흙먼지가 날렸다. 할머니, 어머니들의 손놀림이 바빠지고 형들은 마다리(포대)에 감저를 담느라 분주하였다.

시간은 말없이 그렇게 직선으로 지나가고 있었다.

감저가 제주도에 언제 왔는지 정확하게 알 수는 없으나 19세기 중반 일본 쓰시마섬에서 처음 제주도로 들여왔다고 한다. 그리고 감저라는 말은 달콤한(단) 감자란 뜻의 한자어이다. 그래서 제주 사람들은 고구마를 처음부터 감저라고 불렀다. 어쩌면 당시에는 표준어인 셈이다.

먹을 것이 귀하던 시절 감저는 그야말로 구황 작물이다. 제주도 어디에서든 잘 자라고 반찬 없이도 그 자체로 끼니를 해결하고 또한 맛까지 좋다. 그리고 감저를 수확하기 전에 감저꿀(줄기)를 삶아서 된장에 버무리면 훌륭한 반찬이 된다. 제주 사람들에게 감저는 그야말로 선물 같은 존재였다. 그래서 가을만 되면 마을 대부분, 아니 거의 전부가 감저를 수확했다.

집집마다 모든 밭에는 5~6월에 씨감저에서 싹을 틔워 낸 줄기를 심어서 늦가을, 상강 절기 후로 감저가 큰다고 해 주로 상강 이후 10~20일에 감저를 캤다.

마을마다 대부분은 전분 공장이 있어서(고향 마을 태흥에서 표선까지 약 12km 내 전분 공장이 4개 있었다.) 대부분 감저를 수매해 가고, 일부분은 집에서 가을부터 이듬해 이른 봄까지 이틀에 한 번꼴로 감저를 청먹었다(쪄서 먹었다).

감저 수확철이 되면 마을 사람들은 대부분 전분 공장에서 일했는데 남자들은 트럭을 타고 수매하고, 아낙네들은 안에서 감저를 씻고, 전분을 널고, 마르면 포대에 담는 일 등을 하였다.

감저는 겨우내 주식이 될 뿐만 아니라 공장에서 일할 수 있는 기회를 제공하기도 하였다. 어머니도 이 시기에는 해녀 일을 잠깐 접어두고 감저 공장에 일하러 다닌 적도 있었다. 그 당시에는 차가 거의 없었고 더더욱 차를 탈 기회가 없던 시절이라 트럭 위의 감저 마다리(푸대)에 올라앉은 동네 삼촌들을 보면 부럽기 짝이 없었다. 나도 빨리 어른이 되어 감저 공장 차에 매달리는 것이 꿈이기도 하였다.

아이들에게 전분 공장은 가동 전후로 그야말로 놀이터였다. 공장 마당에서 축구도 하고 비가 오면 공장 안으로 들어가 총싸움, 공기도 하면서 놀았다. 어떤 때는 동네 고등학교 형들이 담배 피우고 쌈치기(동전치기)하는 장소가 되기도 했다.

겨우내 감저를 저장하기 위해서는 감저눌을 만들어야만 했다. 이 눌은 집 마당이나 밭에 보통 1~2m 깊이에 1.5m 지름 크기로 땅을 파서 밑에 마른 새(가늘고 긴 풀)를 깔고 주위에 새로 짠 노람지로 빙 둘리고 그 위에 주지(일종의 상투 비슷한 덮개)로 덮으면 눈비가 와도 끄떡없다. 가끔 쥉이(쥐)가 쏠아 먹어 버리는 경우가 있지만 그리 대수로운 것은 아니다. 어쩌다 노람지 사이로 감저를 꺼내고 잘 안 덮으면 비나 눈이 들어가 썩기도 했다.

한번은 2~3월에 눌 노람지 사이로 어깨가 빠질 정도로 손을 깊게 집어넣어 감저를 꺼내려는데 무언가 물컹한 느낌이 잡힌다. 아, 감저

　　　　　　　　　　　　어머니의 루이비통

가 다 썩어 두부보다도 연해서 잡히질 않는다. 이때쯤이면 감저가 거의 끝날 시기라 남은 감저가 다 썩어도 어머니는 그리 아까워하지 않는 것 같았다.

감저 인심은 어디를 가든 좋았다. 집집마다 감저 청 놔둔 것이 있어 어느 집을 가든 서로 권하고 먹었다.

한번은 어머니가 아는 성님(언니)이 밭 좀 빌려달라고 하는 것이었다. 그 집 남편이 노름(도박)해서 재산 다 날려 때(끼니)가 걱정되어 감저 갈앙(재배) 먹어야겠다고 하자 어머니는 해녀 일도 바쁘고 해서 삯도 안 받고 밭 하나를 전부 빌려주었다고 한다. 그 성님은 후에 오일장서 괴기 장시(고기 장사)를 했는데 어머니를 보면 괴기도 그냥 주면서 그렇게 반갑게 맞았다고 한다. 근데 그 밭을 이삼 년이 지난 즈음에 아버지가 노름인가 사업을 한답시고 팔아먹었다고 어머니가 지금도 이야기를 하신다.

"느네 아방 나 처년 때 물질행 벌어논 밭 2개 다 폴앙 먹어 베시네(너희 아버지 내가 처녀 때 해녀 일 해서 사둔 밭 2개 다 팔아먹었다고)."

그리고 들에서 놀다가도 배고프면 옆 밭에 감저 눌이 있으면 마치 우리 것인 양 스스럼없이 감저를 꺼내 껍데기를 퉤퉤 하고(가끔 누가 멀리 뱉어내느냐 내기도 했다.)는 그냥 씹어 먹는다. 그리고 그것에 대해 누구 하나 타박하거나 하는 사람이 없었다.

그저 노랍지만 잘 덮으라고만 한다.

모두 다 우리 감저다.

감저의 맛은 여러 가지다.

감저를 이틀에 한 번씩 청 먹었지만(우리는 주로 점심) 가끔 솥강알(솥 아궁이)에 밥을 하면서 넣어 구워서 밥 먹고 난 뒤 지금의 디저트 개념으로 먹으면 포만감은 이루 말할 수가 없다.

그리고 쌀이 귀하고 보리쌀도 귀한 시절에 조팝(조밥)에 감저 놓고 같이 해서 먹으면 그 맛은 먹어 보지 않은 사람은 알 수가 없다. 특히 흐린(sticky) 좁쌀보다 모인(dry) 좁쌀에 물감저를 넣어 먹으면 지금의 어떤 케익이나 떡보다도 달콤하고 잘 넘어갔다. 밥과 디저트 개념을 동시에 합쳐놓은 환상적인 맛이다. 제주도 전통 음식으로 지금 개발 해도 손색이 없을 텐데, 단점이 있다면 밥을 하자마자 뜨거울 때 먹는 것이 최고다. 식어 버리면 그 맛이 반으로 줄어들어 버린다.

모인 감저는 어느 때나 먹어도 맛이 있지만 물감저는 약간 소들어서(말라서) 눈 오는 날 가마솥에 흐랑하게(푹) 찌면 솥바닥이 찐득찐득할 정도로 엿과 같이 눌어 버린다. 그런 물감저의 맛은 사탕이나 엿보다 단 천연 단맛이고 샤베트나 치즈케익보다 더 부드러운 맛이다. 그리고 그 뜨거운 맛은 겨울 눈발에 목과 이마에 땀을 맺히게 한다.

제주도에는 대부분 물감저가 많았다. 아마도 이것은 토양에 수분(비)이 많은 것과 관련이 있어서 그랬을 것이다.

모인 감저(하얗게 둘레에 꽃이 핀 느낌)가 귀해서 감저를 먹을 때 모인 감저가 나오면 로또까지는 아니라도 굉장히 기분이 좋았다. 물론 어느 순간에는 껍데기(겉)만 보고도 모인지 안 모인지 알 수가 있다.

나에게는 감저가 무슨 만병통치약과 같았다. 초등학교 6학년 때 반 대항 축구를 하는데 전날 무엇을 잘못 먹었는지 배탈이 나 힘이 없어 해롱해롱할 때 어머니에게 "어머니, 감저 청춥서(어머니 고구마

쪄주세요)." 했다.

"무사(왜)?"

"감저 먹으민 배 아픈 거 좋아 질거 담수다(고구마 먹으면 배아픈 거 좋아질 것 같아요)."

그래서 감저를 먹으면 신기할 정도로 배탈이 사라졌다. 그 이후로 컨디션이 안 좋을 때도 감저를 먹으면 그것이 내게는 비타민이 되었다. 거리 음식을 즐기는 편이 아닌데 요즈음도 고구마튀김만 보면 그냥 잠깐 머무른다.

해운대 시장에 서서 감저튀김을 먹는데 영국인 부부가 손을 가리키며 주문을 하자 나는 그것은 fish & chips가 아니라고 했고, 그 부부는 엄지 척을 하며 홍콩에서 맛을 보고 잊을 수가 없어 나와 똑같이 길거리 음식을 기웃거린다고 한다. 웃으면서 취향이 같다고 하자 그가 당신도 유럽에서 왔냐고 물어본다. "아니 120% 순수 토종 한국인입니다." 그러면서 "어쩌면 하멜파일지도…?"

그들이 소리 내어 웃는다.

감저의 또 다른 맛은 빼떼기이다. 빼떼기는 감저를 얇게 썰어서 집마당이나 태역밭(잔디밭), 심지어 돌담 위에 널어서 녹말이 떨어질 정도로 잘 말려서 당원(감미료)를 넣고 국물 있게 끓여서 먹으면 겨울철 최고 별미다. 그 국물은 이상할 정도로 달고 시원한 맛이 나기까지 한다.

빼떼기 맛을 결정하는 것은 비를 피해 잘 말리는 것이 첫 번째로 해야 할 일이다. 말리다가 비를 맞혀 버리면 금세 곰팡이가 피는데, 곰팡이를 없애고 잘 쪄도 썩은 맛이 나기 때문에 곰팡이가 피면 거의 다 버려야 한다.

어머니는 바당에 나가면서 항상 "비가 오면 마당에 **빼떼기** 넌 거 드리라이." 하셨다. 그래서 진시무꿀(동네 언덕과 벌판이 있는 곳)에서 애들과 같이 놀다가도 비가 한두 방울 내리면 우린 무조건 집으로 전력 질주한다. 그러면 가끔 동네 사람들이 "야, 너네 무사 어디 경 돌으멍 가메 무슨 일 이시냐(야 너희들 왜 어디로 그렇게 뛰어가니, 무슨 일 있니)?" 했다.

"아이고, 아니우다. 집에 **빼떼기** 드리러 마씨(아이고 특별한 일 아닙니다. 집에 **빼떼기** 걷으러 갑니다)."

그 어린 시절 커피가 들어왔는데 우리 삼남매는 **빼떼기**를 먹으면서 "커피는 **빼떼기** 국물, 프리마는 당원!" 하고 국 사발로 **빼떼기** 국물을 들이키며 커피 마시는 흉내를 내곤 하였다.

감귤나무가 들어오면서 마을의 밭들은 감저 대신 하나둘씩 밀감과 수원으로 변해갔다. 또 전분 공장 기계가 멈추자 전분 공장은 사시사철 우리들의 놀이터로 변해 갔다.

거의 삼십여 년 전부터 감저밭은 모두 사라져 버렸다. 어느 순간 육지에서 재배된 밤고구마, 호박고구마 등이 새로 오일장에 나타나기 시작했다. 육지 감저들은 크기는 작았지만 더 모이고 제주 감저와는 맛이 조금 달랐다. 그리고 감저가 나오는 시기도 조금 빨라져 늦여름이면 그게 보였다.

감저 맛에 익숙한 나는 6~7년 전 중국 하이난 어느 시장에 갔을 때 손바닥보다 작은 자주색 고구마를 발견하고 호텔에 부탁해서 쪄서 맛을 보니 그 어떤 감저보다 맛있었다. 그래서 돌아오는 길에 문

익점의 후예가 될까 한동안 고심하기도 했다.

감저는 우리에게 어려운 시기에 배를 채워주고, 사탕보다 더 단 천연 디저트를 제공하고, 놀이를 함께하고, 노동의 대가로 돈을 벌게 하고, 그리고 이웃 간에 정을 나누게 하는 그런 고마운 작물이자, 우리들의 일상이 머물렀던 늦가을의 한 부분이었다.

조금 있으면 고향 집 우연내에서 어머니는 해마다 심는 감저를 캘 것이다. 그리고는 전화로 "일만아 감저 가져강(갖고 가서) 먹으라." 하실 것이다.

난 그 소리를 내년, 내후년, 그리고 오랫동안 계속해서 들었으면 좋겠다.

도대불

옛날 등대가 세워지기 전에 보재기(뱃사람, 어부)의 아낙네들은 특히 비바람이 부는 날에 지아비들이 무사히 집으로 돌아오게끔 하기 위해 바다에 가서 불을 켜고 기다리곤 했는데, 이것을 갯불이라고 한다. 갯은 갯것이의 제주 말의 줄임말인데 바닷가, 해변 그런 의미이다. 이 갯불은 지아비의 안전 복귀를 바라는 여인네의 염원이자 사랑이다.

제주도 말로 불빛이 배롱배롱하다는 말이 있다. 이 말은 불빛이 작고 희미하지만 그래도 꺼지지 않고 자세히 보면 선명하게 불빛이 보인다는 의미이다.

어머니의 루이비통

여인네들의 갯불은 큰 불빛은 아니지만 가족들의 삶을 이어가고 서로에게 비추는 불빛, 크게 드러나지는 않지만 은은한 사랑이 아니었을까?

이 갯불이 마을 공동체의 등대 형태로 발전한 것이 도대불(도댓불)이다. 흔히 말하는 민간 등대이다. 도대불의 어원은 어떻게 생겼는지 모르지만 돛대처럼 높이 켠 불에서 왔다고도 하고, 일본 말의 등대인 도우다이에서 왔다고들 한다. 이 도대불은 축항(포구)이나 마을 포구 근처 그래도 조금 높은 곳에 보통 세워졌으며 축조 방식은 마을마다 어민마다 제각각으로 원통형, 항아리형, 마름모형 등 다양하다. 솔칵(관솔: 송진이 많이 붙어 있는 소나무 옹이 부분)이나 생선 기름, 그리고 석유 등으로 불을 붙이곤 하였다.

마을에서 돌아가면서 보재기 가족들이 불을 지켰다고 하며 불을 켜고 지키는 사람을 '불칙이'(불을 지키는 사람, 불 담당자)라고 했고, 불을 끄는 사람은 맨 나중에 바당(바다)에서 돌아오는 보재기가 불을 껐다. 지금은 제주에 열 군데가 남아 있으며 복원된 것도 있으나 그 원형은 조금씩 사라져 가고 있다. 1970년 초까지 이 도대불이 켜지곤 했다. 조천읍 북촌리에 가보면 가장 오래된 도대불(1915년대 추정)이 남아 있다.

날씨가 추워져 간다. 그리고 바람이 분다.
나의 마음이 누군가에게, 주위에 있는 사람들에게 배롱배롱한 불빛이 되었으면한다.

야 촐비래 걸라

제주는 늦가을이 되면 중산간에 어웍(억새)이 장관을 이룬다. 특히 11월 중하순이 되면 어웍은 하얀 꽃을 피워 바람에 하얀 물결로 넘실거린다. 참으로 볼만하다. 이제는 늦가을 밀감과 함께 제주를 상징하는 것 중 하나가 되었다.

사실 이 어웍은 어린 시절 아무 쓸모도 없는 풀이었다. 어웍이 하도 억세어서 당시에는 장갑도 끼지 않고 일했던 시절이었기 때문에 손을 베이기가 일쑤였다.

어머니의 루이비통

제주는 밀감 농사를 하기 전 두 가지 형태의 밭이 있었다. 하나는 일반적으로 봄에는 유채, 가을에는 감저(고구마)를 심는 밭이었고 다른 하나는 촐왓(촐밭)이었다.

촐은 길이가 조금 있고 가늘며 맨지글락한(부드럽고 윤기가 나는) 파란 풀이다. 촐은 그 모양에 따라 일반적으로 촐, 새(바람에 잘 견디고 습기에 강함), 그리고 각단(짧은 새)으로 나뉜다.

어웍(억새)은 촐의 종류가 아니라 그냥 억센 풀이다. 그리고 어웍은 일반적으로 촐왓보다 더 거칠고 황량한 밭에서 자란다. 일반적으로 제주도는 밭, 촐왓, 어웍밭, 오름 순으로 해발 고도가 높아져 가는 형태이다.

촐왓을 가지고 있다는 것은 겨우내 쇠(소)나 몰(말)의 먹이 걱정을 안 해도 된다는 것이었다. 그리고 이듬해 초가지붕을 다시 덮는 데 필요한 새를 가지고 있다는 것을 의미했기에 조금은 여유 있는 겨울을 보낼 수 있었다.

촐을 비는(베는, 수확하는) 것은 추석 전후로 이루어졌는데 대부분 추석 명절을 쇤 다음 날부터였다.

샛어멍네는 마지모르에 큰 촐왓을 가지고 있었다. 가을이 되면 아버지는 동네 분들과 장낫(크고 긴 낫)으로 촐을 비고 샛어멍, 어머니, 금자누나, 일훈 형은 일반 호미로 촐을 비었다.

장낫을 사용하려면 힘도 있어야 하지만 무엇보다 요령도 있어야 한다. 장낫으로 리듬있게 촐을 비면 "스악 스악" 소리가 난다. 그리고 아버지와 삼춘들은 스악 스악 소리에 맞춰 노동요을 부르며 육체적인 피로를 잊었다.

나는 장낫 사용하는 방법을 벌초 가면서 일훈이형에게 배웠다. 하지만 배우자마자 낫질하려니 서둘러 그날 갈아서 가져온 낫을 깊게 찍어 반으로 꺾어 버린 적이 있었다. 물론 지금은 그런대로 요령을 알아 조금 사용할 줄 안다. 장낫의 고수는 겨드랑이와 가슴에 땀이 나지 않는다. 머리에서 조금 날 뿐.

그만큼 리듬있게 촐을 비는 것이다.

촐을 비고는 적어도 하루 이상을 그 밭에서 말려야 한다. 촐을 말리지 않고 그냥 단(성인 한아름 부피의 뭉치)으로 눌(둥근 형태로 단을 높여 저장하는 것)을 만들면 촐이 썩어 소나 말이 먹지 못하게 된다.

말린 촐을 묶을 때와 눌을 눌 때는 형과 나도 합류하여 일훈 형의 거의 명령 수준의 지시 아래 이곳저곳을 돕곤 하였다. 촐을 단으로 모두 묶고 난 뒤에는 바레기(말마차)를 사용해 집으로 실어온다. 집으로 가져온 촐은 소나 말에게 먹이로 주거나 집 올래 한쪽에 두고 필요할 때 사용했다.

우리는 가을에 주넹이(지네)를 잡으러 다니기도 했다. 촐을 베고 말리는 곳이나 단을 놔둔 곳을 데쓰면(뒤집으면) 주넹이가 있었다. 주넹이 잡기에 급급한 나머지 촐을 원상태로 되돌리지 않고 헤집어 놓기도 했다.

가끔 어머니는 이 마른 풀로 밥을 짓곤 했는데 이 촐은 다른 지들커(땔감: 마른 나뭇가지, 솔방울 등)에 비해 불의 세기가 약한 느낌이 없지 않았지만 은은하게 잘 타고 연기가 안 나 밥을 하는 데는 그만이었다. 그리고 손님이 올 때나 아버지를 위해 솥강알(아궁이) 남은 불씨 위에 석쇠를 올려 귀한 솔래기(옥돔)나 보건치(조기)를 호호 불어가며 정성스레 굽기도 하셨다.

그 당시 구운 생선의 맛을 완전하게 기억할 수는 없지만 지금 생각해보면 촐이 타고 난 후 은은한 잿불에 바룻괴기(생선)를 구워서 타지 않고 부드럽게 익지 않았나 생각해 본다. 어쩌면 불 세기를 지들커(땔감)의 종류로 조절했던 것 같다.

가끔 촐로 밥을 하는 경우에 어머니가 다른 일을 하게 되면 내가 솥강알(아궁이)에 불을 때면서 밥을 한 적도 있었다. 불을 지피면서 감저(고구마)를 일찍부터 솥강알에 던져 놓고 이리착 저리착(이렇게, 저렇게) 뒤집으면서 굽곤 했는데 불이 일정하게 되지 않자 어머니는 "경 고만히 잘 지들라게, 경 감저만 먹구정허냐(그렇게 가만히 불 잘 때라. 그렇게 고구마만 먹고 싶으니)?" 하며 나의 감저 사랑을 인정하시곤 했다.

처음에는 겉만 익어 속은 거의 생감저와 같은 것도 맛있게 먹었는데 후에는 방석으로 솥강알을 전부 막아 익은 감저를 먹기 위한 기다림을 스스로 터득하기도 하였다. 밥을 먹는 동안 잿불에 오랫동안 구워진 감저는 껍질도 타지 않고 잘 벗겨져 여간 맛있는 것이 아니었다.

가끔 어머니가 웃으면서 말씀하시는 일화가 있다. 초등학교 몇 학년인지 정확하게 기억이 나지 않지만 어머니와 샛어멍, 형, 일훈 형과 나는 당시 진시무꿀 위쪽에 있던 우리집 조그마한 촐왓의 촐을 묶어 집으로 가져오기 위해 밭에서 함께 일하고 있었다. 그날 일하기 싫어서 그랬는지 몰라도 얼마 버티지 못하고 집으로 가겠다며 떼를 쓰다 혼자 집으로 향했던 적이 있었다. 그런데 진시무꿀 동산 위로 금자 누나가 구덕에 점심을 지고 오는 것을 보고 다시 돌아가 어머니에게 마음을 바꾸어 열심히 일하려고 돌아왔다고 거짓말을 했다. 금자 누나가 점심으로 가져온 감저친거(찐 고구마)를 먹기 위해서 다시 돌아간 것이다.

일을 마친 후에는 우기면서 촐 한 단을 등에 지고 집으로 가려고 일어나는데 한 걸음도 앞으로 나아가지 못하고 뒤로 벌러덩 넘어져 버렸다. 형도 한 단을 졌는데 나는 와리면서(서두르면서) 지는 바람에 일어서려는 순간 균형을 잡지 못한 것이었다. 요령으로 져야 하는데 와림(서두름)으로 져서 그럴 수밖에 없었다.

어머니가 뒤에서 천천히 일으켜 주어 다시 시도한 끝에 한 단을 등에 지고 집으로 돌아올 수 있었다. 촐을 한 단씩 지고 진시무꿀을 건너 집으로 가는 동안어머니는 앞서지 못하고 우리들이 걱정되는지 뒤를 자꾸 돌아보셨다.

촐을 비는 시기에는 가끔 멀레(머루)들이 곳곳에 있었는데 특히 어윅이 많은 곳에 멀레가 많았다. 한번은 그것을 따다가 잘못해서 내가 어윅에 크게 손을 비었는데 싸하게 아프면서 피가 많이 났다. 어윅에 베어 손에 상처가 난 것은 바로 치료하지 않으면 갈수록 상처가 하얗게 벌어져 오랫동안 잘 낫지 않는다. 일훈 형이 그것을 보고 어머니 모르게 헝겊으로 손을 묶어주었다. "야, 뭘 와리당 경해부러시냐게(무엇에 급해서 그렇게 되었느냐)?" 하며 투박하게 욕하는 것 같지만 걱정하는 눈빛으로 나의 손가락을 정성스럽게 묶어주었다.

그리고 새를 비는 늦은 가을에는 마께멀레(보리수)가 많아 손으로 훑어서 먹곤 했다. 그래도 많이 남아 있으면 마께멀레 가지를 꺾어

어머니의 루이비통

새 위에 올려 지어 와서 집에서 먹기까지 했다. 하루는 마께멀레를 하도 많이 먹어 입안이 텁텁하여 저녁 밥맛이 없던 적도 있었다. 그러면 어머니는 항상 "거보라게 누가 경 하영 먹으렌 해냐(그것 보아라, 누가 그렇게 먹으라고 했느냐)?" 하셨다.

동짓달이 다 가기 전에 새와 각단을 다 비고(베고) 다시 하루 이상을 말려 눌을 누어 이듬해 바람이 없는 따뜻한 봄에 초가지붕을 새로 덮고 이었다. 마른 새는 촐과 마찬가지로 한 단씩 묶어 바레기(말 마차)에 실어 집으로 가져왔다. 그리고 눌을 누어 노람지로 지붕을 덮은 뒤 양쪽으로 새끼줄에 돌을 매달아 묶어 비가 들지 않고 노람지가 날아가지 않도록 새를 보관했다.

우리는 한 번도 초가집에 살아 본 적은 없었지만 내가 초등학생이었던 시절의 우리 동네, 조치명동은 반 이상이 초가집이었다. 샛어멍네 집은 전형적인 제주 초가집으로 안커리, 밖커리, 모커리 모두 3칸으로 이루어져 있었다.

그래서 어릴 적 틈틈이 샛어멍집에 가면 들어가는 올래 왼쪽에 큰 새 눌 2개가 항상 있었다. 이 눌로 해마다 봄이 되면 초가지붕을 다시 덮고 이었던 것이다.

샛어멍네 초가지붕을 덮기 위해서는 먼저 집줄(새끼줄)을 꼬아야(엮어야) 했다. 이 집줄은 제주의 자연환경, 돌풍과 호우에 잘 견디게 하기 위해 육지의 집줄보다 더 굵고 단단하게 엮었다.

집줄을 꼬는 일은 지붕을 갈기 전인 봄이 오기 전의 겨울 농한기 중, 날씨가 따뜻한 날에 이루어졌다. 보통 집줄은 집 한 채당(16평 내외) 가로(긴 줄) 28개, 세로(짧은 줄) 58개가 필요했다. 일훈 형, 금자 누나, 그리고 형과 나는 호랭이(새끼줄을 꼬는 작은 나무로 된 도구)로 지붕을 이을 새끼줄을 꼬았다.

새끼를 꼴 때(집줄을 엮을 때) 쓰이는 새가 각단이다. 각단은 새에 비해 길이가 조금 짧은 것이고 새는 촐과 비교하여 굉장히 더 맨지글락한(부드럽고 윤기가 나는) 고운 풀이다. 풀이 곱다는 말이 그렇기는 하지만 아무튼 새는 말랐을 때도, 풀을 벨 때도 푸르른 빛과 촉감이 부드럽고 이쁜 느낌이 있었다. 물론 새는 각단과 촐에 비하여 길이도 매우 길다. 그래서 지붕을 덮는 것이다.

금자 누나와 일훈 형이 장갑도 끼지 않은 채 각단으로 손에 침을 퉤퉤 거리면서 새끼를 꼬아서 호랭이(새끼줄을 걸고 이어나가는 나무로 만든 작은 도구)에 걸면 형과 나는 손으로 호랭이를 돌리며 주의 깊게 뒤로 나가면 새끼줄이 완성되는 것이었다. 이 새끼줄을 꼴 때는 각단만 있어야지 고사리나 다른 풀이 있으면 새끼줄이 튼튼하지 않아 가다가 끊어져 버리기 때문에 일훈 형과 금자누나는 각단을 확인하면서 정성스럽게 새끼를 이었다.

그리고 새끼를 꼬는 사람과 호랭이를 돌리는 사람은 서로 호흡이 잘 맞아야 새끼줄이 튼튼하게 되는데 형과 나는 경쟁하듯이 빨리 뒤로 나가려고만 하면 급기야는 일훈 형이 큰 소리로 한마디한다.

"야, 너네 숨비듯이 경허나, 고찌 가산다게, 야 넨 무슨 새끼줄을 돌으멍 시합 햄시냐게(야 너희들 경쟁하듯이 그렇게 하니, 같이 가야 한다. 너희들은 새끼줄 달리기 시합을 하고 있니)?"

그렇게 형과 내가 호랭이를 돌리며 안커리 바닥 돌담에서 올래 거

어머니의 루이비통

의 끝까지 가면 새끼줄 하나가 완성됐다. 그러면 다시 일훈 형과 금자 누나 앞으로 가서 다른 새끼줄을 인 후 다시 호랭이를 돌리기 시작한다.

호랭이 돌리는 일은 지루하기가 그지없었다. 우리는 그 일에 금방 싫증을 느꼈다. 그러면 어깨가 처진 상태로 습관적으로 호랭이를 돌렸다. 그때 일훈 형이 이제 중학생이 되었으니 내일 지붕을 다 이고 나면 형과 나에게 만년필을 하나씩 사주겠다는 약속을 했다. 형의 말이 끝나기 무섭게 우리는 기십(기)이 쎄지어서 호랭이를 다시 즐겁게 돌렸다.

"이야! 일훈 형이 만년필 사준덴 헴신게게(이야! 일훈 형이 만년필 사준다고 하네)!"

정말로 기분 좋은 일이었다. 당시 중학교에 들어가서 제일 먼저 변화가 있는 것이 필기도구였다. 연필 대신 볼펜으로 글을 쓰는 것이었는데 조금 사는 집 애들 중에는 더러 만년필을 가지고 다니며 펜을 잉크에 적시어 글을 쓰곤 했다.

중학생이 되어 다른 애들이 멋있게 보였던 순간은 교복 상단 주머니 왼쪽에 만년필과 만년필 같은 볼펜이 꽂혀 있는 것이었다. 마치 부의 상징처럼 여겨졌다. 심지어는 공부 잘하는 것을 뽐내듯 교복 왼쪽에 만년필과 무게감 있는 볼펜을 꽂아 다니는 것이 부러웠는데 일훈 형의 말을 듣고 나도 꽂고 다닐 수 있겠구나하는 기대와 희망을 갖게 된 것이다.

정말로 신나는 일이었다. 통학 버스를 탈 때는 애들이 쎄배가니(슬쩍해 가니) 학교에서만 하고 다녀야지 하는 즐거운 상상을 하기 시작했다. 당시 일훈 형은 무뚝뚝하고 말수가 많지 않아 무심한 듯했지만 그래도 우리들을 생각해 주는 좋은 형이었다. 나와 7살 정도 차이가 났으니 거의 어른이었다.

다 꼰 새끼줄은 집 한쪽에 놔두었다가 새로 지붕을 덮는 날 사용한다.

지붕을 새로 덮는 것은 매년 입춘을 전후로(대략 2월 중하순경) 바람이 없고 따듯한 날에 이루어졌다. 지붕에 남아 있는 낡고 오래된 새는 거의 3~4년에 한 번씩 파내어 새로운 새로 덮곤 하였다. 그 당시 겨울에는 눈이 많이 와서 지붕에 무게가 많이 나가면 쇠막(소 움막)같이 엉성하게 지은 초가집이 내려 앉는 경우도 더러 있었다.

초가지붕을 덮는 날이 되면 지붕 위에서 조심스럽게 새를 잘 까는 사람과 단을 받는 사람, 그리고 단을 지붕으로 던지는 몇 사람을 놉 삐러(힘을 빌려) 그 일을 했다.

특히 이날은 놉삐렁 일한 사람들을 위하여 점심을 잘 차려줬는데, 돗궤기국(돼지고기국)에 바릇궤기(생선)를 구워 잘 대접했다. 어머니 말씀으로는 따로 품삯을 주지는 않고 담배를 사 와서 모두에게 나누어 주었다고 한다. 마을에서 지붕을 이을 때마다 서로서로 놉삘며 도와줬던 것이다. 형과 나는 힘이 안 되어 단을 지붕으로 던지지는 못하고 한 단씩 단을 옮겨 던지는 사람에게 가져다주곤 했다.

아주 가끔 단을 옮기다 보면 주넹이가 기어 나올 경우가 있었는데 그때는 횡재였다. 주넹이(지네)를 잡아 한쪽에 놔두었다가 주넹이 상점에 가서 팔곤 했다. 그리고 새 눌뿐만 아니라 감태 눌, 그리고 다른 눌에 노람지 위로 돌을 매달아 그 돌이 새를 누르고 있었는데, 우리는 어디를 다닐 때마다 그 돌을 들어 보곤 했다. 왜냐하면 거기에는 항상 주넹이가 자신의 몸을 감고 있거나 그 돌구멍으로 주넹이가 나오는 경우도 많았기 때문이었다.

일훈 형은 초가지붕 새를 다 이은 후 서귀포에 가서 만년필 대신 교복에 꽂을 수 있는 검정, 파랑색 볼펜 2자루를 2세트 사서 형과 나에게 주었다. 일훈 형은 만년필을 사주고 싶었지만 어머니가 "아이고 만년필은 무슨 볼펜이라도 족허주게, 만년필은 이땅 고등학교 강 사주어도 된다. 중학생이 볼펜이면 금 넘주게." 하셨다고 한다.

그 볼펜도 사실은 금 넘을 정도로(과분할 정도로) 정말 좋았다. 그 후 교복에 마치 전쟁 영웅의 훈장을 새로 단 것처럼 볼펜 두 자루를 자랑스럽게 꽂고 다녔다. 학교에서나 집에서 공부할 때면 그 볼펜으로 영어 단어에 괜히 네모방장(네모)을 만들곤 했다.

일훈 형은 초등학교 시절 앞집 상옥이의 것보다 더 튼튼한 느레기총(새총)을 만들어 준 적이 있었다. 상옥이는 한동안 나의 어설픈 느레기총과는 상대가 안 될 만큼 튼튼하고 멀리 나가는 새총을 갖고 있었다. 나는 그것이 늘 부러웠다.

느레기총은 산이나 들에 있는 뽁당낭이나 집 근처에 있는 동백낭(동백나무) 가지의 Y자 형태를 잘라 만들었다. 총을 쌓는 부분과 양 가지의 처음 부분은 가죽으로 싸고 고무줄을 이어서 만들었다. 이렇게 정교하게 만들어야 오래가고 더 멀리 나갔다.

일훈 형이 만들어 준 노란 고무줄 느레기총으로 상옥이와 함께 경쟁하듯이 놀았다. 동박(동백나무 씨)을 시작으로 병과 동박생이(동박새)를 향해 이 느레기총을 발사하곤 했다. 그리고 가끔은 바당 축항에 가서 보이는 괴기를 향해 이 느레기총을 쏘곤 하였다. 그 당시 좋은 느레기총을 갖고 있는 것은 전쟁터에서 최고의 화력을 갖고 있는 병사가 된 것과 같은 기분이었다. 느레기총은 그 고무줄 탄성마냥 나의 우쭐함을 힘차게 늘려 주었다.

　일훈 형의 방이 있는 바커리는 우리 사촌들의 아지트였다. 바커리는 안커리(안채)와 다르게 큰 자식이나 시동생들이 주로 거주했는데 우리는 제사나 명절 때 바커리에서 사촌들과 만화를 보거나 장난을 치면서 주로 시간을 보냈다. 그리고 일훈 형의 방에 있는 것들을 통해, 그리고 형의 행동을 통해 어른이 되어 가는 과정을 우리 사촌들은 조용히 보고 함께하였던 것이다.

　설날 아침 초가지붕에 고드름이 달리면 우리 사촌들은 명절을 지내기 전에 고드름을 따서 먹곤 했다. 그리고 지금 와서 생각해 보면 비가 오는 날의 초가집은 정말로 고즈넉한 분위기였다. 비가 오는 날은 대부분 일을 안 해 집에서 쉬었지만 지금처럼 고즈넉한 분위기와 감성에 취할 여유는 없었다. 그래도 상방(마루)에서 처마 밑으로 떨어지는 물소리는 지친 몸에 휴식을 주는 그런 것이었다. 비가 그치고 난 후 처마 밑 땅을 보면 비로 인해 찍힌 점들이 질서 정연하게 돌아가면서 줄지어 놓여 있었다.

　시간이 지나면서 마을의 초가집이 하나씩 없어졌다. 그리고 촐왓도 하나씩 개간되어 일반밭이나 밀감밭으로 변해갔다. 그리고 촐과 단들을 옮기던 바레기가 경운기로 바뀌기 시작하면서 초가지붕을 새로 덮고 이던 봄날의 집안 행사도 조용히 사라져 버렸다.

그 후 초가지붕은 양철 지붕으로 바뀌어, 비 오는 날 콩을 볶는지 아니면 총소린지, 요란한 빗소리로 우리를 놀라게 하였다. 그 이후에는 비 오는 날의 양철 지붕을 때리던 질서 없는 소리가 우리의 삶이 많이 변화하는 과정의 상징과도 같은 소리로 느껴졌다.

동네 양철 지붕들이 스레트(슬레이트)로 바뀔 즈음 일훈 형이 결혼을 했다. 그 이후에 아들 삼 형제를 두었는데 형수도 키가 큰 편이라 그런지 조카들 모두 훤칠하게 키가 컸다. 어느 순간 일훈 형은 자식들을 위해 형수와 함께 일본으로 일하러 갔다. 그렇게 세월이 흐르고 나도 세상으로 나갔다. 다시 시간이 한참 흘러 나의 아들이 고등학교 운동 시합에 나갔을 때 일훈 형이 일본에서 돌아와 어느 골프장의 운전수로 일하고 있는 것을 볼 수 있었다. 여전히 성실한 모습으로 가족들을 위해 열심히 살고 계셨다.

시합을 끝내고 나오는데 봉고차 창문이 내려가며 무심한 듯, 그러나 이제는 자상한 그 익숙한 목소리가 흘러나왔다.

"야, 잘 해시냐?"

"아, 형님 잘 해수다!"

그러자 형은 얼굴에 조용한 미소를 띠고는 그렇게 차를 몰고 사라졌다.

아들과 한창 운동하러 해외 이쪽저쪽으로 다니던 중에 일훈 형이 암에 걸려 병원에 입원해 있다는 소식을 들었다. 제주에 가면 병원에 가보아야지 하며 시간을 보고 있는데 형이 돌아가셨다는 소식을 들었다. 사실 그 소식을 들은 날이 병문안을 가려고 한 날이었다. 형수로부터 그가 나를 보고 싶어 했다는 말을 들었을 때 너무나 슬펐다. 형의 삶의 여정이 끝나갈 때 배웅하지 못한 것이 너무나 아쉬웠고 마음 아팠다.

장례를 마친 후 형의 비석을 마지막으로 보고 돌아서려는데 참아왔던 눈물이 와락 쏟아졌다. 금자 누나가 나를 다독거렸다.

"아이고 어떵 허니게? 운명이 그것밖에 안 됨신걸(아이고 어떻게 하겠니? 운명이 그것밖에 안 된다)."

제주에 늦가을이 오면 어느 순간 갈색으로 변해 버린 새가 바람에 흩날리는 것이 좋았다. 그리고 겨울에 진눈깨비 날리는 풍광도.

제주 사람이 아닌 저 육지 사람이 제주에 와서 그 풍경에 빠지듯 나도 그렇게 빠져들었다.

형이 세상을 떠난 지 얼마 되지 않아 고향 집으로 가는 데 도로변에 어욱들이 많이 피어 바람에 넘실대고 있었다. 마른 듯한 하얀 어욱꽃이 일훈 형의 약간은 무심한 듯한 미소로 다가오는 것 같았다.

올 늦가을에도, 나는 형의 미소를 바람과 함께 맞는다.

어머니의 루이비통

5장

/

코시롱헌

＊코시롱헌   ＇고소하고 맛있는 냄새가 나는＇이란 뜻의 제주어

화~악 들어갔당 나오크메

"호끔 이시라게 더 행 주마."
"아니우다게 되수다게. 이거민 먹당 남주게 마씨."
"경해도 온김에 하영 가정 가라게."
"경허민 혼번만 들어갔땅 나옵써게."
"매역귀 토담시라 화~악 들어갔당 나오크메."

    해안에 사는 78세 난 언니가 웃뜨르(위쪽 마을: 바다가 없는)에 살고 있는 74세 난 동생에게 매역(미역)을 좀 더 따서 주고 싶은 마음에 다시 서둘러서 숨빌러 들어간다(자맥질을 하러 물속으로 들어간다).

막 들럭키멍 놀암져게

어릴 적 눈이 오면 그냥 좋았다.

낮에 함박눈이 펑펑 오면 저 눈이 녹지 말고 밤새 묻어야(쌓여야) 할
텐데 하는 기대와 기도를 하며 잠을 잔다.

밤중에 몇 번 잠을 깨고는
문을 열어 추운 바람 속에 눈이 묻어가는 것을 보고는
내 마음은 기쁨과 환희의 이불로 덮여 아침이 오기만을 기다린다.

이른 아침에, 아침밥을 먹기도 전에
우리는 신작로에 나간다.
신작로에 가면 눈길이 끝없이 이어져 있다.
신작로 동산에서 아침에 트럭에 지나가 길이 단단하게 미끄럽다.
앞집 상옥이가 비닐 포대를 가지고 오면 동산 위에서 서로 번갈아
가며 미끄럼을 탄다.
조금은 만용을 입은 용준이는 꼿꼿이 서서 중심을 잡으며 동산 밑
으로 내려오다가 쓰러진다.
그리고 상옥이네 개 두 마리가 환장하며 미친 듯이 그 옆에서 들럭
키멍(뛰면서) 논다.

어머니가 아침밥 먹으라고 부르는 소리가 들린다.
아쉬운 듯 후다닥 들어가 노물국(배추 된장국), 자리젓에 허겁지겁

어머니의 루이비통

먹으면서도 마음은 벌써 신작로로 향해있다.

　어머니는 "야야게 경 와리멍 먹지 말라게! 눈밭에 나강 들럭키멍 놀아봐도 손발만 곱주게 경허고 옷이랑 신발만 적시주게(야 그렇게 서두르면서 먹지 마라! 눈밭에 나가서 뛰며 놀아 보아도 손과 발 추워서 오그라든다. 그리고 옷하고 신발만 젖을 뿐이다)." 하신다.

　다시 신작로에 나가면

　재호, 재훈이 형제가 포대를 끌고 다닌다.

　애들이 다시 더 많아진다. 서로 들럭키면서 엉키면서 웃으면서

　우리들의 열기에 단단해진 신작로 미끄럼틀이 트럭 쇠줄 자국이 남아 있던 곳부터 녹기 시작한다.

우리의 소매와 신발, 바지도 빌착착하게 젖어온다.

상옥이네 개도 털이 젖어 있는 것은 마찬가지다.

집으로 돌아가면서 조금은 걱정이다.

하지만 어머니는

"거 보라게! 눈밭에 빌착착 옷들을 젖엉 오민, 누게 보곡 그걸 뽈렌 햄시네게? 손발은 안 곱아시냐게? 옷벗엉 나두엉 저기 똣똣헌 구들에 강 이시라게 빼떼기*라도 청 주마(그것 보아라! 눈밭에 흥건하게 옷들이 젖어서 들어오면, 누가 그것을 다 빨라고 하느냐? 손과 발은 차가워서 오그라들지 않았느냐? 옷 벗어서 놔두고 저기 따뜻한 방에 가서 있으면 빼떼기 삶아 줄게)."

그렇게 빼떼기를 먹으면서 우리는 다시 신이 난다.

한겨울 눈 온 날 빼떼기와 빼떼기 국물 맛은 그 어떠한 것도 상대가 안 된다.

오후에 녹아가는 눈을 보면서, 녹으면 안 되는데 하는 아쉬움이 오후의 햇빛마냥 강해진다.

저녁에 다시 바람이 불면서 눈발이 날리면 우리는 내일도 눈이 묻어야 할 텐데 하면서, 그 기대감과 함께 밤이 깊어간다.

어머니는 혼잣말로

"아이고 이젠 눈 좀 그만 와시민 조키여(아이고 이제는 눈 좀 그만 오면 좋겠다)."

....

* 빼떼기: 고구마를 수확하고 겨울에 먹으려고 기계나 칼로 납작하게 썰어서 마당이나 올래에 말려 딱딱해진 상태로 보관하다가 겨울에 당원(감미료)을 넣고 쪄서 주식이나 간식으로 먹는다.

지슬(감자)

　계절은 봄의 한가운데로 향하고 있다. 여기저기에 다양한 꽃들이 피고 많은 사람이 왔다 갔다 한다. 그들은 이 아름다운 자연에서 자신들의 즐거움과 기쁨을 더한다. 봄은 좋은 계절이다.

　시간이 흐르다 보니 이제는 그 옛날 자연도 많이 변해가고, 그 속에 있는 우리들의 기억도 희미해져 의식적으로, 누군가에 의해 그 기억이 꺼내지지 않으면 어쩌면 영원히 묻혀버릴 지도 모를 시간들이 되었다.

하지만 우리는 그 70여 년 전의 아픔을 조금이나마 공유하고 이해하여야 한다.

제주 사람들에게 있어 4·3은, 우리의 몸으로 비유하자면 제주의 허리를 아프게 하는 디스크와 같다. 이에 대한 완치를 하지 않고서는 제주는 똑바로 걸어 다닐 수가 없다. 걸어도 걸어 다니는 것이 아니다. 그동안 제주는 만성의 아픔으로 속이 곪아가고 있었다.

아주 어린 시절 우리는 4·3을 4·3 사건, 그리고 그에 대한 피해자를 폭도로 알았다. 권력을 탐하고 그 권력을 오랫동안 향유해오던 자들이 순박하고 성실한 제주 사람들에게 주홍글씨를 붙여 자신들을 정당화해 왔다. 이제는 국가가 이들에게 붙여진 주홍글씨를 떼주어야 한다. 그들에게 사과하고 진정으로 그들을 보듬어 주어야 한다. 다행히도 그렇게 할 수만 있다면 우리는 건강한 제주가 될 것이다.

나는 솔직히 고등학교 시절 광주 민주화 운동을 닫힌 언론 매체를 통하여 간접적으로 경험하여 폭도가 날뛰는 세상을 본 것 같이 느껴져서 한없이 부끄러웠다. 그리고 권력을 취하려는 자들이 말도 안 되는 이념 논리를 갖다 붙이면서 그들을 정당화하는 것을 보고 뒤늦게 분개한 적이 있다.

그 후 어떻게 하면 우리가 가지고 있는 이념 논리를 극복할 수 있을까 하고 고민을 하던 차에 조정래 작가의 '태백산맥'을 읽고 나서 비로소 이념 논쟁에서 스스로 자유로워질 수가 있었다.

4·3이 다가오니 몇 해 전 아들과 함께 보았던 '지슬'(끝나지 않은 세월, 감독: 오멸)이 생각났다. 굳이 제주 사람으로서 4·3에 대하여 피해의식이 있거나 혹은 이를 많은 사람에게 알려야 한다는 역사적 사명

의식 같은 것은 전혀 없다. 만약에 그런 것이 남아 있다면 적어도 기성세대로서 제대로 이해되어야 한다는 책임 의식이 있을 뿐이다.

'지슬'은 제주 말로 감자다. '지슬'이란 영화는 무거운 주제이지만 그 당시 제주 사람들의 시각으로 담담하게 표현해냈다. (오멸 감독도 제주 사람이다.) 전혀 이념적인 영화가 아니다. 그냥 사실적인 이야기 서술이다.

영화에서 지슬은 모두에게 소울 푸드다. 4·3 때, 피해자나 가해자나 당시 제주 사람들은 지슬로 허기를 채웠다. 영화는 이념이나 피해 사실만을 전달하는 것이 아니라 사건의 진실과 우리 모두가 피해자란 메시지를 던지며 사건 이면의 역사의 아픔을 보여준다.

거칠게 몰아쳤던 역사의 소용돌이 속에서 아무것도 몰랐던 우리 할아버지, 할머니, 아버지, 어머니들의 순박한 삶을 왜곡하지 않고 기억에 남도록 소중하고 진실하게 표현했다. 그리고 슬픈 영화지만 웃음도 있고, 그림이 매우 서정적인 영화였다.

눈발이 휘날리는 용눈이 오름은 무엇인가 처절한 장관이다. 4·3을 맞이하여 제주의 역사가 있는 영화 '지슬(끝나지 않은 세월)'을 적극 추천한다. 하루라도 빨리 4·3의 실타래가 완전히 풀려 그 당시 먹었던 지슬의 아픔을 간직한 사람들에게 이제는 지슬이 코시롱한(고소하면서 맛있는 냄새가 나는) 음식으로 다가왔으면 하고 소망해 본다.

다랑쉬 오름

오랜만에 오름에 다녀왔다.

제주 동북쪽에는 많은 오름이 있다. 특히 아름다운 풍광과 슬픈 사연을 간직한 다랑쉬 오름이 으뜸이다.

다랑쉬는 오름의 모습이 마치 쟁반같이 뜨는 달처럼 무척이나 아름답다는, 제주 말로 '높은 봉우리'라는 달수리의 한자식 표현이며 '월랑봉(月郎峰) 오름'이라고도 한다.

어머니의 루이비통

산세가 가지런하고 균형이 잡혀 있어 '제주 오름의 어머니'라 할 정도로 우아(?)하다.

입구의 오름 안내판을 보고 삼나무 숲 사이로 정돈된 계단을 어느 정도 오르면 땀이 송글송글 이마에 맺힌다. 잠시 쉬는 마음으로 아래를 내려다보면 아끈 다랑쉬 오름이 눈에 띈다. 아끈은 제주 말로 버금가는 것, 둘째라는 의미로 새끼 다랑쉬, 다랑쉬 오름의 축소판이란 뜻이다. 그 아끈 다랑쉬 위쪽으로 멀리 성산 일출봉, 우도가 파란 하늘을 지붕 삼아 아름답게 놓여 있다. 그 그림을 잠시 즐기고 고난의 행군을 하듯 숨을 몰아쉬면서 10여 분을 올라가면 오름의 정상, 아니 정확히 말하면 위쪽에 도달한다. 여기서 주위를 보면 남쪽으로 용눈이 오름 등 주위 오름과 경관이 한눈에 펼쳐진다. 위쪽, 북쪽으로 깃발이 펄럭이는데 그곳이 정상이다.

다시 마음을 가다듬고 걸어서 정상에 오르면 해발 402m 작은 표지만이 보인다. 남북동쪽으로 모두 바다가 하늘과 맞닿아 있다.

제주 오름을 여러 개 올랐지만 오름 자체가 신비스러우면서 경외스럽고 주위 경관이 아름다운 곳은 이만한 곳이 없다. 감히 여기가 최고라고 말하고 싶다. 그날은 특히 하늘에 먹구름이 주위에 덮여 있어 제주도 동쪽 모서리까지 신비에 싸여 있었다.

정상에서 밑을 내려다보니 깔때기 모양의 초원과 소사나무 군락지로 빨려 들어갈 것 같은 느낌이다. 속으로 '바람아, 조금만 불어라' 주문을 외었다. 그리고 다리에는 더욱 힘을 주었다. 겨울에 눈썰매를 타다 초스피드로 추락하여 영영 기어 나오지 못할 것 같은 그런 느낌이다.

내 휴대폰 카메라로 다랑쉬 오름을 담아내는 것은 무리라는 생각이 들었다. 내가 사진에 서툴러서 그럴 수도 있지만….

다랑쉬 오름은 어린아이들에게는 호연지기의 기상을 느끼게 해주고 젊은 아빠에게는 자신의 체력을 시험해보는 계기가 될 수 있으며, 어른들에게는 지나간 시간을 한 번쯤 되돌아보는 여유를 제공할 것이다. 연인들은 서로 손을 잡고 올라가면 서로에 대한 믿음과 의지를 확인하게 되고, 상처를 가진 이들에게는 잠시나마 그것을 잊게 하는 치유의 힘이 있고, 삶이 무기력한 이에게는 의지를 부여할 수 있는 시간을 준다. 제주의 바람은 공평하게 이들 모두의 땀과 시간을 식혀 줄 것이다.

제주의 설화에 의하면 설문대 할망이 치마에 흙을 담아 와 한 줌 한 줌 놓은 것이 제주의 오름인데, 다랑쉬 오름은 흙을 놓고 나니 너무 두드러져서 손으로 한번 툭 치고 나니 움푹 패었는데 이것이 지금의 분화구가 된 것이라 한다. 이 분화구의 깊이는 110여 m로 한라산 백록담의 깊이와 같다고 한다.

분화구 주위 1.5km를 천천히 걸으면 바람의 숨소리를 들을 수 있는 초원을 지나 울창한 밀림을 빠져나오는 느낌을 가질 수 있다. 초겨울 억새가 말라가고 바람이 강해지는 시기, 진눈깨비가 내리는 날, 다시 그곳에 가보고 싶다. 여름과는 또 다른 풍광과 느낌이 있을 것이다.

용눈이 오름을 같은 날에 오르면 두 가지 다른 느낌이 있을 것 같다. 용눈이 오름은 그저 여러 겹 굽은 능선을 걸어가는 것 자체만으로도 주위 자연과 동화되는 느낌이 들지만 다랑쉬 오름은 짧은 순간이지만 무언가를 위해 노력하고 절제하고 난 후에 최고의 결정체를 만나는 느낌이라고나 할까?

어머니의 루이비통

다랑쉬 오름은 아름답고 빼어난 풍광 속에 가슴 시린 슬픈 이야기가 차가운 바람으로 우리의 가슴을 때린다.

1948년 4·3으로 제주가 핏빛으로 물들 즈음 다랑쉬 마을도 예외는 아니었다. 농사와 쇠와 말을 고끄며(방목하며 길으며) 10여 가구가 살아가는 마을이 군경 토벌대에 의해 초토화되어 다랑쉬 마을과 인근 마을 사람들이 토벌대를 피해 다랑쉬굴로 들어갔다. 군경 합동 토벌대가 빗질하듯이 다랑쉬 오름을 포위하고 수색하다가 굴 입구에 있는 인분을 보고 나오라는 명령을 내렸지만 따르지 않자 수류탄을 던졌다. 그래도 나오지 않자 굴 양쪽에 검불을 피워 연기로 그들을 질식사시켜 버렸다. 당시 굴속에 있던 사람들은 머리를 돌 속에, 땅속에 박은 채로 죽어갔고 그들의 눈, 코, 귀는 피가 흘러 있었다고 한다. 한 사람은 손톱이 없을 정도로 땅을 파다 죽어있었다고 한다.

당시는 이들의 주검을 확인하고도 수습하지 못했고, 가지런히 눕혀만 놓았다. (수습하면 빨갱이로 찍혀 다시 죽을까 봐.)

1992년, 제주 4·3 연구소에 의해 44년 만에 11구의 유골이 발견되었는데 9살에서 50대 여성에 이르기까지 전부 민간이었다고 한다. 그들 옆에는 그들이 사용하던 질그릇, 놋그릇, 무쇠솥, 항아리 등이 있었고, 한 항아리에는 된장으로 보이는 물질이 그대로 있었다고 한다. 발견 직후 당국은 재빠르게 이들의 유골을 수습해 화장하고 바다에 수장해 버렸다.

현재 다랑쉬굴은 굳게 폐쇄되었고 어디에 있는지 모를 정도로 수풀에 뒤덮여 있다. 폐촌이 되어 흔적이 거의 사라져 버린 다랑쉬 마을 입구에는 늙은 폭낭(팽나무) 한 그루가 묵묵히 지나간 시간의 마을을 대변하듯 외롭고도 지친 모습으로 서 있다.

다랑쉬 오름을 오르던 날, 정상 주위에 먹구름이 끼어 하늘과 초원, 바다가 장관을 이루었는데 자연의 아름다움이라기보다는 어쩌면 그들의 한이 아니었을까 하는 생각이 들었다. 그들의 가슴 시리고도 슬픈 이야기가 풀이 되어 바람에 휘날리는 것 같았다.

오름 주위에는 초원이 펼쳐져 소나 말을 방목하는데, 그 모습이 같은 풍광에 있다. 오름은 소와 말들을 품는 것뿐만 아니라 사람들도 죽으면 오름으로 온다. 제주 사람들은 오름 근처에 무덤을 쓰곤 했는데, 옹기종기 모인 봉분과 산담(소나 가축들이 묘지로 들어오는 것을 막기 위해 직사각형 혹은 둥글게 돌로 쌓아 놓은 형태)이 죽은 이들의 마을을 이루는 것 같다. 우리 집 무덤을 두른 산담이 후에 이웃집 산담이 된다. 이처럼 오름은 사람들의 사후까지 품어 준다.

제주 옛말에 제주 사람은 오름에서 태어나 오름으로 돌아간다는 말이 있다. 옛날에는 해안마을 사람들도 중산간 오름이 있는 곳에 묘를 쓰곤 했는데 이것은 지관에 의해 후손의 발복(편안하고 복되게 하는 것)을 위해 그렇게 행했다고 한다.

제주 김녕의 삿갓오름(입산봉)은 오름 전체가 묘지로 덮여 있다. 공동묘지나 묘지가 오름 근처에 많은 것은 딱히 오름이어서 그렇기보다는 풍수지리를 따지는 문화에서 오름이 묘지 적지로 나타난 때문이다. 오름의 허리나 정상에 묘지(산담을 포함)를 쓰는 경우는 마을 장정들이 굉장히 고생하기 때문에 아주 부자들만 그렇게 하였다고 한다.

아주 어릴 적이지만 외할머니 장례를 치르기 위해 산을 넘어야 했던 희미한 기억이 약간 남아 있다. (요즈음엔 벌초하는 데 시간이 많이 들고 벌초 자체가 어려워져 오름 주위의 묘지들이 가족 공동묘지로 자연스럽게 이

어머니의 루이비통

장되고 있다.)

오름은 제주 사람들의 삶이고 문화이고 자연 그 자체이다.

오름을 오르고 돌아오면서 한 가지 아쉬운 것은 현재 다랑쉬 오름으로 이어지는 진입로 도로 확장 공사이다. 제주시에서는 관광객을 위해 도로를 확장하는 것인데 몹시 아쉬울 뿐만 아니라 솔직히 화가 난다. 아무리 평범한 길이고 돌담이지만 다랑쉬 오름을 보러 오는 관광객들의 편리한 관광을 위해 제주 행정이 제주의 자연, 제주 사람들의 문화를 스스럼없이 파괴하고 있다. 제주의 자연과 문화, 그리고 그 안에 내재해 있는 사람들의 정서를 아스팔트 속에 묻어 가고 있는 것이다.

오름은 제주 사람들의 삶 그 자체다. 촐(가지런한 풀)을 베고, 거친 밭을 가꾸고, 무덤을 쓰며 제주 사람들이 그 속에 있었다. 느림이 있었고 정서가 있었고 지친 노동도 있었다.

오름 앞까지 포장도로가 깔려있어 차에서 내리기만 하면 슬리퍼로 오름을 오르는 관광이 무슨 관광인가? 그럴 바엔 차라리 아파트 계단을 오르면 될 것을…. 느리지만 오름까지 이어지는 비포장도로를 걸으며 지나치는 제주 사람들의 삶과 자연을 보며 천천히 자신을 되돌아보는 시간도 가져보는 것이 진정한 제주 관광, 오름 투어의 멋이 아닐까? 제주 여행의 매력이 점차 줄어들고 있다. 제주 행정이 그것을 부추긴다. 제주의 자연과 문화까지 파괴하면서 말이다.

오름만 보존하는 것이 자연보호는 아니다. 오름에 이르는 길 자체를 보호하는 것이 진정한 오름과 그 문화를 보호하는 것이다. 그것이 자연보호이고 문화 보존이다. 물론 그렇게 되기 위해서는 관광객들도 주위에 있는 것을 소중하게 여기고 지켜나가야 한다.

어린 시절 아버지, 삼촌들과 오름에 있는 조상님 벌초를 위해 촐왓(풀밭)과 초낭밭을 몇 시간이나 걸어서 갔다. 그 당시에는 그게 힘들고 어려웠지만 지나서 보니 그 또한 제주의 삶이고 문화였다.

언젠가는 오름 근처에서 벌초를 하다가 문득 조상님께 감사하다는 생각이 들었다. 이런 곳에 누워 계셔서 벌초 때만이라도 제주 자연의 아름다움과 그 속의 문화를 접할 수가 있음을. 벌초가 단순히 노동이고 의식이라기보다 자연과 문화를 찾아 떠나는 소풍이라는 생각을 갖게 되었다.

우리도 자연 선진국처럼 풀 한 포기, 바윗돌 하나, 있는 그대로를 소중하게 여기는 날이 올 수 있을까?

제주도는 도로율 99.1%로 전국 최고를 자랑하는 데 아직도 많이 모자라는 지 늘 도로가 뚫리고 있다. 누구를 위해서 그렇게 하는 것일까? 아마도 편협하고 근시안적인 자기 자신을 위해서 그런 것이 아닐까?

제주도 해안을 빙 둘러 해안 도로를 내어 제주 자연과 문화를 단절시킨 그들이 이제는 그것도 모자라 제주 내륙에 스스럼없이 칼질을 해 나가고 있다. 비포장도로로 천천히 돌담밭을 끼고 촐왓을 지나서 오를 수 있는 오름이 있을까? 내가 이러한 것에 너무 민감한 것일까? 나는 환경운동가도 아닌데 말이다. 너무 아쉽고 화가 나는 것은 숨길 수가 없다.

올리버와 빈센트(Oliver vs Vincent)

갑자기 옛날 군대 내무반에서 읽었던 소설책이 떠오른다.

에릭 시걸(Eric segal)의 '올리버 스토리(Oliver's Story)'이다. 이 소설은 '러브 스토리'의 후속편이다. 당시 나는 영화와 소설이 좋아서 이 작품을 본 것이 아니었다. 영화의 여주인공이었던 제니(Jenny)가 내가 가장 좋아하고 존경하는 배우 스티브 맥퀸(Steve McQueen)의 아내(Ali Macgraw)라는 사실을 알게 되어 이 영화를 보게 된 것이다.

고등학교 시절, 할리우드 영화를 즐겨 보며 빠져 있을 때 스티브 맥퀸을 좋아하게 되었다. 그는 나의 영웅이었다.

그의 인생 이야기 자체가 소설이다. 그러나 그 영웅은 내가 그를 알자마자 51세 때 폐암으로 사망했다. 그의 유작 '헌터(The Hunter)'를 보고 그가 영화에서 입었던 초록색 점퍼, 청바지와 운동화를 1년 동안이나 입고 신었다. 또 그의 이마에 있던 주름까지 부러워하였다.

폴 뉴먼(Paul Newman)이 스티브 맥퀸의 친구라는 사실을 알게 되어 그에게 온통 스티브 맥퀸에 관한 내용으로 편지를 썼다. 폴 뉴먼이 편지를 받고 어떻게 생각했는지 모르지만 인자하고 기품 있는 내용과 함께 직접 사인한 자신의 사진까지 넣어 답장을 보내주었다.

스티브 맥퀸과 폴 뉴먼이 주연한 영화 '타워링(Towering Inferno)'은 당시의 나에게는 최고의 영화였고, 둘이 마지막으로 했던 대사의 내용은 아직도 생생하다. 이야기가 조금은 비껴갔다.

알리 맥그로우(Ali Macgraw)가 '러브 스토리'를 찍을 당시에는 스티브 맥퀸의 아내가 아니었지만 내가 영화를 본 시점에는 그의 아내였다. 그래서 영화를 주의 깊게 보았다. 이러한 선입관 때문이지 그 영화가 오래도록 기억에 남아 있다. 물론 영화 속의 주인공인 올리버 역을 맡은 라이언 오닐(Ryan O'neal)의 건강하면서도 우수에 젖은 눈도 매력적이었다.

이러한 기억을 갖고 '올리버 스토리'를 읽게 되었다. 물론 소설적으로는 전개 과정이나 대화 내용이 그리 좋은 편은 아니다. 그리고 평단에서도 좋은 평가를 받지는 못했다. 이 '올리버 스토리'는 영화화되었지만 소설로서는 졸작이었고 영화가 소설보다 조금 낮다고는 하지만 그리 좋은 평가를 받지는 못했다. 그래도 이 책이 오래도록 내 기억 속에 자리 잡고 있었던 것은 그 내용이 많이 공감되었고 나도 그

　　　　　　　어머니의 루이비통

랬으면 하는 바람을 가졌기 때문인지도 모르겠다.

오해하지는 마시라. 소설 속의 올리버가 제니를 사랑하다 그녀가 죽자 그녀를 잊지 못하고 또 다른 사랑, 마시(Marice)를 사랑하게 된 이야기가 아니라 나는 올리버와 아버지와의 관계에 빠졌던 것이다.

올리버는 재정적으로는 부유하지만 정의롭지 못한 사업가, 아버지와의 가치관 충돌로 아버지와의 관계가 매우 나빴다. 그런 상태에서 아버지는 마시와의 사랑에서 실패한 아들을 위로하고 올리버 역시 아버지로부터 전혀 기대하지 못한 사랑을 확인하고 화해가 이루어지면서 끝이 난다. 유감스럽게도 올리버의 아버지와 나의 아버지는 상황적으로 전혀 다르지만, 그 당시 이 책을 읽으면서 나도 언젠가는 아버지와 좋은 관계를 가질 수 있을까 하는 의문을 가지기도 했다. 그런 기대가 있었기 때문에 이 '올리버 스토리'가 긴 시간 나의 기억에 남아 있었던 것 같다.

우리 시대의 아버지는 대부분 다 그랬었다. 정도의 차이가 있기는 했지만. 가부장적이고 전혀 가족적이지 않으며, 친구를 좋아하고 등등. 그러한 것들이 나쁘기보다 당시 나의 가치관과는 많이 달랐던 것 같다.

나이를 먹은 탓일까? 아니면, 나의 가치관에 대한 믿음이 줄어든 걸까?

둘 다 아닌 것 같다. 하지만 이제는 서로 존중하고 인정하는 것 같다. 아버지는 아버지로 나는 나대로.

아버지는 나에게 잘해 주시기보다 나의 아들에게 참 잘 대해 주신다. 환경적인 것도 있었지만 나의 아들을 손주 이상으로 항상 따뜻하게 바라보아 주신다. 나는 그런 아버지의 모습이 좋다.

나도 아버지에게 잘하지는 못한다. 주위 사람들에게는 표현을 잘하지만 유독 아버지에게는 사랑, 정, 가족 이런 단어가 참 어색하게 느껴진다. 그래서 내가 하기보다 주위 사람들이 아버지에게 잘해 주었으면 하고 바랄 뿐이다.

아직도 아버지를 완전하게 이해하지는 못하지만, 이제는 이해를 떠나 그냥 그 자체로 인정하는 것을.

우리 시대의 아버지는 참으로 어려운 존재였다. 이제는 내가 아버지에게 그 어려운 존재가 되어 가고 있는 것은 아닌지 모르겠다. 그래도 된다고 합리화하면서 의지적으로 그랬던 나 자신이 한없이 부끄러워진다.

아버지는 젊어서 자신만의 삶을 사셨는지 모르지만 적어도 지금은 가족을 위해 자신의 역할을 하고 싶어 하신다. 자신만의 방식으로 그렇게 살아오고 계시는 것을 이제는 알 수 있을 것 같다. 물론 그 방식이 나의 가치관과 많이 다르지만, 그것이 자식들에게 전달되든 안 되든 그렇게 해오셨다는 것을 왜 나는 이제서야 알게 되었을까? 아마도 인정하기 싫어서 그랬는지도 모르겠다.

난 아들에게 좋은 아버지로, 그리고 친구로 지내길 바라고 실제로 우리는 좋은 관계를 유지하고 있다. 아버지도 자신을 좋은 아버지로, 때로는 친구로서의 나를 원한다는 것을 알면서 왜 그렇게 관대하지 못했을까? 내리사랑이어서 그럴까?

내가 하고 싶은 사랑만 해서 그런 것은 아닌지. 어쩌면 이제는 의무감이 아닌 당연히 해야 하는 사랑도 있다는 것을 내 자신이 잘 받아주었으면 좋겠다.

에릭 시걸이 '러브스토리'에서 "Love means never having to say you are sorry(사랑은 미안하다고 하지 않은 것)."라고 하지만 나는 내가 하지 못한 사랑에 몇 번이고 '미안합니다'라고 말하고 싶다.

'올리버 스토리'에서 "It takes someone very special to help you forget someone very special(특별한 사랑을 잊기 위해서는 또 다른 특별한 사랑이 필요하다)."이라고 하지만 내가 사랑하는 그들에게 나는 항상 변함없이 'very special'로 남아 있고 싶다.

당연한 사랑을 지금 해보려 한다. 이제 그 사랑과 관계에 스스로 익숙해지기를 바란다.

넉뚝배기(제주 윷놀이)

가을 수확이 끝나고 추위가 오기 전에 마을에서는 잔치가 가끔 있었다.

제주의 전통 잔치는 보통 3일 동안 계속된다. 물론 잔칫집에서는 훨씬 이전부터 준비하겠지만, 동네 사람들이 다 함께 하는 날은 사흘간이다.

첫날 하루는 도새기(돼지) 잡는 날, 그다음 날은 가문잔치라고 하는데 소위 먹는 날이고, 셋째 날이 결혼식이 있는 날이다.

어머니의 루이비통

이날은 결혼식 전후로 새스방(새서방)과 새각시 상을 각각 신랑, 신부 집을 오가면서 받는다. 지금 생각해 보면 3일 동안의 행사는 매우 피곤한 일이었겠지만 마을 사람들 대부분이 잔치가 끝나는 날까지 왁자지껄하게 함께 즐긴 일종의 문화였다. 그리고 그 즐김의 중심에는 넉뚝배기가 있었다.

음식을 만들 때 나는 코시롱한(고소하면서 맛있는 냄새) 향기보다 앞서 넉뚝배기 소리가 잔치의 시작을 알리고, 멍석 여기저기에 흐트러진 윷과 종재기(종지)는 잔치가 끝나 모두가 돌아갔음을 의미한다.

도새기 잡는 날, 신랑 친구와 마을 사람들이 갯것이(바다)에서 돼지를 잡은 후 올래 마당이나 우연내(텃밭) 한쪽에 멍석을 깔면서 넉뚝배기가 시작된다. 근처 동백나무를 잘라서 손가락 마디 정도로 작은 윷 4개를 만들어 간장 종재기(종지) 안에 담고 손바닥 위에 올려 휘이 감아 상대 진영으로 던진다. 그리고 챠~악 무릎을 때리면서.

이 바닥에 까는 멍석은 산디짚(제주도산 볏짚)으로 만들어져 튼튼하기가 그지없었는데 농사철에 보리나 조를 말리는 데 주로 사용하였다. 잔칫날 다른 집에 가서 제일 먼저 빌려오는 것이 넉뚝배기 멍석이다.

형이 장가갈 때 이 멍석을 샛어머니댁에서 빌려와 일훈 형과 멍석을 깔고 숯으로 지도를 그리고 나면 동네 삼촌들이 넉뚝배기를 시작했다.

넉뚝배기는 각각 5개의 몰(말)을 쓰는데 업고 가든지 하나씩 가든지, 아니면 돌아가든지, 직선으로 가든지 5개 몰이 모두 다 출발점을 지나 나오면 이기게 된다. 그리고 몰을 쓰는 사람은 동네에서 경험이 많은 사람이 한다.

넉뚝배기에서 이기려면,

첫째는 윷을 잘 던져야 하고, 그다음은 몰을 잘 써야 한다. 그리고 상대편이 어떻게 할지 예상도 잘해야 한다. 이 넉뚝배기는 농어촌 마을의 전형적인 남성 문화이자 남성들이 즐길 요소를 전부 갖추고 있는 놀이이다. 현재 시점으로 보면 컴퓨터 게임이 갖추고 요소도 상당히 포함되어 있는 것 같다.

윷을 누는 사람은 냉정하게 자신이 원하는 수가 나오도록 해야 하고(우리는 이를 단순히 운이라고 생각하는데, 자기만의 요령과 기술이 전적으로 필요하다), 기십(기)과 유머로 상대의 멘탈을 흔들리게 해야 하는 승부 근성도 필요하다. 그리고 주위의 많은 응원과 소리에 자신의 기십(기)을 태우는 재미가 있고, 한편으로는 자신의 돈을 거는 도박적인 요소와 자신의 파트너를 믿고 의지하는 협동심도 필요하다. 간간이 음주가 곁들여져 엎어 다구리판(2배판)을 지나 뒤집기 판까지 갈 경우에는 그 분위기가 2002년 월드컵 16강 진출보다 더 뜨겁다.

이 넉뚝배기 최고의 승부수는 어려운 상황에서 포기하지 않고 상대의 몰을 잡고 역전하는 것이다. 물론 중요한 순간에 윷이 더 굴러나가 낙을 하는 경우도 종종 있다. 그러면 탄식과 웃음이 동시에 멍석판을 울리고 낙을 한 사람은 무안하여 "야! 에이 술 혼잔 해사키여." 하며 술 한잔에 괴기(고기) 한 점으로 불운을 속으로 삼키며 자신의 다음 차례를 기다린다.

무엇보다 압권은 빽토(마을에 따라 빽토를 쓰는 데도 있고 없는 데도 있음)

　　　　　　　　　　　　　　어머니의 루이비통

로 상대가 업고 있는 다섯 개의 말 전부를 바로 직전에 잡을 수 있다.

이러한 상황은 삼국지의 어떤 전투보다 흥미롭다. 갑자기 함성이 울린다. 거대한 역전극이 벌어진 것이다. 진 쪽에 돈을 건 사람들은 "아이고, 거보라 경 몰을 쓰는 게 아닌디, 어떵 혼디 다업엉 가나, 호난 나두어사주(아이고 그것 봐라. 그렇게 말을 쓰는 것이 아닌데, 어떻게 다 같이 업어서 가나, 하나는 그냥 놔두어야 하는데)." 하면서 아쉬워한다.

빼토로 상대방 말을 전부 잡은 사람은 거만하게 자기편에게 "야, 저 옷 다 가정 오라(저 옷 다 가지고 와.)" 하면 "야, 경 안고라도 주스레 가젠 일어남져 야인 원 날 멀로 알암시니(야, 그렇게 이야기 안 해도 주으려고 일어나고 있는데, 애는 나를 무엇으로 아는지)?"

승자만이 부릴 수 있는 여유이자 코미디이다.

모두가 웃는다. 승자는 몰을 쓴 사람에게 돈을 주고 상대에게는 일명 꼬리끼리라는 일정 부분을 주고 옆에 있는 아이들에게도 조금씩 나누어 준다.

"The winner takes all" 이 아니라 "The winner distributes all" 이 된다. 그리고 보면 이것도 작은 잔치인 셈이다.

판은 다시 시작된다.

"야, 비키라게 내가 해사키여(야, 벼켜라. 내가 한다)."

넉뚝배기는 제주 농어촌 마을의 남자들이 최고로 즐기는 오락이다. 물론 이것이 놀음으로 번져 목소리가 커지는 경우도 있고, 남편이 정신없이 이것에 집중하는 것을 보면 그의 아내가 "아이구, 그만 협서겡 맨날 잃으멍, 이젠 각시도 포라불젠 햄실거라(아이고, 그만하세요. 매일 잃으면서, 그러다 이제는 각시까지 팔아 버리려고 하는구나)." 하면

남편은 "아이고, 호끔만 허당 갈거여게 뭐엔 허지말앙 고만이시라게
(아이고, 조그만 하다가 갈 거니까, 뭐라고 이야기하지 말고 가만히 있어라)."
한다.

그러면 아내는 더 속상한 얼굴로 "아이고, 저놈의 아방때문에 야가
지 창지 다보땅 죽어지키여게(아이고 저 남자 때문에 목, 창자 다 말라 비
틀어져 죽을 것만 같다)." 하며 싸움 직전까지 가다가도 결국엔 웃으며
잔칫날이구나 하며 그렇게 지나간다.

형이 장가가는 잔칫날, 친구들과 넉뚝배기를 하고 있으니 누군가
가 "야 새스방이 이거 허민 되나? 저기 강 보라 손님들 와신예(야 새
신랑이 이것을 하면 되느냐?, 저기 가서 보라 손님들이 왔는데)." 하자, 형이
"와 수꽈(오셨습니까)? 나 이거 호끔 햄시크메 알앙 먹으멍 이십서 아
니면 이리왕 혼디 허쿠과(나 이것 조금 할 테니 알아서 드십시오. 아니면 이
리 와서 같이 할래요)?" 한다.

그리고 자신 있게 윷을 놀지만 져 버린다.

"잔칫날 새스방이 따님 데쿠가게(잔칫날, 새 신랑이 이기면 됩니까)?"
하며 몇 판을 다시 잃고 일어선다.

친구, 동창, 친척, 선배 등 그때그때 편을 나누고 여러 동네에서 잔
치 먹으러 온 경우에는 동네 대항으로 윷을 놓기도 한다. 지게 되는
경우엔 다음에 그 동네로 원정 가서 복수전 비슷한 것을 이어가기도
한다. 우리 동네에서 성철이 삼춘이 신흥리 방궁령에 가서 동네를 전
멸시키듯이 한 이야기는 지금도 어른들 사이의 전설이 되어 입에 오
르내리고 있다.

술을 먹어 얼굴이 붉게 달아오르고, 응원 열기로 긴장감과 흥분이

　　　　　　　　　　　　　　　어머니의 루이비통

있으며, 넉뚝배기 전후로 싸움이 일거나 돈을 잃어 돈 가지러 집에 가는 일도 종종 있지만 그래도 서로 큰 시비 없이 승복하고 그렇게 즐긴다.

아낙네들도 자기 남편들이 큰 넉뚝배기판에 있더라도 그렇게 묵인하고 용서하면서 지나갔다. 남정네들이 잔칫날에 놀이하는 것까지는 말릴 수가 없었을 것이다.

조금은 슬픈 이야기이지만, 각시가 물질하러 간 사이 동네에서 잔칫날도 아닌데 넉뚝배기판이 벌어져 신랑이 거기에 정신이 팔려 할일을 해놓지 않자 각시가 얼마나 속상했는지 밤에 집을 나가 농약을 먹고 자살해버린 일이 있었다고 한다. 우리는 어려서 정확하게 알지 못하지만, 그 일이 있은 후 얼마간은 마을에서 넉뚝배기판이 사라졌다고 한다. 그러다 얼마 안 가 잔치가 있어 또다시 윷 여는 소리가 들렸다고 한다.

나는 개인적으로 도박, 게임과 같은 일종의 잡기에 대부분 서툴고 흥미도 없다. 그런데 제주도로 내려온 후 봉석(고교 동창)이를 만나 문용이 형의 식당에서 저녁을 먹다가 갑자기 문용이 형이 "우리 넉뚝배기나 한번 허카?" 하자 봉석이가 "일만아! 우린 아직도 영허멍 논다(우리는 아직도 이렇게 하면서 논다)." 하자, 문용이 형이 "아니, 영 허멍 놀지 게민 정허멍 노나, 육지나 외국 갔당 살당 와도 뭐 별거 이시냐 그냥 놀던 대로 놀면 되지 뭐(아니 이렇게 하면서 놀면 되지. 뭐, 그러면 저렇게 하면서 노냐? 육지나 외국에 가서 살다 와도 뭐 별거 없다. 그냥 놀던 대로 놀면 된다)." 고 해서 내가

"맞수다게 혼번 해 보게 마씨(맞습니다 한번 합시다)."

결국 우리가 이기자 문용이 형이

"야, 너 외국 강 이것만 해시냐? 당추 오늘은 안되키여(야 너 외국 가서 이것만 했냐? 도저히 오늘은 안 된다)."

봉석이는

"게봐, 우리가 먼저 허젠 안 해수다(그것 봐, 우리가 먼저 하자고 안 했다)."

옆에 있던 용복이 형이 "에이고, 잘콘다리(그렇게 결과가 될 것을 예상하여 그렇게 된 대상을 비꼬는 제주어, the one deserved to being that)."라며 놀린다.

고등어구이

　아마도 내가 기억하기로 우리 집은 중학교 2학년까지 보리밥을 먹었다. 그때까지 우리는 소위 곤밥(쌀밥)을 먹지 못했다. 아니 주위 대부분은 그랬다. 곤밥을 먹는 시기라고는 제사 때와 명절 때, 그리고 어머니가 당에 정성 들이러 갔다 왔을 때로 일 년에 손꼽을 정도이다.

　중학교에 올라가니 여러 마을(5~6개 초등학교)에서 애들이 오니 서먹서먹했다. 나는 별로 기십(기)이 없어 그냥 조용하게 지내는 그런 학생이었다.

중학교 2학년(?) 때일 것이다. 우리 반의 맹욱이, 석범이와 재범이가 야구부 선수였다. 모두 남원(읍내) 초등학교 출신들이고 학교에서 멀지 않은 곳에 살고 있었다. 야구를 해서(맹욱이는 투수, 석범이는 1루, 재범이는 포수) 그런지 몰라도 다들 리더십도 있고 성격이 활발한 친구들이었다.

맹욱이와 나는 짝궁, 그 옆줄에 석범이, 그리고 재범이는 우리 바로 뒤에 앉았다. 야구부원인 이 친구들은 교실 내에서도 굉장히 친했다. 맹욱이는 내 짝이었지만 실제로는 석범이와 바늘과 실일 정도로 항상 같이 장난하고 웃고 떠들고 다닌다.

점심시간이 되면 그야말로 난리가 난다. 벤또(도시락)를 들고 우리 주변으로 모여든다. 반찬 때문이었다.

이들 세 명은 학급 전체가 부러울 정도로, 솔직히 한 번도 집에서 먹어 보지도 못하는 음식을 싸가지고 온다. 곤밥에다 달콤한 멸치볶음, 계란찜, 어묵볶음 등.

맹욱이와 재범이가 일어서서 젓가락을 휘두르며 "저리 안 가? 새끼야."를 외친다. 그리고 그 틈을 이용해 잽싸게 한 젓가락을 집어 먹는 친구들이 있다. 그리고는 자랑스럽게 외치면서 먹는다.

"야! 맛 좋다이(야! 맛있다)." 하고 웃으며 자기 자리로 돌아간다.

점심시간 초반에 이런 전쟁을 치르고 나서야 우리는 밥을 먹을 수 있었다. 맹욱이가 도시락 반찬통을 내 옆으로 밀면서 "일만아, 이거 먹으라." 한다. 그날 맹욱이가 준 멸치볶음은 정말로 멸치맛의 신세계였다. 그렇게 달았다. 나는 기껏 해봐야 김치나 생기리(무우말랭이), 미역무침, 그리고 아주 가끔 귀지짐(성게알찜) 정도였다. 어머니가 해녀이다 보니 어머니 입장에서 나름대로 신경을 써서 해주신 것이 귀지짐이

어머니의 루이비통

었다.

맹욱이는 내 반찬을 거리낌 없이 잘 먹었다. 그래서 나는 그가 매우 고마웠다. 나는 맹욱의 반찬을 한두 번 정도 먹고 안 먹었다. 내 나름 그를 위한 배려였던 것이다. 맹욱이는 전체적으로 운동선수 느낌이 강하지만 공부도 중간 이상은 하는 나름대로 의리있는 좋은 친구였다.

언젠가 석범이에게 전해 들은 이야기이다. 제주시에 야구 시합하러 갔는데 일몰로 인하여 무승부인 상태에서 제비뽑기로 결승전의 승자를 정했다고 한다. 주장인 맹욱이가 제비뽑기를 하여 우승하자 맹욱이는 어두운데도 끝까지 남아 단상이며 의자를 다 나르고 그 주위를 깨끗하게 청소해주었다고 한다.

나는 그런 맹욱이가 부러웠다. 그런 그의 기가 부러웠다.

또 다른 점심시간이다. 우연치않게 재범이의 도시락을 보게 되었는데, 그야말로 신세계였다. 지금 표현으로는 문화적인 충격이었다. 하얀 곤밥 위에 머리를 뺀 고등어 한 마리가 노릇하게 구워져 있었다. 보는 것 자체만으로도 고소한 생선 맛이 전달되는 것 같았다.

우리 집에서는 한 번도 형이나 나를 위해 생선 한 마리가 오롯이 구워져 나온 일을 경험한 적이 없고, 상상해본 적도 없었다. 그것은 굉장히 익숙하지 않은 음식이고 절대로 나와 형에게는 일어날 수 없는, 언젠가 동경해온 좋은 그림책의 한 장면과도 같은 일이었다.

물론 어려서부터 어머니는 항상
"야, 것에 두리지 말라이, 것에 약염하지 말라.(식탐하지 말라) 음식에 약염하면 커서도 잘 못산다."

그래서 그런지 몰라도 나는 학창 시절 친구들의 도시락 반찬을 기웃거려 보지 않은 것 같았다. 재범이 도시락도 그랬다. 하지만 그 고등어 그림책은 한동안 내 마음 한구석에 선명하게 남아 있었다.

얼마 전 부산 해운대에 갔다.

부산에 있는 동안 아들과 함께 소박하지만 재첩국, 복사시미, 복국, 들깨국수, 그리고 고등어구이를 즐겼다. 모두 다 좋은 음식이었지만 그중 고등어구이는 아주 특별했다. 노릇하게 구워진 고등어 한 마리가 넉넉한 다른 반찬과 같이 나왔다. 가성비가 최고였다. 고등어 한 마리가 오롯이 나를 위해 구워져 나왔다. 갑자기 중학교 시절 재범이 도시락이 생각나면서 내 밥상이 그렇게 풍족하고 여유로울 수가 없었다.

먹기 전에 그 밥상 자체를 흐뭇하게 바라보니 이미 배가 불러왔다. 역시 맛이 있었다. 옆에 있는 아들에게 꼬리 부분을 떼어 주고 뱃살 부분을 먼저 먹는데 바삭하면서도 기름기가 적당하여 뼈까지 씹어먹었다. 다음 날 점심에도 고등어구이를 먹었는데 그때도 그 감동은 줄어들지가 않았다.

내가 그렇게 맛있게 먹는 모습을 보자 아들도 다시 맛을 본다.

"아빠는 참 특이해, 아니, 이 고등어구이가 그렇게 맛있어? 난 그저 그렇구만 아빠! 메뉴 좀 바꾸자. 맨날 생선구이 아니면 정식이야."

나는 좋아하는 음식이 없었다. 솔직히 말하면 어린 시절부터 음식을 즐길 만한 여유도 안 되었고 그저 주는 음식을 습관처럼 먹었다. 비싼 호텔 레스토랑에서 좋은 수트를 입고 식사를 해도, 좋은 한정식

집에 가도, 칼솜씨를 뽐내는 일식집에 있어도, 생우럭을 튀기는 중국집에 앉아 있어도, 3주 동안 쌀을 안 먹고 오래된 와인에 서양식과 피자만을 먹었어도, 무엇이 내가 좋아하는 음식인지 몇 가지 꼽으라고 하면 자신 있게 말할 만한 음식이 없다. 지금은 그저 주는 음식을 맛있게 먹지만 먹고 나서는 그 기억이 오래가지는 않는다. 아마도 마음속에 추억과 그림책이 없어 그런 것 같다.

혼자 열심히 배우고 일하며 돌아다니다 보니 다양하고 진귀한 음식을 접할 기회는 많았지만 스스로 즐기지 못했고, 음식에 대한 추억과 정서가 없었으며 또한 같이할 편한 사람이 없어서 그랬을 것이다.

중학교 때 재범이와 친하게 지내지는 못했지만, 지금에 와서 보면 참 고마운 친구다. 내 인생에 있어 소울푸드 하나는 남겨 주었으니 말이다. 물론 맹욱이가 내밀어 준 멸치볶음도 지금까지 그런 맛을 내는 곳을 보지 못했다.

체육 시간에 실수로 운동복을 준비하지 못해 불안해 있을 때 당번이라고 선뜻 석범이가 잘 다려진 하아얀 체육복을 내어주었을 때 내 몸보다 체육복이 먼저라고 할 정도로 조심스럽게 입고 고맙게 돌려주었다. 그러자 석범이는 "야, 체육 시간에 공부해시냐? 이거 뭐냐?" 하며 대수롭지 않게 웃으면서 넘긴다. 나는 그런 석범이가 좋았다. 그리고 그런 그의 너털거리는 웃음이 좋았다.

얼마 전 근 40여 년 만에 석범이를 우연치않게 만나 전화번호를 주고받으면서 이 이야기를 하니 그에게는 기억도 없다고 한다. 물론 그에게는 대수롭지 않은 일이었을 것이다. 그래도 반가운 그때의 너털웃음은 하나도 변하지 않았다.

지금은 그 시절 기억이 가물거리고, 긴 시간 서로 다른 길을 바쁘게 걷다 보니 삶의 공통점이 없어 서로에게 어색하지만 내 마음에 좋은 그림책을 남겨준 고마운 친구들이다.

중학교 때 같은 반, 앞에 앉았던 한 친구가 지금 고등어를 구워 그것을 정성스럽게 내놓는다. 친구가 밥상을 차려준다. '제주 밥상'을.

친구 부부는 오랫동안 손님들에게 제주의 음식을 정성스럽고도 정갈하게, 귀한 마음으로 제주 밥상을 차려 오고 있었다. 거기에는 우리의 추억, 고등어구이, 옥돔구이가 있고 해물 뚝배기도 있다. 그리고 지금 인기 메뉴인 점심 특선(고등어조림+돔베구이)도 있다.

이 곳의 고등어는 배가 깊고 넓다. 길쭉하고 마른 것보다 배 부분이 넓으면 기름기가 많고 등 쪽에도 살이 많아 맛있다. 특히 알을 밴 암고등어가 그렇다. 그리고 여기 옥돔구이는 진짜다. 고향 마을에서 직접 잡은 것이다.

고향 마을 태흥리 앞바다는 조작진돌(작은 바위) 넘어 뻘이 많아 옥돔이 자라기에 좋은 환경을 가지고 있다. 그래서 최고로 쳐준다. 약한 소금간을 하여 해풍에 반건조한 후 구우면 살이 부서지지 않아 부드러운 생선살을 그대로 느낄 수 있으며 담백하면서도 약간 단맛인 제맛이 난다.

옥돔은 생물이나 반건조 상태에서 잘 보면 등 쪽에 노란 글씨처럼 구슬 옥(玉)이 새겨져 있다. 그래서 옥돔이라고 한다. (믿거나, 말거나) 이것과 더불어 꼬리 부분에 노란 줄과 빨간 줄이 있는 것으로 제주산과 중국산을 구분한다.

어머니의 루이비통

제주 밥상에서 추억을 선택하든, 어떠한 메뉴를 선택하든 제주의 맛은 보장될 것이다. 왜냐하면 그는 중학교 시절도 그렇고 지금도 자신을 잘 나타내지 않는 성격에 정직하고 성실한 친구이기 때문이다. 제주 밥상은 맛에 기교를 부리지 않는, 오랜 우정처럼 믿음을 품는 제주의 맛이 있다.

이 가을 고등어 굽는 냄새가 좋아진다. 서로 잘 볼 수 없어도 우리의 우정도 적당하게 익어간다. 과하게 타지 않게 코시롱허게.

참고로 '제주 밥상'은 신제주에 있다.

돌으라! 돌으라!

4월 어느 봄날 점심을 먹고 약간은 지루한 오후가 시작되었다. 집중이 잘 안 되고 졸리기도 하던 중 옆에 있던 창세가 그런다.

"이땅 전부 하원˚간대(조금 이후 전부 하원으로 간다고)."

"무사(왜)?"

"마라톤 응원 간덴 햄져게(마라톤 응원 간다고)."

"기냐(그래)?"

창세는 학교에서 손꼽히는 정보통이다. 그의 말은 거의 100% 신빙성이 있다.

어머니의 루이비통

아니나 다를까 오후 수업 한 시간 마치자마자 담임 선생님이 우리 반 모두 하원으로 가서 마라톤(당시 역전 경주 대회)대회를 응원한다고 한다. 각자 알아서 하원 차부(버스 정류장)로 가라는 것이었다. 우와! 이건 무슨 횡재도 아니고 수업 안 받고 그냥 어디 간다는 것에 모두 신이 났다.

하원의 차부 옆에 책가방을 한쪽으로 놓고 양쪽 일주도로 변으로 우리 반 아이들이 서서 마라톤 선수들이 오기만을 기다렸다. 기다림에 지쳐갈 즈음 멀리서 사이드카(경찰 호위 오토바이)가 보이고 그 뒤로 경찰차가 위에 불을 켜고 천천히 나타난다. 일반부 선수들이 고등부 선수들을 앞질러 뛰고 조금 후에 고등부 선수가 나타나는데 우리 학교 창훈이는 중간쯤에 지나간다. 우리는 옆에서 창훈이를 따라 한 200m 같이 뛰다가 누군가가 "벌써 끝나부러 시냐(벌써 끝났나)?" 했다.

"게민 이젠 어디 가코(그러면 이제는 어디로 갈까)?"

"어디 갈말이냐게. 그냥 집이가사주게(어디 가나? 그냥 집에 가지)."

그러는 사이에 거의 마지막으로 남주고등학교인지 세화고등학교인지 모를 중학생 정도 되는 작은 체형의 마른 선수가 아픈 것인지 슬픈 듯 우리 앞을 지나갔다.

"아이고 젠 무사 저추룩 힘이 어시냐게(왜 제는 저렇게 힘이 없는지)."

고등학교 일 학년 봄날 오후, 우리는 그렇게 도 일주 역전경주대회에 응원을 나왔다. 도 일주 역전경주대회는 1971년 제주도의 숙원 사업이었던 제주일주 도로포장이 완공된 것을 기념하여 처음 시작되었는데 일반부(제주시, 서귀포시, 북제주군, 남제주군) 그리고 도내 고등학교 해서 전부 9개(?) 팀이 참가했고, 제주도 일주 도로 181km를 14개 구간으로 나누어서 1박 2일로 뛰는 마라톤대회였다. 온 섬이 유채

꽃으로 노랗게 물든 4월경에 열려 그 돌담길로 선수들이 지나갔다.

마을마다 집 앞을 지날 때 모두들 나와서 응원을 했다. 체육 활동이 드물었던 마을 사람들에게는 매우 재미있는 볼거리였고, 도내 남자 고등학교는 전부 나와서 학교를 응원하는 대회였는데, 아마 내게 기억이 없는 초등학교 때보다 훨씬 그 이전부터 열렸을 것이다. 어린 시절에는 사이드카와 경찰차 호위를 받으며 뛰는 선수들이 조금은 멋져 보이기도 하였다.

우리 학교(서귀포고등학교)에서 제일 무서운 선생님이 계셨는데 양석후 체육선생님과 생물 선생님이었다. 생물 선생님은 인상부터 조폭 행동 대장 같은 느낌이었는데 내가 인체의 신비 때문에 교무실로 찾아가 상담했을 때 선생님의 친절함과 인자함에 놀랐던 기억이 있다. 아마도 고방원(?) 선생님이었던 것으로 기억된다.

양석후 선생님은 작은 키에 항상 체육복(츄리닝이 아닌 합성 섬유식 체육복)을 입고 작은 지휘봉 같은 것을 들고 다니셨는데, 처음부터 학생들에게 내뱉는 말은 무조건 "야 새끼야"였다. 싸움닭같이 약간 시비 거는 느낌이었다. 나는 체육 선생님이 그저 공포의 대상이었다. 쉽게 눈을 마주치기가 싫었고 체육 시간이 무조건 싫었다. 이 선생님이 멀리서 보이면 돌아가거나 다른 곳으로 피해 다녔다.

비가 오는 날의 체육 시간, 실내에서 수업 도중에 내게 질문을 했는데 선생님의 심기를 건드린 것 같았다.

"야 새끼야! 너 무슨 운동해?"

나는 머뭇거리다 나도 모르게 "예, 팔 굽혀 펴기 합니다." 라고 말했다.

어머니의 루이비통

"너 앞으로 나와 봐. 너 못하면 죽어. 새끼야."

"자, 처음에 10개!"

나는 영혼이 탈탈 털린 상태에서 무슨 힘이 났는지 10번, 11번, 12번, 총 33번을 하니 "야! 그만해. 들어가. 새끼야." 했다. 자리로 돌아오는데 심장이 벌렁벌렁했지만 속으로 살았다는 생각이 들었다. 공포에 시달려서인지 식은땀으로 머리가 다 젖어 있었다.

양석후 선생님은 육상, 마라톤에 모든 것을 다 바치신 듯하였다. 아니 정확히 말하면 미쳤다. 자기만의 선수를 발굴하고 키우는 능력이 있었다. 오후 시간, 화장실에 가보면 육상부 애들이 휴지를 들고 단체로 화장실에 온다. 운동 전에 무조건 비우고 오라는 것이었다. 선생님의 철칙 같은 것이었다. 당시에는 이해를 못 했지만, 후에 보니 이것은 정말로 기본 중의 기본이었다.

들리는 이야기로는 사비를 들여 밥을 사주고 합숙을 시켜가며 선수들을 육성한다고 했다. 그래서인지 양석후 선생님이 가는 학교는 항상 역전 경주 1등은 따놓은 당상이라는 말들이 퍼졌다.

일 년이 지나 다시 도 일주 역전경주대회가 돌아왔다. 창훈이는 2학년 때도 같은 반이 되지 않아 친하게는 지내지 못했다. 성격도 서로가 내성적이어서 친구 관계에 적극적인 편이 아니었다. 그저 같은 학년이라는 것만 알 정도였다.

창훈이는 첫날 2, 3구간 즈음에서 일등을 했다. 둘쨋날은 서귀포에서 출발하는데 첫날 성적이 좋아 모든 학생과 선생님들이 오전에 응원을 갔다. 오후에 돌아온다는 것이었다. 다음날 위미에서 응원한 후

버스를 타고 다음 구간으로 가야했지만 난리가 났다. 버스는 만원에, 서기만 하면, 그저 올라탈 수만 있다면 창문으로 올라타 어쩔 수 없이 한두 구간을 더 건너뛰고 수산에서 기다렸다. 그날은 비가 조금씩 왔지만 우리는 개의치 않았다. 영호, 창용, 명찬이랑 어쩌다 거기까지 가 버린 것이다.

도착하자마자 그 구간이 끝나 학교로 돌아가야 할 시간이 되어버렸다. 노오란 유채꽃 돌담 앞에서 우리는 그들을 기다렸다. 어디선가 "덕재야! 돌으라! 돌으라(덕재야! 달려라 달려)!" 하는 소리가 들려왔다. 반대편 아래 있던 서종필 선생님이 한 손에는 우산을 들고 덕재가 1등으로 오니 필사적으로 응원하면서 뛰어오신 것이다.

"야, 덕재가 1등이다. 덕재야! 돌으라 돌으라!"

우리도 같이 외치면서 뛰기 시작했다.

결국 그 구간에서 덕재가 1등으로 골인한다. 우리는 거기서 주먹을 불끈 쥐며 서로 어깨동무를 하며 뛰었다. 그러다가 명찬이가 "야, 우리 학교 어떵허코(우리 학교 어떻게 하나? 수업시간에 돌아가야 하는데)?" 했다. 그러자 영호가 "학교 뭔 학교 말이냐? 그냥 우리 영 제주시 가불게(그래 우리 이렇게 제주시 가자)." 한다.

"좋다 경허자, 가자(좋다 그렇게 하자, 가자)."

"야, 경헌디 차비 이시냐(야 그런데 차비 있나)?"

"야, 나 호끔 있져 가게게(야 나 조금 있다, 가자고)."

근데 서귀포에서 성산포로 오는 동안 우리는 2~3번 버스를 갈아 탔는데 신기하게도 버스비를 한 번도 내지 않았다. 버스가 서면 창문으로 올라타니 차장은 누가 탔는지, 누가 버스비를 내었는지 도무지 알 수 없는 눈치였고, 우리도 무조건 버스비를 냈다고 말해 버렸다.

어머니의 루이비통

그러자 차장은 유야무야 그냥 다 넘어갔다. 그 상황에 요금을 내고 받는 것은 거의 무리였다.

우리는 미리 제주시에 도착하여 골인 지점(광양 로터리)보다 조금 내려간 중앙로터리에서 올라오는 칼 호텔 동산 위에서 기다렸다. 조금 후 창세와 약간의 무리들이 합류했다. 역시 그날도 창세는 정보통이었다.

"창훈이가 1등으로 왐젠헴져(창훈이가 1등으로 온다고 한다)."

우리는 초조하게 기다렸다. 멀리서 사이드카 소리가 들리더니 호위 경찰차가 저 멀리서 보인다. 그리고 동산을 서서히 올라오기 시작한다. 그 뒤로 창훈이 얼굴이 뾰쪽 보이기 시작하더니 서서히 상체로 하체로 이어진다.

"이야! 창훈이다!"

그때 온몸에 전율이 일어났다. 내 생전 스포츠를 보고 응원하면서 이렇게 짜릿하고 울컥한 것은 처음이었다. 나뿐만이 아니었다. 우리 모두는 다 그랬다. 고등부 선수가 일반부를 다 제치고 1등으로 당당하게 제주시에 들어선 것이다.

"창훈아! 돌으라 돌으라!"

"이창훈! 파이팅!"을 외치면서 우리는 모두 순식간에 창훈이 뒤를 쫓기 시작했다. 창훈이는 우리를 힐끗 한번 쳐다보더니 약간 미소를 머금은 모습으로 앞으로 쭉 달려 나갔다. 우리를 저만치 뒤로 두고서.

그리고 1등으로 골인했다.

창훈이는 당시 키가 컸고 달리는 폼이 아름다웠다. 지금 보면 황영조 선수 같은 스타일이었다. 척추를 꼿꼿이 세우면서 상체를 약간 앞으로 내밀었는데, 물론 이것도 후에 양석후 선생님이 폼을 교정해 주었다고 한다. 그리고 마지막 구간에 창훈이를 뛰게 한 것도 양석후 선생님께서 그린 마지막 작전이었다.

어쩌면 노래 가사처럼 "Save the best for the last"이기도 했지만 선생님은 창훈이를 믿고 있었다. 마지막 하이라이트 구간에 누구와 붙어도 이길 수 있다는 확신을 갖고 모든 에이스들이 뛰는 구간에서 그는 1등을 했다. 적지에 당당하게 깃발을 꽂은 느낌이었다.

우리는 광양 로터리에 다시 모여서 어깨동무를 하고 교가를 부르며 승리에 취해 있었다. 그렇게 어둠이 몰려오고 불빛이 하나둘 켜지기 시작했지만 여전히 우리는 그 자리를 떠나기가 싫었다.

아마도 2학기 때의 일인 것 같다. 나는 무슨 일이 있어서인지는 몰라도 제주시에 갔다. 일요일 날 사촌 집에서 머물고 월요일 아침에 혼자 제주 공설 운동장으로 갔다. 창훈이가 5,000m인가 10,000m 경기에서 뛴다는 것을 알고 그를 응원하기 위해 공설 운동장으로 갔던 것이다.

운동장에 가보니 제주시에 사시는 선생님 몇 분이 와 계셨다. 그 당시 멋있는(엣지있는: 요즘 말로 세련되면서 부드러운) 미술 선생님이 "어이, 영일만 친구 왔어? 학교도 안 가고 잘 왔어. 일루와." 하며 옆에 자리를 마련해 주셨다. 선생님들과 목례로 인사를 하고 창훈이 시합을 기다렸다. 스탠드 아래에는 특유의 체육복을 입은 양석후 선생님이 여전히 왔다 갔다 하고 있었다. 그리고는 경기가 시작되었다.

창훈이는 중간에 있었다. 앞으로 나갈 생각을 하지 않고 몇 바퀴를 돌아도 그냥 그 자리를 지키는 느낌이다. 다음엔 마지막 바퀴인데 이미 선두와는 20m 이상 간격이 있었다. 마지막 바퀴 반 바퀴를 지나자마자 그가 질주하기 시작한다.

"야, 창훈아! 돌으라!"

"이창훈 파이팅!"

나 혼자 목청껏 소리쳤다. 30m를 남겨두고 그가 선두로 나왔다. 그리고는 5m를 앞서더니 다시 추월을 당했던 2등이 전력 질주로 뛰기 시작해 거의 둘이 동시에 골인 지점을 통과했다. 그 사이 나는 트랙으로 내려와 창훈이 손을 잡고 "잘했다" 하며 처음으로 둘의 우정을 교환했다. 그가 상당히 지쳐 보였는데 씨익 웃는다.

심판들이 모여서 회의를 하더니 창훈이가 2등이 되었다는 소식을 양석후 선생님을 통해 모두에게 알려 주었다. 그러면서 창훈이가 정말 잘했다고 한다. 아침에 배탈이 나 기권하라고 했는데 창훈이가 끝까지 뛴다고 했다는 것이다. 선생님이 그 말을 하자 "아!" 하는 탄식이 나도 모르게 나왔다. 그가 위대하게 보였다. 아니 그는 진정 위대한 선수다. 트랙 옆에서 양석후 선생님이 나를 바라보더니 다가와 말없이 내 어깨를 툭툭 쳐준다. 그때 선생님 키가 작다는 걸 실감했지만 그의 눈빛과 카리스마는 장난이 아니었다. 그리고는 딱 한마디를 했다.

"잘 왔어. 마."

오후에 학교로 갔다. 점심시간을 훨씬 지난 시간에 모자를 가방에 넣고 교실에 들어서는데 근택이가 한마디 한다.

"야 너 하이바도 안 쓰고 어디 갔당 이제 학교에 와지나(야 너 모자도 안 쓰고 어디에 갔다가 이제 학교에 올 수 있나)?"

애들이 의아해하면서 웃는다. 그런데 선생님은 아무 말 없이 그냥 자리에 가서 앉으라고 하셨다. 종례 시간에 담임 선생님이 양석후 선생님께 전화 왔었다고. 오전에 운동장에서 응원하고 있으니 지각 처리하지 말았으면 한다고.

놀라웠다. 선생님이 그렇게 나를 그렇게 배려해주실 줄은 꿈에도 생각하지 못했다.

며칠이 지나 옆 반 학생이 양석후 선생님이 체육 시간에 내 이야기를 했다는 말을 전한다. 공설 운동장에서 제일 큰 목소리로 혼자 응원했다고. 너희들도 그럴 수 있겠느냐고.

나는 그저 내 몸과 마음이 끌리는 대로 한 것뿐인데 전 학년 학생이 내 이야기를 아는 것이 쑥스러웠다. 그리고 2학년 2학기 말 성적표에 체육이 '우'가 되어있었다. 난 당시 그리 체육을 그리 잘하는 편이 아니었다. 한두 명이 '수'이고 칠팔 명이 '우', 그리고 '미'나 '양'이 대부분이었다. 물론 상대적으로 '가'도 있었다.

체육 선생님은 시험 없이 항상 주관적으로 점수를 준다는 소문이 있었지만, 학생들 사이의 불만은 거의 없었다. 불만이 있을 수가 없었다. 불만을 내면 "야, 이 새끼야!" 소리를 들을 것이 뻔하기 때문이었다. 그리고 나의 체육 점수는 고3이 되어서도 1, 2학기 전부 '우'였다.

대학교 4학년 때 중앙로에서 잠시 선생님을 만났다. 선생님이 먼저 알아보셨다.

"야, 일만아 어디 갔당 왐시니(야, 일만아 어디 갔다 오니)?"

나는 그 소리가 선생님의 인자함과 친근함이 다 들어간 목소리란 것을 느꼈다. 선생님은 대학교 졸업, 직장 진로 문제를 걱정해 주셨

어머니의 루이비통

다. 그리고 어느 학교에 있으니 근처에 올 일 있으면 들르라고 한다.

선생님이 나를 기억해 주시는 것 자체만으로 고마울 따름이었다.

창훈이는 그 후 고등학교 3학년 때 전국대회에 나가 우승을 하고 최우수 선수가 되었다. 그는 후에 체육 선생님이 되었다. 양석후 선생님은 교장 선생님이 되셨다.

나의 뛰기 본능이 시작된 것이 그들 때문이었을까? 아무튼 나는 그들에게 바통을 이어받지는 않았지만 후에는 그들보다 뛰는 것을 더 많이 즐기게 되었다.

창훈이를 언제 한번 만나게 된다면 지나간 우리의 이야기를 기억할까? 물어나 볼까? 기억이 나면 같이 한번 뛰어보자고 해야겠다. 그러면 양석후 선생님이 특유의 합성 섬유 체육복을 입고 호루라기를 불며 지휘봉으로 "야! 팔 더 저어." 하며 뒤에서 소리치시지 않을까?

그러나 이제 제주는 어디를 가나 차가 많아져 유채꽃 돌담 사이 풍경이 있는 일주도로를 뛸 수 없을 것 같은 느낌이다. 도로는 더 많이 늘어났는데 이상하게 뛸 곳은 많이 사라지고 있다. 길옆의 정서와 문화를 느낄 수 있는 느린 달리기를 하고 싶은데 잠깐만 정지하면 뒤에서 빵빵거릴 것만 같다. 너무 많은 차와 사람들로 이제는 일주도로까지 붐비고 정체되는 곳이 많다.

역전 경주는 제주의 풍광과 함께 문화와 정서를 앞뒤에 두고 뛰어야 하는데, 그리고 여럿의 응원과 함께 뛰면 그 기쁨은 배가 되는데.

일주도로를 뛰어 내 무릎이 아파도 창훈이와 함께 일주도로를 뛸 기회가 있으면 기꺼이 뛰고 싶다. 그런데 제주가 어느 순간 너무 많이, 너무 빨리 뛰어가 버렸다. 창훈이와 함께 뛰고 싶은 마음이 들기 이전부터 역전 경주 대회는 이미 사라져 버린 것이다.

이제 우리는 모두 추억 속을 뛰고 있다.

어머니의 루이비통

돗궤(궤)기

    초등학교 시절 동네에는 식육점이 없었다. 그래도 돗궤기(돼지고기)를 가끔 접했던 기억이 있다. 어느 날 학교에서 돌아와 정제(부엌)에 물 먹으러 가니 입구 문 위에 돗궤기(돼지고기) 다리 하나가 걸려 있었다. 아버지가 바당에서 추렴해서 갖고 온 것이었다.

    당시 마을에서는 집집마다 돗통에 돼지를 기르고 있었다. 그래서 조금 한가하거나 비가 와서 밭에도 일하러 가지 못하는 날에는 사람들이 모여서 돼지를 잡고 서로 나누어 가져갔다. 이를 추렴이라고 한다.

추렴은 대부분 갯것이(바닷가)에서 이루어졌는데, 아마도 도새기를 짚으로 그슬리는(그을리는) 것이 편하고 바닷물에 내장을 씻거나 돼지를 잡고 나서 흔적을 치우는 데 편리해서 그랬을 것이다. 밀물이 되고 나면 그 흔적은 바당물에 완전히 씻겨 나갔다.

아버지는 가끔 마을 사람들과 추렴을 해서는 항상 다리 한 짝을 갖고 오시고는 했다. 그것이 앞다리였는지 뒷다리였는지는 정확하게 모르겠지만 그 당시는 앞다리, 뒷다리 등 부위별로 그 맛의 차이를 알고 먹을 정도로 미식가였다기 보다는 그냥 돗궤기는 전부가 다 똑같은 맛이라고 여겼을 것이다. 그리고 아버지도 들고 다니기가 편리해 다리 부분을 갖고 왔다고 하셨다.

자리젓과 마농지시(대파를 간장에 일정 기간 담가둔 것)가 반찬의 전부이던 시절에 돗궤기는 그야말로 최고의 음식이었다. 곤밥(하얀 쌀밥)에 궤기국(고깃국)은 제사나 마을에 특별한 행사가 있을 시 먹었던, 그래서 어른, 아이 할 것 없이 누구나 먹고 싶은 로망이 있던 음식이었다.

돗궤기가 부위별로 조금 다르다는 것을 직접 보고 알게 된 적이 있었다. 마을에서 잔치 등 경조사 때 도새기를 잡고 손님에게 밥이나, 국수와 함께 돗궤기 반(자기에게 해당된 한 접시)을 줬는데 그 돗궤기 반에는 보통 5~6 부위별로 각각 한 점씩 돗궤기가 놓여 있었다. 지금처럼 삼겹살, 목살, 앞다리, 뒷다리, 이런 부위별 구분이 확실한 것이 아니라 솔궤기(살고기), 지름(비계) 있는 부위 그리고 머릿고기, 수애(순대) 등이었다. 그래서 잔칫집에 가 돗궤기 반을 받고 옆 사람과 비교해서 내 반에 솔궤기가 많이 있으면 잔칫집에 초대받은 것 이상으로 기분이 좋았다.

돗궤기 부위가 여러 가지가 있었지만 어린 우리 입맛에는 그게 다 그것 같았고 단지 수애가 다른 맛이라는 것만 확실하게 알 수가 있었다. 모두들 수애를 좋아했다. 돗궤기를 잡고 나면 수애를 제일 먼저 삶아서 잔치를 준비하는 사람들이 맛을 봤다. 가마솥에서 꺼내 김이 모락모락 나는 돗궤기를 뜨거운 채로 썰어서 한 점씩 먹었던 것 같다. 그리고 돗궤기를 삶고 난 물에다 몸(모자반)을 넣고 끓여 소금으로 간해서 잔치가 시작되기 전에 일하는 사람이 먹었던 것이 몸국이었다.

그리고 잔칫집에서는 고기를 5~6 부위별로 썰어서 큰 차롱(채롱)에 넣어 보관하다가 손님들이 오면 도감이 반을 차려줬다. 도감은 돗궤기를 삶고, 부위별로 썰고 나누어 주는 사람을 말하는데 경조사 때 돗궤기에 절대 권력을 가진 사람이었다. 잔치 주인은 도감이 괴기를 썰기 편하게 집 한쪽에 편한 자리를 만들어 줬다. 주인이 돗궤기를 누군가에게 전부 일임을 해 잔치가 벌어지면 주인조차도 쉽게 자기가 원하는 대로 돗궤기를 가져가지 못했다.

잔치 등 경조사 때 그 집이 잘 차려서 대접했나 안 했나를 결정하는 것이 돗궤기 반이었다. 물론 부위별로 다 들어가는 것도 중요하지만 얼마나 이쁘고 듬삭하게(두툼하게) 써는지가 중요했다. 그렇게 하면 대접의 반은 성공한 것이었다. 경조사를 치르면서 어른들이 밥이나 국수에 대해 뭐라고 이야기하는 것을 들어본 적은 없지만 돗궤기 반에 대해서는 잔치가 끝나고 나서는 꼭 한두 마디씩 했다.

"아이고 그걸 반이랭 노아서게? 혼두 점 먹어부난 어성게게, 수애도 없고 게(아이고 그것을 반이라고 준비한 거야? 한두 점 먹으니까 없어지고,

순대도 없고)."

"난 지름만 이성게게(난 비계뿐이더라)."

　그래서 그만큼 도감의 역할이 중요했고 잔칫날을 잡으면 마을에 있는 도감이 그날 일할 수 있나 없나를 가장 먼저 확인했다.

　이웃이나 친척 집에 잔치가 있을 때, 초등학교 4~5학년이 되어 가면 우리에게는 특별 임무가 주어졌다. 도감이 썰어준 돗궤기 반을 나르는 것이었다. 손님 수에 맞게 식사 때 반을 날라 손님 한분 한분씩의 몫을 밥상 위에 놓는 일이었다. 어떤 때는 이 반 나르는 것을 하고 나면 잔치가 끝날 무렵 도감 할아버지가 고생하였다고 해서 알아서 썰다 남은 부스러기 형태의 돗궤기를 몇 점씩 싸 주시곤 했다.

　마을에서 어떤 집이 잘사는지, 유지인지, 그리고 다른 사람들과 교류를 많이 하는지 등을 잔치 때 도새기(돼지)를 몇 마리 잡았느냐로 판단했다.

　초등학생이었던 어린 시절, 마을에 잔치가 있을 때는 대부분 큰 도새기 하나를 잡으면 충분했는데 누게네(누구네) 잔치 때 세 마리를 잡았다고 그러면 잔치가 끝나고 나서도 그 이야기가 계속 돌았다.

　시간이 지나면서는 마을에서 먹고사는 문제들이 조금씩 나아지면서 내가 고등학생이 된 이후로는 잔치가 있으면 대부분 도새기 2~3마리를 잡았다. 조금씩 여유가 생겼고, 외방(타 지역)에서도 잔치 음식을 먹으러 많이 오다 보니 돗궤기가 더 필요해졌던 것이다.

　어른들은 잔치에 쓰려고 몇 달 전부터 도새기(돼지)를 미리 보고 이웃 도새기를 맞추어 두곤 했는데, 도새기를 맞추고 키우는 일이 굉장히 중요했다. 왜냐하면 그 당시는 도새기에 가끔씩 쏠이 일었는데(충이 생겼는데), 그렇게 되면 잔치에 도새기를 내놓지 못하게 되기 때문이었다. 쏠이 인다는 것은 충이 있는 돗궤기를 삶고 썰어 보면 마치 익은 하얀 쌀이 돗궤기 살에 박혀 있는 듯이 보여 쏠(쌀)이 들어있다고 하는 것이다.

나도 도새기 충이 인 것을 직접 본 적이 있는데 정말로 끔찍스러웠다. 자세히 보면 하얀 점 같은 것이 도새기 살에 박혀 있다. 돗궤기를 잘못 먹으면, 충분히 익히지 않으면 위험한 것도 이 충 때문이다. 실제로 마을에서도 가끔 쏠이 인 돗궤기를 먹어 한동안 앓다가 돌아가신 분도 있었다.

도새기 충은 외부 환경적인 요인과 먹이에 따라 가끔씩 나왔는데 그래서 잔치 때 도새기를 쓰려고 하면 그 주인에게 특별히 부탁하여 그날까지 잘 키워 달라고 했다.

마을의 잔치는 보통 삼일인데 그중의 하루가 도새기 잡는 날이다. 도새기를 미리 다 잡고 준비를 해 두어도 갑자기 손님들이 많이 오면 잔치 중에 부랴부랴 도새기 한 마리를 더 잡기 위해서 남정네들을 바쁘게 수배하며 움직이기도 했다. 잔치를 준비하던 한 사람이 "야, 느네 도새기 잡으러 가야 되키어게 어떵허크니게(야, 너희 돼지 잡으러 가야 할 것 같다, 어떻게 할 수 없다, 그 방법밖에)." 하면 당사자는 "어떵해여? 경해사주마(어떻게 하겠어, 그렇게 해야지)." 했다.

남정네들은 넉뚝배기(제주 윷놀이) 하다가도 도새기 잡으러 갈 상황이면 하던 것을 멈추고 도새기부터 잡으러 갔다.

마을 사람들은 누구든 큰일에 자신이 무엇인가를 도와줄 수 있다는 것에 큰 기쁨을 느꼈던 것 같다. 그것은 지금은 거의 사라져 버린

품앗이 같은 것이었는데, 의무감이라기보다는 자발적인 정이었다.

아버지가 추렴해 온 돗궤기를 정제 입구에 걸어 놓으면 어머니는 바당에서 해녀 일을 마치고 돌아와 아버지의 특별한 말이 없어도 그날 저녁에는 돗궤기국을 끓여 주셨다. 어머니는 돗궤기국을 참 잘 끓이셨다. 그중에서도 돗궤기매역국을 맛있게 끓이셨는데 매역(미역)과 돗궤기를 넣고 된장으로 간을 한 것이다.

이상하게도 지금처럼 다 같이 삼겹살을 굽거나, 볶아서 먹어 본 기억은 그리 많지 않다. 그 당시는 돼지를 구워 먹는 것이 그리 흔하지 않았다. 마을에서 대부분 삶아서 수육으로 먹거나 국으로 끓여 먹는 것이 대부분이었다. 그래서 지금처럼 돗궤기의 부위가 중요한 것이 아니라 돗궤기 자체를 먹는 것이 중요했고 돗궤기는 다 같은 돗궤기인 줄 알았다. 그나마 조금 구분을 한 것이 솔궤기와 껍데기가 있는 비계 정도였고 어른이나 아이 할 것 없이 대부분 살코기를 선호했다. 후에 내 기억으로는 고등학교 이후에 돗궤기를 구워 먹으면서부터 돗궤기 부위 개념이 선명해진 것 같다.

요리가 참 단순했다. 그냥 우연내(텃밭)에서 나는 지슬(감자), 대파, 마늘 그리고 매역(미역), 된장 등이 돗궤기 요리 재료의 전부였다. 그리고 후에 돗궤기를 듬삭듬삭하게(풍부하게) 썰고 끓였던 김치찌개 등이 어머니가 돗궤기로 하는 요리의 전부였다.

추렴해 온 돗궤기로 요리해서 여러 번 배불리 먹을 수 있는 음식이 국이었기 때문에 어머니는 주로 돗궤기국을 했던 것이다. 조냥(절약) 정신이 몸에 배어서 한 번만 잘 먹고 없어지는 것보다 여러 번 먹을 수 있는 것을 만들기 위해 돗궤기국을 끓이셨던 것이다.

어머니는

"돗궤기국 삼일은 먹어야 돗궤기 먹은거 같주게."

당시 집에는 냉장고가 없어 아버지가 다리 한 짝을 구해 오시면 3일 동안은 계속 돗궤기국에 밥을 먹어야 했다. 먹으면서도 내지가 않았다(싫증 나지 않았다). 그만큼 집안 식구들은 모두 돗궤기국을 좋아했다. 못 먹던 시절 돗궤기 국은 그 자체만으로 산해진미를 먹은 것과 같이 배를 든든하게 했고, 맛으로도 영양학적으로도 최고의 음식이었다. 적어도 우리 식구들에게는 그랬다. 한 2~3일 동안 계속해서 돗궤기국을 먹다 보면 어느 순간에는 지름(비계)도 익숙하게 되고 그 맛에 길들여져 간다. 내여서(싫증 나서) 먹지 못하기보다는 없어서 못 먹을 정도로 돗궤기국에 익숙해져 갔다. 조금 늘크랑하면(기름기가 있는 맛이면) 마농지시와 함께 먹으면 그만이었다.

마을에서의 추렴은 돗궤기가 대부분이었는데 일이 년에 한 번씩 아주 드물게 쇠(소)를 잡는 추렴도 하곤 했다. 이때는 밤에 횃불을 들고 은밀하게 추렴이 이루어졌다. 왜냐하면 당시 쇠를 잡는 것이 불법이었기 때문이다. 그래서 마을 내에서 마치 비밀 결사대를 조직한 것처럼 그 누구도 모르게 쇠를 잡았다.

아침에 일어나 정제에 가보면 평소에 보지 못했던 특히 시뻘건 고기가 걸려 있었다. 쇠게기국(소고깃국)을 먹고는 어머니와 아버지는 "야, 느네 어디강 쇠게기 먹었덴 허지 말아이(야! 너희들 어디 가서 소고기 먹었다고 말하지 말라)." 하시곤 했다.

사실 쇠게기국을 먹어도 그 고기가 돗궤기보다 맛있다는 특별한 느낌이 없었던 것 같다. 단지 기름이 둥둥 떠 있고 조금 질겨서 오래 씹었던 기억밖에는 없다. 자주 먹지 못했던 쇠게기국을 먹을 때 어머니는 "야, 이거는 하영 잘 씹멍 먹어산다이. 경허지 않으면 야가지 걸어 지민 큰일 난다이(야! 이것은 많이, 잘 씹어 먹어야 한다. 그렇지 않으면 목에 걸려서 큰일 난다)." 하셨다.

당시는 음식을 데워서 먹는 것이 아니라 그냥 한번 먹고 나면 솥에 그대로 두었다. 다음날 점심 즈음 우리끼리 밥을 먹기 위해 국을 뜨려고 보면 솥에 하얀 기름이 붙어 있어 돗궤기국보다는 이상한 느낌이었다. 그리고 쇠게기는 식으면 더욱 질겨서 어린 우리들은 잘 즐기지 못했다.

제사나 명절 때 산적은 필수였는데, 돗궤기적, 쇠게기적, 그리고 상어적, 이 세 가지는 대체로 있었다. 물론 바릇궤기(생선)도 구워 상에 올렸다. 제사 때 먹는 음식들 대부분은 평상시 먹을 수 있는 음식은 아니었지만 그렇다고 해서 어린 우리들이 상에 올라있는 모든 음식들을 먹고 싶어 한 것은 아니었다. 특히 나는 돗궤기적이 아닌 다른 산적들은 먹지 않았다. 쇠게기적은 특히 씹기가 어려웠고, 상어적은 물컹하고 쉽게 살이 부서지면서 늘랜내(비릿한 냄새)가 나서 더더욱 먹지 않았다. 바릇궤기는 먹을 생각조차 없었다.

제사나 명절이 끝나면 형들이나 작은 삼춘들이 제사상의 반을 나누려고 제사를 지낸 방에 들어가는 것이 너무나 부러운 적도 있었다. 자기 마음대로 먹고 싶은 것을 자기 반에 담을 수가 있어서 일훈 형처럼 빨리 나이가 좀 들었으면 하고 바랐던 적도 있다. 제사가 끝난 제삿방에 토다상(옆에서 보는), 일훈 형과 눈을 마주치려고 했다. 그러면 일훈 형은 뭐라도 하나 더 줬다.

나는 친떡(시루떡)과 돗궤기적을 좋아하고, 사촌 형제인 승호와 승훈이는 쇠게기적을 좋아해서 반이 나오면 서로 바꿔 먹기도 했다. 그리고 우리들은 명절이 끝나고 놀면서도 돗궤기적, 쇠게기적을 사탕처럼 오래 입에 물고 빨듯이 먹곤 했는데 그러면 양지(빰)에 지름과 마농(작은 마늘) 흔적이 남곤 하였다.

돗궤기는 늘 거기에 있어 나에게는 정말로 친숙한 음식이다. 쇠게기는 어딘지 모르게 나와 어울리지 않은 음식, 그리고 내가 익숙해지기 어려운 음식처럼 느껴졌다. 마치 어머니, 아버지처럼 그런 관계가 되어 버렸다.

어머니는 항상 우리들 곁에서 해녀 일과 밭일을 하며 우리들의 밥을 지어주셨다. 그런 어머니와 자연스럽게 더욱 가까워졌다. 아버지는 사업한다고 밖으로 돌아다니다 보니 아침에 나가 밤에 들어오는 날이 대부분이었다. 어떤 때는 며칠씩 집을 비우기도 하셨다.

아버지는 그만큼 어려웠다. 당시는 사회가 가부장적이어서 항상 아버지는 우리를 엄하게 대하셨다. 물론 당시 마을의 이웃 아버지들도 대부분 가부장적인 분위기에 머물러 있었다. 아버지가 집을 비우는 일이 많아 아버지가 안 계셔도 그냥 평상시처럼 지냈는데 어머니가 집을 비우는 일은 극히 드물었다.

아버지는 자주 밖으로 돌아다니시다 보니 여러 가지 음식을 접했을 것이다. 그리고 집에 와서 자꾸 어머니에게 음식 타박을 하셨다. 특히 어머니가 끓인 김치찌개를 드시면서 항상 그러셨다.

"이게 두부라도 상 끓이주게(이것에 두부라도 사서 넣고 끓이면 좋을 텐데)."

그러면 어머니는 "아이고, 돈만 가정와바게 그런거 누게는 못만들

카부덴 햄싱고라게, 돈만 들어가면 맛좃추게, 경허는거 누게 몰라(아이고 돈만 갖고 오면 그런 것 누가 못 만들지 않습니다. 돈만 들어가면 음식이 맛이 있지, 그렇게 하는 것 나도 알아요)." 하며 아버지에게 대꾸를 하시는 것이었다. 아버지, 어머니의 이런 대화는 어머니가 김치찌개를 끓일 때마다 한 수백 번은 이어진 것 같다. 그래도 어머니는 대체로 아버지를 존중하며 잘 대해 주셨다. 요즈음 두 분만 계시는데 어느 순간부터 고향 집 김치찌개에 두부가 들어 있다.

그러나 나는 지금도 어린 시절 익숙했던 두부가 들지 않은 김치찌개를 좋아한다.

어느 날, 어머니가 하루 집을 비우셨다. 어머니가 집을 비우는 경우는 극히 드물었다. 내가 고등학생이었을 무렵, 어머니가 강원도 이모댁에 가서서 한 열흘 동안 집을 비운 적이 있었다. 그리고 아주 어릴 적에도 어머니가 하루 동안 집을 비운 적이 있는데 아마도 두 분이 싸워서 집을 나가셨던 것 같다. 정확히 기억이 안 나 얼마 전 어머니에게 여쭈어보았는데 어머니는 "야, 난 느네 아방이엉 싸워도 새끼들 그냥 놔동 어디 가지 못허크라라. 혼번은 느네 아방이랑 안 살젠 느네 물애기때 느 동생도 태어나지 안앗을 때 두성제 업고 안앙 태흥리에서 표선(약 10km) 친정으로 걸엉 가베난 적은 있었져, 경행 이시난 느네 아방 촟앙 와서라, 경허난 어떵해여게? 새끼들 방 느네 아방이영 살았주게(야! 나는 너희 아버지하고 싸워도 자식들 그냥 놔두고 어디 가지 못하겠더라, 한번은 너희 아버지랑 살고 싶지 않아, 너희들 아주 갓난아기 때, 너 동생도 태어나기 전에, 두 형제 업고 안고 걸어서 표선리 친정으로 간 적이 있었는데, 그랬더니 너희 아버지가 찾아왔다. 그러니 어떻게 하니? 자식들

어머니의 루이비통

보아서 너희 아버지하고 살았다)!" 하시며 우리들을 놔두고 집을 나간 적은 없다고 했다. 어머니는 아마도 낮에서 밤까지 어디 놉뿔러(품앗이) 오난 갔을 거라고 말씀하셨다.

 어머니가 없던 그 날을 지금까지 기억하는 것은 아버지가 해주신 돗궤기 요리 때문이다. 처음 먹어본 돗궤기맛이었다. 어머니가 해주신 돗궤기 요리는 대부분 국이었다. 그런데 어머니가 안 계셨던 그날 저녁, 우리 삼남매는 작은 곤로(석유로 불을 켜서 요리하는 기구)에 토당 앉아(옆에 앉아) 아버지가 해주시는 돗궤기 볶음을 바라보고 있었다.
 아버지는 돗궤기를 소금과 설탕에 볶아 주었다. 그러고는 웃으시며 "하영 먹으라이(많이 먹어라)!" 하셨다. 지금 생각해 보면 그때 아버지는 돗궤기에 넣은 설탕보다 더 달고 부드럽고 인자한 모습으로 음식을 만들어 주셨다. 그래서인지 돗궤기가 달았다. 그것도 설탕을 아주 듬뿍 넣어서 늘크랑하면서도(기름이 풍부한 맛이 나면서도) 달았다.
 우리는 그 신기한 맛의 돗궤기 국물에 밥을 비벼가면서 맛있게 먹었다. 아버지는 그 볶은 돗궤기를 해주시며 찬물을 먹으면 배가 아파진다고 하셨다. 마치 아버지가 해주시는 말은 그 말뿐만 아니라 모든 것을 지켜야 할 것처럼 느껴졌다. 그래서 돗궤기를 먹고 찬물을 마시지 않는 것도 아주 오랫동안 지켜져서 습관이 되어버렸고 진리가 되어버렸다. 그 돗궤기 볶음이 지금까지 살아오면서 아버지가 우리 삼남매에게 해주신 유일한 요리였다.
 어머니에게 아버지가 요리해 준 돗궤기가 맛있었다고 하자 어머니도 어느 순간 돗궤기를 설탕에 볶아 주신 적이 있는데 어머니는 "이거 돌앙 어떵 먹어시니게 난 당추 못먹키여게(이거 달아서 어떻게 먹었느냐? 나는 도대체 먹지를 못하겠다)." 하시며 다시 어머니 특유의 돗궤기 국으로 돌아갔다.

아버지는 설탕에 돗궤기를 볶아 주는 것을 스스로 창작하셨다기보다는 어디 다니다가 맛을 보아 그날 우리들에게 아주 서툴게 해 주셨을 것이다. 어쨌든 아버지의 처음이자 마지막 요리는 내 가슴속에 오랫동안 남아 있다. 그 요리뿐만 아니라 아버지의 인자한 미소까지.

그리고 아버지는 늘 바쁘셔서 밖으로만 다니셨다.

아버지는 항상 엄하셨다. 초등학교 5학년 때 즈음 그래도 우리 마을에서는 우리 집에 TV가 제일 먼저 들어왔다. TV 시간을 기다리다 저녁을 먹고 어느 순간까지도 TV를 보다 차부(정류소)에 버스가 정차하는 소리를 나면 아버지가 집으로 들어오시는 줄 알고 우리는 TV를 끄고 후다닥 공부하는 척을 했다. 그러다가 아버지가 안 오시면 우리는 다음 버스가 올 때까지 여유롭게 TV를 다시 보곤 했다.

형이 중학교에 들어가는 시기에, 아버지는 형에게 교복을 맞추어 주려고 서귀포 시내에 형과 나를 불렀다. 형에게 교복을 맞추어 주고 우리들에게 밥을 사주셨는데 그때 사준 음식이 지금의 정식 같은 것이었다.

아버지는 그 식당의 단골 같았다. 여주인과 다정하게 인사를 하고 능숙하게 정식을 주문했다. 음식이 나오자 형과 나의 눈이 휘둥그레질 정도로 많은 반찬들이 나왔다. 김치를 제외하고는 대부분 익숙하지 않은 반찬들이었다. 그중에는 잔치도 아닌데 수애(순대)가 없는 돗궤기 반도 있었다. 우리는 마을에서는 돗궤기를 간장에 찍어 먹는 데 서귀포도 마찬가지였다.

다른 익숙하지 않은 반찬에는 손을 별로 대지 않고 형과 나는 돗궤기를 열심히 먹어 치워 버렸다. 그러자 아버지가 주인에게 부탁을 해서 다시 돗궤기가 나왔고 역시 우리 젓가락은 그곳으로만 향했다. 돗궤기가 익숙한 음식이었지만 그렇게 외부 식당에서 수육으로 먹어본 것은 처음이었는데 굉장히 부드럽고 맛있었다. 간장도 달고 맛있는 느낌이었다.

아버지는 식사를 같이 하지 않으셨다. 형과 내가 밥을 다 먹고 나자 아버지는 서귀포 매일 시장에서 축구화를 한 켤레씩 사주셨다. 둘이서 버스를 타고 집으로 돌아왔다. 돌아오는 버스 안에서 새로 사주신 축구화를 보고 또 보면서 처음으로 어머니와 함께 식사하지 못한 아쉬움이 일어났다. 속으로 우리들만 맛있는 것을 먹은 것 같아 어머니에게 미안해지기 시작했다. 그리고 아버지는 왜 집에 안 들어오시지, 서귀포에서 무엇을 하시는 거지 하는 생각이 들었다.

그 이후로도 어머니는 항상 바쁘게 밭으로, 바당으로 다니셨고, 아버지는 밖으로만 다니셨다. 우리들은 아버지가 무서워서, 그리고 어머니가 고생하는 것이 안쓰러워서, 학교 선생님 말씀은 진리인 것 같아서 그냥 착하게 행동했다. 삼남매 모두가 해야 할 것은 하고 하지 말아야 할 것은 하지 않는 전형적이 모범생이 되어 갔다. 형이 군대가기 전에 어머니가 닭백숙을 사주신다며 다 같이 모여 식사를 하기 전까지는.

그리고 그 이후로도 어머니와 아버지 다 같이 남원이나 서귀포에서 외식을 해본 적이 없었다.

고등학교 입학시험을 치르고 서귀포 시장을 돌아다니고 있는데 일훈 형을 만났다. 형이 시험을 잘 보았냐고 하면서 자장면을 사주었는데 사실 그때 먹어 본 자장면이 태어나서 처음 먹어 본 것이었다. 그렇게 맛이 있다는 느낌이라기보다는 자장면에도 돗궤기가 조금씩 들어있어, 자장에 버무려진 돗궤기는 신기한 맛이구나 생각을 했다. 그당시는 우리만 그런 것이 아니라 마을 어디에도 가족을 데리고 서귀포나 남원에 가서 밥을 먹는 경우는 극히 드물었다. 우리 동네는 식당 자체가 없었다. 살기 바쁘다 보니 지금처럼 가족들이 모두 모여 외식하는 그런 여유는 꿈도 꾸질 못했다.

중학교 3학년이 되어 체육복을 준비하지 못하자 어머니가 아버지가 계신 서귀포에 가서 하얀 체육복을 구입하라고 했다. 나는 학교를 파한 후 서귀포에서 아버지를 만났다. 당연히 시장이나 그런 곳에서 체육복을 살 줄 알았는데 'ㅇㅇ시대 라사'라는 양복점에 가서 하얀 옷을 맞추었다.

이 맞춤옷은 학생들이 입는 하얀 츄리닝이라기보다 체육 선생님들이 입는 그런 하얀 정장식 바지였다. 체육 시간에 입기에는 너무나 과분할 정도의 옷이었다. 정장식 체육복을 입으면 지금 말로 핏은 살아 있을지는 모르지만 어딘지 모르게 불편한 느낌이었다. 옷이 불편한 것이 아니라 애들의 시선이, 그리고 그런 체육복을 입은 내 모습이 나를 불편하게 하였다.

아버지의 존재도 내가 대학생 때 늦은 사춘기를 맞으면서 불편한 관계로 여겨지기 시작했다. 어릴 적 돗궤기가 익숙하고 편한 음식으로 어머니와 같은 관계라면 쇠게기는 익숙하지 않고, 질기고, 비싸

어머니의 루이비통

고, 어딘지 모르게 불편해서 가끔 비싼 것을 사주시는 아버지와 같은 관계 같았다.

아버지는 사업한다며 바쁘게 밖으로만 다니시다 보니 항상 어머니처럼 밥은 먹었는지, 학교는 잘 다니는지 일반적인 관심사로 우리들을 바라보는 것이 아니라 그냥 가끔 공부 잘하라며 필요한 것을 하나, 둘 사주셨다.

어느 순간부터 우리는 엄한 아버지의 부재가 편했고, 늘 고생하시는 어머니의 존재에 익숙해져 갔다.

1982년 1월, 아버지와 나는 서귀포 모 다방에 있었다. 당시 나는 고등학교 졸업을 앞두고 사범대학에 합격해서 영어 선생님이 되려는 꿈을 꾸고 있었다. 아버지는 대학교 등록 마감일에 등록금을 구한다며 다방에서 누군가를 기다리며 거기 종업원들과 농담을 하며 시간을 보내고 있었다. 나는 그런 아버지가 싫었다. 대학 등록금 고지서를 한참 전에 주었는데 막상 준비를 안 해 그렇게 마감일에 다방에 앉아 있는 것이 너무나도 싫었다.

결국에는 등록을 하지 못했다. 그래서 나는 학교 측에서 후에 연락이 와서 어문계열(영문학과)로 입학을 했다. 입학하고 개강 당일 고등학교 절친들과 함께 정문으로 들어서면서 용훈이가 그랬다.

"일만이와 나는 이쪽 사범대학 건물로 간다. 다들 잘 가고."

나는 용훈이에게

"선생 되는 것이 싫어서 난 영문학과로 전과했다. 난 그쪽 건물로 안 가고 이쪽으로 간다."

그때 용훈이 얼굴이 지금도 기억난다. 무언가 엄청 당황한.

그때는 그랬다. 다들 사범대학에 가고 싶어 했고, 그래서 사범대학 인문교육학과(국어, 영어교육학과)의 커트라인이 제일 높았다. 내가 등록을 못 하자 초등학교 친구, 제주시에서 고등학교를 졸업한 별로 친하지 않은 친구가 나의 자리를 채웠다.

대학이 싫어졌다. 그냥 혼자 생활하고, 음악을 듣고, 방황을 하다가 2년을 마치고 군에 갔다. 당시 남자들에게는 군이 도피처가 될 수도 있었다. 나도 그런 셈이었다. 군 생활이 좋았다. 우울했던 대학 생활은 어느덧 기억 저편으로 사라지고 뛰고 달리는 것이 좋았다. 군대 가기 전 나는 183cm에 68kg으로 그야말로 날씬하다 못해 깡마른 몸이었다. 하지만 군 제대할 때는 82kg으로 나왔다. 물론 지금은 그것을 훨씬 능가하지만, 아무튼 난 성공적인 군 생활을 했다.

그리고 복학과 함께 열심히 공부했다. 물론 고시 공부 수준은 아니지만 그래도 최선을 다했다. 지난 대학 생활 2년을 보상하고 나 자신을 확인하기 위해 공채로 직장을 얻고 싶었다. 운이 좋았는지 아니면 내 의지가 통했는지 H그룹과 공기업의 필기시험을 통과했다.

대학교에 입학 당시 우여곡절을 겪은 후 나는 아버지와 말을 거의 하지 않고 지냈다. 침묵이 서로를 위한 것이었다. 나는 아버지와 같은 삶은 살지 않겠다고 다짐하며 내 생활과 가치관을 찾아 나갔다.

대기업의 필기시험에 합격하고 면접 준비할 때 나는 소위 빽과 함께 가는 미래를 생각하기보다는 실력으로 모든 것에 도전하고자 했다. 하지만 막상 면접이 다가오니 불안해져 갔다. 아버지에게 H그룹에 합격했는데 누구 아는 사람이 없는지 물어보았다. 그랬더니 아버지는 서울에 같이 올라가자고 했다.

면접 사흘 전에 아버지와 함께 서울로 올라와서 여러 사람을 만났

어머니의 루이비통

다. 아버지는 사람을 만나면서 다리를 꼰 상태로, 부탁이 아니라 자식 자랑을 넘어 완전히 허세 부리는 수준의 태도를 보였다. 난 그런 아버지가 더욱 싫어졌다. 그리고 나 자신이 부끄러웠다. 떨어지든 말든 처음 내가 생각한 대로 해야 했는데 하면서 자책을 했다. 그리고 아버지에게 강한 어조로 내려가시라고 했다. 서울 거리 한복판에서 아버지에게 처음으로 대들었다. 그러자 아버지는 서운했는지 곧바로 내려가셨다. 나는 종로 모 여관에서 이틀 동안 거울을 보며, 혼자 면접 연습을 했다. 결과는 떨어졌다.

그 이후로 아버지와는 별 이야기를 하지 않았고 나는 내 생활을 이어 나갔다. 나는 내가 하고 싶은 일, 그리고 해야만 하는 일을 했다. 그 밑바탕에는 아버지와 나는 서로 맞지 않는다는 생각이 늘 있었다. 아버지는 우리가 어릴 적부터 자신이 하고 싶은 일을 했다. 자신이 즐겁게 할 수 있는 것을 했다. 가족 부양에 대한 책임을 갖는 것이 아니라 남들에게 어떻게 하면 나이스하게 보일까 생각하는 분이셨다. 그러다 보니 밖에서는 호인 소리를 듣지만, 옆에 있는 어머니를 힘들게 했고 자식들은 아버지를 두려워했다.

우리 삼남매는 어머니가 물질(해녀 일)과 밭일로 항상 열심히 성실하게 생활하는 모습을 보면서 자라 어머니와의 유대관계가 끈끈해졌고, 우리끼리는 서로에게 욕심을 부리지 않았다. 우리 모두는 어머니의 DNA를 물려받았다고 이야기한다. 모두 아버지 DNA 자체를 인정하기가 싫어서 그렇게 이야기를 하는 것인지도 모른다.

이상하게 아버지는 주위 사람들에게는 많은 도움을 주고, 멀리서도 많은 사람들이 자주 아버지를 찾았지만 우리 삼남매에게는 거의 도움이 되지 않았다.

나와 여동생은 고향을 떠난 시간이 길어 그나마 아버지와 덜 부딪히며 살아왔다. 어느 순간부터 내 일에 집중하다 보니 어머니의 헌신만 너무나 고맙게 느껴질 뿐이었는데 형은 고향에 있다 보니 아버지와 자주 부딪히는 것 같았다.

세상에 나와 이곳저곳으로 돌아다니면서 일을 하다 보니, 그리고 다양한 사람을 만나다 보니 당연히 다양한 음식을 접할 기회도 많아져 갔다. 그리고 그 어릴적 맛이 별로 없었던 쇠게기도 여러 가지 형태로 내게 다가왔다.

내가 좋아서 찾아다닌다기보다는 형식적인 사회생활에 맞추다 보니 수트를 입고 와인에 칼질하는 식사에 점점 능숙해져 갔다. sirloin(등심), tenderloin(안심), 그리고 서울 모 특급 호텔에서 심심치 않게 먹어 보았던 chateaubriand(안심 중 최고 부드러운 부분)은 정말 부드럽고 환상적인 맛이었다. 그 맛들에 점점 길들여져 갔다.

캠프 하야리아(부산 미군 부대)나 용산 개리슨(서울 미군 부대)에서 1인분에 240g 하는 sirloin steak도 1~2주에 거의 한 번씩 수년 동안 먹었던 것 같다. 그리고 미군 부대에서 먹었던 두툼한 소고기 패티의 햄버거와 탄산이 없는 진한 레모네이드는 호주의 스테이크 버거를 알기 전까지 최고로 맛있는 햄버거였다.

호주에 가보니 돗궤기, 쇠게기 가격이 거의 비슷했다. 양고기가 조금 싼 편이었는데 정말 육류 천국이었다. 심지어 쇠게기 생고기를 구워서 넣어준 스테이크 버거는 호주산 레모네이드와 같이 먹으면 세상에 햄버거가 이렇게 맛이 있을까 생각하게도 했다. 지금도 나는 가끔 호주 스테이크 버거가 생각난다. 그 버거가 생각나 이름난 버거집을 찾아다녀 보아도 그 호주 스테이크 버거 맛을 내는 곳이 한국에는 아직 없다.

그렇게 쇠게기에 익숙해져 갔다. 그러면서 어느 순간 아버지와의 관계도 그렇게 쇠게기처럼 익숙해져 갔다.

시간은 그렇게 흐르는 것이었다. 어느 순간부터 아버지란 존재가 내게는 희미해졌고, 아니 잊혀져 갔다. 정확히 말하면 아버지의 힘 없이도 세상을 살아가고 내가 하고 싶은 것을 할 수 있다고 생각할 정도로 나 자신의 결정권을 믿고 살아갔다. 내가 더 나은 삶을 살아가고 있다고 믿고 앞으로 나아간다.

아버지는 여전히 그렇게 살아간다. 자신의 가치관이 자식들을 조금 불편하게 할 수 있다는 것을 알게 된 어느 순간부터는 별다른 말씀을 안 하신다. 어쩌면 집안에서 다소 자식들과 거리를 두고 살아가도 그리고 가끔은 그들로부터 외면을 받아도 내색하지 않고 그 자식들의 안위를 걱정하고 조용히 뒤에서 할 일을 하신다.

어느 순간 아버지란 존재는 그런 것이 아닐까 하는 생각이 들었다. 이 세상 아버지들은 불쌍하다. 배고픈 시절 자식들을 위해, 가족들을 위해 열심히 일한 것뿐인데 어느덧 세상의 남녀관계, 가족관계 변화에 따른 가치관에 따라가지 못하고 항상 있어왔던 그곳에만 머무르다 보니 가족들에게 외면받고 외톨이로 지내는 경우가 많다. 꼭 우리 아버지만 그렇다기보다는 다른 아버지들처럼 우리 아버지도 가족들로부터 비슷한 시선을 받았다. 그게 본인이 잘못 생각한 것이든 우리가 이해가 부족했든 간에, 아버지는 가족 울타리 밖에서 시간이 지나면서 고개 너머 가족 울타리 안을 바라보고 있었다.

처음부터 나는 쇠게기를 좋아하지 않았다. 하지만 나도 모르게 쇠게기를 접해야 했던 순간들이 많았다. 일을 하다 보니, 다른 사람들의 성향에 맞춰 함께해야 하다 보니 나도 어느 순간 쇠게기에 익숙해지고 그 맛의 한가운데로 빠져들고 있었다.

그러면서 나도 그렇게 아버지가 되어 가고 있었다. 나의 아버지와는 다른 아버지가 되려고 노력하고 아버지의 가치관을 부정하며 나 스스로의 아버지 가치관을 만들고자 노력했다. 하지만 '나도 자식들에게는 그들의 가치관을 따라가지 못하는 꼰대(?) 아버지가 아닐까?' 하는 생각이 언제부턴가 들기 시작했다. 시간은 그렇게 흘러 내가 아버지를 두고 나만 빨리 가야 했던 것처럼 나도 이제는 자식이 제 길을 가는 모습을 지켜볼 수밖에 없는 상황에 와 있다.

아버지가 나에게 특별히 말씀하시지는 않지만 멀리 떨어져 있어도 내가 하는 일을 응원하며 지지하고 있다는 것을 느끼게 되었다. 그래서 자신의 마음에 상처를 받아도 신체적으로 다친 곳이 있어도 자식들에게 내색하지 않으신다.

나는 내 아들과 공동의 목표를 위해 살아왔지만, 그리고 그토록 가깝게 옆에서 보고 지내왔지만, 아들이 어느 순간부터는 가장 가까이 있는 나에게 내가 자신을 이해 못 한다고 이야기한다. 실제로 이해를 못 하는 경우가 종종 있다. 삶에 대한 목표와 목적이 우선이다 보니 나 스스로 아이의 성향이나 선호를 무시했던 일들이 많았던 것이다.

그리고 아들은 내가 아버지에게 그렇게 했듯이 성인이 된 후 자신의 주장을 굽히지 않는다. 주장이 강해지고 자신에게 믿음이 생겼다면 아들은 이제 성인이 된 것이다. 주위에서는 그것을 받아들이는데

어머니의 루이비통

나만 못 받아들이는 건가 하는 생각이 들기도 하고, 아들의 가치관이 맞지만 주장이 강해지는 아들에게 섭섭함을 느끼기까지 한다. 요즈음은 그렇게 아들은 멀어져 가는 느낌이고 아버지는 가깝게 다가온다.

제주에 다시 내려오니 주위 환경이 너무나 변해있었고 앞으로 어떻게 변할지 알 수가 없다. 내가 생각하는 것보다 세상은 너무나 빨리 변해가고 있다. 오직 하나 안 변한 것이 있다면 고향에 있는 어머니와 아버지의 자식을 위하는 마음뿐일 것이다.

아버지와 며칠 전 함께 차를 타고 다녀오다가 서귀포 뷔페식당에 같이 갔다. 내가 전화 통화를 하고 화장실을 다녀오는 사이 아버지는 음식을 가지러 나갔다. 그리고 내가 음식을 갖고 테이블로 왔을 때 아버지가 갖고 온 음식하고 내가 접시에 담은 음식과 차이가 많았다. 아버지 접시에는 궤기(고기)가 한 점도 없었다.

"아부지 무사 뷔페왕 국수 먹엄수과, 저기 돗궤기도 있고 쇠게기도 이신디 마씨(아버지 왜 뷔페 와서 국수를 먹나요. 저기 돼지고기도 있고 소고기도 있는데 말입니다)."

"아이고게 이젠 이빨 아팡 궤기 잘 못먹엄져게(아쉽지만 이제는 이 아파서 고기 잘 못 먹는다)."

멍해지려는 순간, 아버지가 말씀하셨다.

"는 궤기 하영 먹으라 이(너는 고기 많이 먹어라)."

그래도 아버지는 국수와 호박죽을 잘 드셨다. 다행이었다.

"아부지 그거 알암수과? 우리 막 어릴 적에 아부지가 설탕에 돗궤기 뽁아 중거 이어나 신디 기억 남수과(아버지, 그것 알고 있나요? 우리 아주 어릴 적에 아버지가 설탕에 돼지고기 볶아 주었는데, 기억나요)?"

"경 해나시냐(그랬던 적이 있냐)?"

내가 불편하게 느꼈던 쇠게기가 어느 순간 익숙한 돗궤기 맛으로 느껴진 지가 오래되었지만 나는 아버지의 시간이 그렇게 많이 지나가 있다는 것을 미처 깨닫지 못했다.

며칠 전, 아버지에게 전화가 왔다.

"집에 왕 갈치 가정 강 먹으라(집에 와서 갈치 갖고 와서 먹어라)!"

아버지는 서귀포 수협에 오랫동안 몸담아 오셨다. 몇 해 전부터인가 해마다 수협에서 아버지에게 갈치를 보내오면 어머니는 그것을 일일이 정리해서 형과 우리 집에 나누어 주셨다. 근데 이번 갈치는 어머니, 아버지가 나이로 수협 조합원이 끝나 수협에서 마지막으로 선물로 보낸 것이었다.

잘 손질된 두툼한 갈치구이가 맛있었다. 가족들 모두 좋아했다. 이상하게도 그 코시롱헌(맛좋은 냄새가 나는) 갈치구이에서 어릴 적 아버지가 해주신 돌크랑한(달콤한) 돗궤기 맛이 자꾸 자꾸 났다.

저녁을 먹고 나서 아버지에게 전화를 드렸다.

"아부지 갈치 막 맛 조읍띠다(아버지 갈치 아주 맛이 좋았습니다)."

"기냐(그래)?"

6장

/

뎅
기
당
보
난

*뎅기당 보난 '다니다 보니'란 뜻의 제주어

혼디 뎅겨사주게!

이리 줍서 내가 밀려주쿠메 마씨.”

“어따 되었져게.”

“무사 많이 아파수과?”

“아이고! 어떵허단 보난 경 되었쩌게.”

“경해도 조금 힘들겐 보염수다마는 보긴 막 조수다.”

“조움이랑 말앙 경허민 아팠덴 어디강 데껴불랜 말이냐? 혼디 뎅
겨사주게.”

“맞수다게 혼디 뎅겨사주게, 호꼼 쉬멍쉬멍 갑서 양!”

82살 난 할망이 85살 된 다리 아픈 하르방을 유모차에 태우고 작
은 동산을 밀고 올라가고 있었다.

그들은 부부다.

그녀는 제주바당이다

이 동네에서 태어나
평생 한 마을에서 70년 동안 물질을 하면서
바당은 당신에게는 자식이자 친구이고 그리고 남편으로 인생 최고
의 동반자였습니다.

남편을 먼저 보내고 60여 년을 혼자 외로이 물질을 하면서 4남매
를 키워온 당신의 삶은 제주의 문화와 정서를 넘어 제주의 혼(spirit)
그 자체입니다.

제주 바람에 얼굴이 거칠어지고
눈보라치는 겨울 바당이 당신의 몸을 시리게 해도
당신은 구덕에 태왁 망사리를 지고 늘 다니던 같은 길을 지나 바당
에 당신의 일상을 펼쳤습니다.
힘든 일이었지만 그것이 힘든 일인 줄도 모르고 그저 그렇게 해야
만 살아지는 줄 알고 자연과 시간에 순응해 왔습니다.

자연이 바뀌고 길이 아스팔트로 덮히고
시간이 동네에 가끔씩 사람들을 데려오고
시린 당신의 몸이 따뜻한 물로 헹구어 지지만 그래도 여전히 바당
은 당신을 부릅니다.

어머니의 루이비통

4년 전, 자신의 의사와 상관없이 물질을 그만두어야 했을 때는 무척 부에(화)를 내셨습니다. 아직도 바당과 함께 할 수 있는데 하며,

그렇지만 얼마 후 자연스럽게 자연과 시간에 순응했습니다. 지금 당신의 나이 88세, 조금 더 일찍 순응할 시간이었는지 모르지만, 적절한 순응이었습니다

이제는 바당에 순응했던 그 시간들이 그리워

가끔 바당에 나와 동네 몇 남지 않은 아시들(동생들)이 물질하는 모습을 바라봅니다.

가끔 이야기할 때 보여지는 당신의 미소는 여왕의 미소처럼 우아하지 않을 지 모르지만 세상에서 가장 순박하고 아름다운 미소입니다.

당신의 미소는 제주 자연입니다.

삼춘! 이제 무슨 소원이 이수과?

게메이 이 나이에 무슨 소원이 이시크니게 ?

(글쎄, 이 나이에 무슨 소원이 있을까?)

조식들 아프지 말고 저 우리 바당도 아프지말앙 아시들 고동하영 잡아 시민 조키여 게, 경해야 나도 고동 호끔 어덩 먹고게

(자식들 아프지 말고 우리 바다도 아프지 말아서 동생들 소라 많이 잡았으면 좋겠다. 그래야 나도 소라 좀 얻어 먹고)

연로한 해녀과 아픈 바당은 위로와 위안의 눈빛으로 그렇게 서로를 바라본다.

어머니의 루이비통

용기보단 생활

지난해 2월 말, 태국에서 돌아오자마자 2주간 자가 격리를 시작했다. 얼마 지나지 않아서 대구에서 코로나가 심각해졌다.

나는 지금까지 살아오면서 내가 지킬 것을 지키고 남에게 피해를 주지 않으면 그것이 적어도 한편으로는, 거창하게 말하지 않더라도 사회와 국가를 위하는 것이라 믿어왔다. 하지만 우리 사회를 위하여 보다 적극적인 봉사나 희생을 실천하며 살아오지는 못하였다. 그런데 대구의 팬데믹 상황이 어려워지면서 연일 의료진들이 코비드19와 힘들게 싸우고 지친 모습을 보면서, 내게 무슨 용기가 났는지 대구시청으로 전화를 걸었다.

"코로나 상황과 관련하여 작은 힘이지만 자원봉사를 하고 싶습니다."

"어디세요? 의사분이신가요? 아니면 간호사?"

"저는 제주에 살고 있고, 의사와 간호사도 아니고 그저 평범한 50대지만 무슨 일이라도 시켜주시면 내일이라도 올라가겠습니다."

대구에 필요한 사람은 의사와 간호사분들이었다. 그래도 필요하시면 청소, 통역 등 뭐라도 할 수 있습니다. 하고는 전화번호를 남겼지만 끝내 다시 연락이 오지는 않았다.

그리고 일주일 후에는 제주도청에 전화를 걸어 똑같이 자원봉사를 신청했지만 코비드19 팬데믹과 관련하여 내가 할 수 있는 일은 없는 것 같았다. 어려운 사회를 위해 내가 아무것도 할 수 없다는 현실이, 나의 역량과 힘에 자괴감이 들었다. 내가 할 수 있는 것은 방역수칙을 잘 지키는 것뿐이었다.

나는 내가 보고 싶은 것, 가고 싶은 곳, 하고 싶은 일, 그리고 개인적으로 해야만 하는 일에 열심히 최선을 다하며 살아왔다. 내 가치관이 어느 순간 변해서 봉사를 하고 싶어진 것이 아니라 자연스럽게 주위를 둘러보니 봉사에 대한 마음이 생겨나고 있었다.

하고 싶은 일과 가고 싶은 곳에 대해서는 적극적이었지만 사회 아픔과 자연의 시련에는 많은 공감을 하면서도 그것에 참여하는 것은 소극적이었다. 나이가 들어가는 것일까? 삶에서 소극적이고 방관적인 편에 있었던 것에 대한 부채의식이 조금씩 생겨나기 시작했다.

몇 년 전부터 내가 커오면서 함께했던 정서와 흔적에 대해 글을 쓰기 시작하면서 나의 고향인 제주에 더 많은 관심을 가지게 되었다.

더욱이 코비드19로 인하여 밖으로 나가지는 못하고, 시간이 있을 때마다 이전에는 가보지 못했던 제주의 여러 곳을 찾아볼 수 있었다. 제주 사람이지만 내가 모르는 곳, 한 번도 가보지 않은 곳이 너무나도 많았다.

사실 나는 제주를 다 알지는 못한다. 물론 제주에 관한 글을 쓰기도 하지만 그것이 내가 제주를 전부 알고 제주를 대표한다는 뜻은 아니다. 내가 경험하고 우리의 의지와 상관없이 변해가는 것에 대한 아쉬움을 함께 나누고 공감하기 위한 것일 뿐이다.

특히 어릴 적 나의 놀이터였던 바당에 대해 안타까운 마음이 커져만 가고 있다. 나는 바당이 매우 좋다. 사실 바다가 표준어이지만 나는 바당이란 표현이, 제주어를 떠나 그냥 좋다. 바당은 그냥 바다라는 개념보다는 어릴 적 우리가 놀았던 마당과 같은 놀이터 개념, 그리고 생활을 함께했던 그리운 정서가 섞여 있다. 어릴 적에 작은 동네에서지만 너네 바당, 우리 바당 하면서, 우리 바당에 겡이(게)가 많다며 서로 우기면서 싸운 적도 가끔 있었다.

내게 바당은 교과서에서 이야기하는 희로애락 이외에도 가끔씩 다른 감정과 감성, 경외감, 포용, 고요함, 위대한 힘, 그리고 겸손 등을 아직도 느끼게 해주고, 일깨워 주기도 한다.

그런 우리의 바당이 죽어가고 있다. 어릴 적 매역(미역)과 톨(톳), 겡이(게), 괴기(고기)들로 넘쳐났던 고향 바당이 지금은 백화현상으로 해조류가 사라졌다. 해조류가 자라지 못하니 그에 따르는 먹이 사슬이 완전히 파괴되어 어릴 적 우리가 잡았던 오분재기, 보말, 전복,

성게 등이 눈에 띄게 줄어들고 겡이(게)와 괴기(고기)들은 보일 듯 말 듯하다. 가끔 보인다고 해도 이제 그들은 배고픔을 안은 난민 물고기가 되어 버린 것처럼 가늘게 줄어(야위어) 가고 있다.

고향 태흥리 앞바당, 표선, 서귀포, 성산포, 우도, 조천, 세화, 평대 등 제주 지역의 바당을 둘러보면 지역에 따라 정도의 차이는 있지만 어느 바당이든 그 옛날 제주 바당은 아니라는 사실은 틀림이 없는 것 같다.

고향 태흥리 바당은 이제 이른 봄에 톨(톳)을 전혀 생산하지 못한다. 바당에서 톨을 지게로 지어내고 말리면서 그것을 마을에서 지키러 다니던 시절이 떠오른다. 또 하나의 우리 삶의 일부분이 우리의 의지와 상관없이 사라져 버렸고 다시는 되돌아올 수 없는 아주 지나간 추억이 되어버렸다.

바당이 이제는 그림으로만 다가오고 생활로서는 저 멀리 달아나는 느낌이다. 그리고 그 옆으로는 창문을 내린 렌터카들이 우리의 생활과 반대 방향 풍경 속으로 달려 나간다.

그 바당에 나의 작은 힘을 보태고자 지난 3월 초부터 '바다 환경 지킴이' 활동을 하며 제주 연안에 있는 각종 생활 쓰레기와 폐어구 등 환경을 파괴하는 것들을 치우고 있다. 몸은 피곤하지만 정신은 말짱하고 마음은 더욱 안타까워져 간다. 나는 몇 번씩 커리어를 바꾸면서 내가 하고 싶은 일을 해왔다. 그에 반해 이 일은 내가 하고 싶은 일과 해야만 하는 일, 그리고 잘할 수 있는 일은 아닐지 모른다. 그래도 내가 할 수 있는 부분을 열심히 하다 보니 하루하루가 보람되고 가치 있게 여겨진다.

어머니의 루이비통

이런 나의 모습을 보고 무슨 정치적인 의도가 있는 것 아니냐고 하는 사람도 있을 수 있지만 나는 그런 시선에 개의치 않는다. 제주 바당이 좋아, 내게 남아 있는 부채 의식을 조금이나마 갚기 위해 할 수 있는 데까지 해보려는 것이다. 작은 힘이지만 정직하게, 그냥 바당과 환경을 저해하는 요소를 치우는 데 힘을 쏟고 싶다.

제주 연안은 내가 생각했던 것보다 훨씬 더 많은 쓰레기로 뒤 덥혀 있다. 지금의 바당 쓰레기는 바당에서 종사하는 사람들과 관련된 폐어구 등이 전체 70% 정도를 차지하고 나머지는 각종 생활 쓰레기가 주를 이룬다. 심지어 중국에서 건너오는 쓰레기와 모자반 등도 있다. 예전의 제주 바당이 아니다. 어릴 적 바당에는 쓰레기가 없었다. 물론 그 당시는 지금처럼 어업이 대규모로 이루어지지 않았고, 글로벌 하지도 않았다. 생활용품 용기나 각종 포장산업이 발달하지 않았던 시기였고, 사람들이 지금처럼 소비와 유희에 집중하지도 않았다.

지금은 모두 자연을 어떻게 활용하면 자신의 이익을 더할 수 있을지 하는 궁리만 해대는 것 같다. 쓰레기를 치우는 것조차 행정 말단 공무원이 모든 책임을 다 져야 하는 일처럼 보이고 그리 체계적이지 못한 것 같다. 제주도는 쓰레기, 생활 하수의 문제가 제주의 한라산 높이만큼이나 커져가고 있다. 쓰레기를 다 치우지 못하면서, 하수 처리 문제가 심각한데도 한편에선 제주에 더 많은 사람을 들여놓기 위해 제2공항 건설을 운운하고 있다.

자연과 정서를 함께 공유하는 것은 참으로 바람직하다. 하지만 행정가들은 어느 것이 우선인지, 그리고 어떠한 것이 그 공유를 저해하는 것인지 전혀 알지 못하는 것 같다. 지금 당장 개발하지 않으면 제주가 배고파 없어질 듯 그 행정이 자연보다 한참 앞서 있다. 자연과 정서는 경제 논리로 따지면 답이 없다. 하지만 그것들은 우리의 삶의 질과 크게 관련되어 있다.

의사결정을 하는 제주의 최고 행정가들은 민방위복을 입고 마이크 앞에 서는 것으로 자신들의 책임을 다한 듯이 하고, 실제로 쓰레기를 치우고 자연을 보호하는 일은 자신과 무관한 듯 보여진다. 행정가들은 제주 도민의 삶의 질을 높이는 일에는 무관심한 태도를 취한다. 그저 관광객 유치와 개발 앞에서만 목소리를 내고, 경제적인 성장과 발전이 제주 행정의 최고의 일인 듯이 하고 있다. 그리고 경제 성장의 큰 꿈을 이루는 것이 행정가로서의 최고의 선택이고 업적이라고 말하는 것 같다. 행정의 힘은 자신의 입신양명을 위한 것이 아니다.

도민의 삶의 질을 높이는 것을 최고의 가치로 두어야 한다.

그리고 그것이 대한민국 헌법의 가치이다.

코비드19를 두고 다행이라고 표현하는 것은 참으로 아이러니하고 어쩌면 어불성설이지만, 코비드19로 인해 한동안 사람들이 덜 오니 제주도의 쓰레기양이 많이 줄었다. 그렇지만 그것은 아주 일시적인 현상일 뿐, 내가 보기에도 제주의 쓰레기 문제는 아주 심각하다. 생활 쓰레기가 돌돌 말아져 한라산과 키재기를 해 가고 있는 느낌이다. 그리고 해양 쓰레기는 그 옆으로 쌓여 오름들이 되어 가고 있다.

나의 눈에는 민방위복을 입고 언론에 나와 브리핑하는 행정가들보다 지난 몇 년간 계속해서 지역의 열악한 환경에서 바다 환경 지킴이 활동을 꾸준히 해 오신 분들이 더 큰 인생을 살고 있는, 사회의 스승으로 다가온다. 이분들과 함께 일하며 배울 수 있는 시간들이 나에겐 행운이었다. 그리고 고생과 보람을 함께 나눌 수 있어서 감사한 마음이 들었다. 보이지 않은 곳에서 제주 바당을 지키기 위해 자신의 시간과 노력을 쏟는 바다 환경 지킴이들, 당신들은 정말로 제주의 숨은 영웅들입니다.

우리도 언제쯤이면 자연 선진국처럼 자연과 환경이 우선시되는 나라가 될까? 언제쯤이면 쓰레기를 치우는 행정이, 우리 삶의 질을 높이는 행정이 최우선적으로 고려되고 최고의 정책으로 거론될 수 있을까?

아니, 지금부터라도 그래야만 한다. 그렇지 않으면 우리는 쓰레기와 함께 자연이 다 닳아져 가는, 지쳐가는 관광지에서 살게 될 것이다. 앞으로 수거된 바다의 쓰레기들을 제주도 행정이 어떻게 처리해 가는지도 찬찬히 살펴보고자 한다.

제주 바당이 다시 살아났으면 한다. 물론 경제적인 발전에 가치를 두고 바당 주위에 건설 사업을 펼치고, 유희에 가치를 두고 바당을 사용하면서 자연을 유지하려 하니 쉬운 일이 아니다.

제주 여행은 쉼이고 유희이어야 한다. 그래서 제주를 개발과 유희, 경제적 효용의 시각으로 바라보는 것도 중요하지만, 이제는 보호하고 보존해서 좋은 미래의 유산으로 이어지도록 더 들여다보아야 할 때라고 생각한다. 그래서 이 바당을 살리는 데 우리 모두의 노력이 필요하다. 물론 국가와 지방 정부가 위기의식을 갖고 더 연구하여 그에 맞는 정책을 실행해야 한다. 제주 행정도 이제는 바당으로 뛰어드는 의지와 용기가 필요하고, 더 나아가 그 의지가 생활이 되어야 한다.

그리고 그에 못지않게 우리도 스스로 할 수 있는 부분들을 찾아 실천해야 한다. 제주를 걸으면서 우리의 자연과 정서를 더욱 잘 느끼기 위해서는 적어도 그들을 아프게 하지는 말아야 할 것이다. 그렇지 않으면 우리는 갈수록 더 비싼 가격으로 생선을 구입해야 하고 자연과 함께 하는 데 생각지도 못한 비용을 분담하게 될 것이다.

내가 좋아하는, 어머니의 톨채(생톳무침), 놀매역채(생미역무침)는 이제는 먹을 수 없게 되었다. 하지만 제주의 식당 어느 곳에서든 자주 맛볼 수 있는 날이 오기를 바랄 뿐이다. 제주 바당이 죽어가는 것은 결국에 가서는 우리 생활, 경제 효용의 가치에 반하게 되는 일이다.

제주 바당이 천천히라도 어느 한쪽에서부터 되살아나 예전처럼 아이들의 놀이터가 되고 우리의 생활 터전이 되면 얼마나 좋을까 하고 기대해보지만 바람과 현실 사이에는 많은 차이가 있다.

그래도 작은 힘이나마 그 차이를 줄이는 데 나도 같이하고자 한다.

친구여

오늘은 바당이 아주 볼았다(잔잔했다).

봄빛이 바당에 내려앉아 은빛으로 빛나는 평화로운 오후에 아이들이 축항에서 뛰어노는 모습을 보니 문득 지나간 우리의 어린 시절이 생각난다.

그리고 친구가 무척이나 보고 싶고 그립다.

친구야!

거긴 여기처럼 선택적 공정, 정의 등 사전적 의미가 변해 버린 내로남불 세상사로 갈등이 뒤엉키지 않아 편안하게 지내는 지 궁금해.

자연의 액자에서 개구진 미소를 보내는 아이들은, 참 귀엽지?

그런데 지나고 보니 우리는 지금의 아이들보다 더 해맑게 웃었던 것 같아. 바당과 뒹굴면서.

지금 저 바당의 은빛이 더 빛나 보이는 것은 우리들의 우정 때문이 아닐까 하는 생각을 가져본다.

친구야. 기억나니?

초등학교 5학년 초여름 즈음, 봉안이 바당 옆에서 같이 탈(산딸기)을 따 먹다가 내가 뱀을 보고 기겁하여 걸음아 나 살려라 도망가다 돌에 고무신이 벗겨져 발에 피가 났을 때 탈 따다 말고 나와 같이 바당물에 발 담근 거.

네가 그랬지.

"바당에 상처를 담그면 소독이 된다."

진짜 소독이 잘 되는 것 같았어.

여름방학이 되면 너와 창용이와 나, 우리 셋은 거의 매일 바당에서 살다시피 했었지. 오전에는 축항에서 수영하고 오후에 물이 빠지면 괴기(고기)를 낚았지. 그러다가 비가 오면 우리 몬딱(모두) 맨드글락하게(맨 몸으로) 비를 맞으며 온갖 호기를 다 부렸다.

그리고 창용이가 말도 안 되는 노래를 부르면 너도나도 따라 불렀지.

여름 내내 괴기를 낚으면서 우린 그 노래를 계속 불렀지.

어머니의 루이비통

친구여! 기억나니? 바당에서 수영하면서 괴기(물고기)를 낚을 때 너가 주부(고무타이어)를 갖고 와서 먼 바당까지 나가 교대로 지친 사람을 주부에 올려 괴기를 잡게 했던 일. 우린 그렇게 한낮 태양이 지쳐 갈 때까지 괴기를 낚곤 했었지.

　중학교에 같이 입학한 뒤, 아침 등교할 때는 너는 알동네, 나와 창용이는 동카름에서 따로따로 갔지만 집으로 돌아올 때는 항상 함께였었지. 그러다 창용이가 자전거를 사서 학교 갈 때 태워 준다고 해서 뒤에 타고 갔는데 너무 힘들어했어. 창용이 자전거 뒤에 타는 게 미안해서 집으로 돌아올 때는 우리 가방을 창용이에게 맡기고 모르태기 동산까지 너랑 뜀박질을 하곤 했지. 동네가 갈라지는 폭낭 거리에 도착하면 창용이가 실어다 준 가방을 되찾고 각자 집으로 가곤 했다.

　중학교 3학년 때 사격부에 들어가 제주시까지 시합 다니는 네가 무척 부러웠다. 사실 너의 침착한 성격이 사격과 정말 잘 어울리는 것 같았어. 네가 수업을 빼고 밖으로 다니는 것이, 집과 학교만을 오가는 나에게는 정말 부러운 일이었어.
　전교생이 모인 조회 시간에 사격부가 상을 받을 때 난 네가 너무 자랑스러웠다. 그리고 네가 상을 받을 때는 부러움과 자랑스러움을 한껏 담아 박수를 쳤다. 손바닥이 아플 정도로.

　고등학교 1학년 가을 때쯤인가, 네가 일종의 독서클럽을 만들자고 해서 여자 동창 2명(선미, 미자)과 주말마다 너희 집에 모여 돌아가면서 책을 읽거나 하고 싶은 이야기를 발표했었지. 내 차례가 되자 나는 멋져 보이려고 아리스토텔레스의 행복은 만족에 있다는 이야기를 처음 영어로 발표했는데 엄청 떨렸던 것 같아. 무엇을 말했는지 모를 정도로 긴장했었는데 발표를 끝내자마자 모두 박수를 치면서 해석해 달라고 했었지.

그때 선하게 웃던 너의 모습이 떠오른다.

이 작은 클럽에서 우리들은 서로의 이상과 목표에 대하여 이야기하고 사회와 세상을 동경하며 그것들을 조금씩 구체화하고 처음으로 작은 세상과 교류하는 시기가 아니었을까 싶다.

겨울이 되면 가끔 네 방에서 이불을 덮고 이야기하고 있을 때 감저(고구마)를 쪄 주시며 인자한 미소로 잘 놀다 가라고 했던 너의 어머니가 떠오른다. 너의 미소가 네 어머니의 미소와 많이 닮았다고 생각했던 것도 그 무렵이었던 것 같다. 그렇게 빙새기(자연스럽게 조용하게) 웃는 선한 미소가 너의 트레이드 마크가 되어 자주 내 마음에 도장을 찍어 놓곤 했다.

고등학교 2학년에 올라가던 해, 너는 자연계, 나는 인문계로 가면서 진로가 달라졌어. 우리 동네에서는 제법 열심히 공부를 했던 우리와 매일 몰려다니며 노는 친구들, 두 부류로 나누어졌지만 우리는 꿋꿋이 그들의 유혹과 강요에 굴하지 않았었지. 선생님과 부모님들에 길들여진 느낌도 없지 않았지만 우리는 자신만의 이상이 가득 찬 가방을 항상 들고 다녔다.

그 당시 영어 공부를 한답시고 내 방의 벽과 천정에 영단어와 숙어를 적어 놓았는데 네가 와서 보고 부럽다고 했었지. 하지만 나는 너희 집에 놀러 갔을 때 네가 신문을 받아보고 읽는 것을 보고 놀랐다. 그래서인지 너는 항상 무언가를 앞서 생각하고 나가는 느낌이었다!

그렇게 고2까지 함께 놀며 공부하던 네가 고3이 되면서 갑자기 몸이 아파 휴학했을 때 나는 무척 아쉬웠다. 그 당시 일 년을 쉬면 친구 관계가 서먹서먹해져 학교생활이 힘들 텐데 하면서도 신경을 써 주지 못해 많이 미안했었다. 다행히(?) 후에 신흥리 명찬이가 휴학해서 학교에 함께 잘 다닌다는 소식을 들은 후로는 미안한 마음을 덜었던 것 같아.

명찬이는 얼마 전에 통화가 되어 부산에서 경찰 공무원으로 잘 지낸다고 한다. 명찬이도 바당을 무척이나 좋아해서 해양대학을 나오지 않았을까 싶다.

군복무 중 첫 휴가를 나와 서울에 있는 너를 만나러 너희 학교 근처로 간 적이 있었다. 최류탄 가스로 눈이 따갑고 숨을 못 쉴 정도로 공기가 답답하게 여겨졌는데 난 그게 사실 부끄럽지만 처음에는 서울 공기가 나빠서 그런 줄 알았다. 제주에서는 덜했지만 서울에는 많은 젊은이들이 자신의 이상을 최류탄과 맞바꾸어 싸우면서 정부를 향해 이 사회를 향해 분개하고 있는 것을 알게 되었지. 치열하게 싸우던 너도 후에는 현실에 지치고 사회에 좌절하여 산악부에 들어가 더 빛나는 이상을 찾기 위해 이산 저산을 타지 않았었나하는 생각이 했었다.

그 이후로 나도 세상을 보기 위해 이쪽저쪽을 많이 기웃거리며 내가 하고 싶은 일을 하면서 살았던 것 같다. 언젠가 접하게 된 너의 소식은 졸업하고 서울에서 직장과 산을 병행하다가 일본으로 건너갔다는 이야기가 전부였다.

내가 잠깐 한국에 들어와 제주도의 테디베어 뮤지엄을 오픈한 지 얼마 되지 않았을 때 네가 그곳을 너의 가족(와이프, 딸)과 방문해서 반갑게 인사를 나누었던 기억이 나. 일본 생활을 정리하고 다음 날 캐나다로 이민 간다고 해서 밥도 같이 못 먹고 헤어진 것이 너무나 아쉬웠다. 이십 년 만에 만났는데 말이다.

네가 캐나다로 이민을 간 일년 동안은 자주 통화도 하고 서로의 안부를 묻곤 했었지.

그러다 내가 외국으로 나가게 되면서 연락이 뜸해지고 또 그렇게 끊겼다가 다시 15년이라는 세월이 흐른 뒤에야 SNS를 통해 다시 너를 만나게 되었지. 너의 포스팅을 보면 반가워서 마음속으로 깊이 응원하고 한국에 오게 되면 다시 만나자고 약속했지만 시간이 엇갈려 한 번도 만나지 못했던 것 같아.

그게 두고두고 아쉬운 일이 될 줄이야.

3년 전 어느 날, 너희 와이프가 SNS계정으로 소식을 전해 주더라.

그날은 내가 부산에 있었는데 다리가 풀려 영도다리 위에서 하루 종일 멍하니 저 바당을 바라보아야 했다.

"민찬씨가 며칠 전에 돌아갔습니다. 친구 중에 일만씨가 가장 멋지고 자랑스러운 친구라고 여러 번 이야기해주어서 기억이 났어요. 고향 친구 한 분에게는 꼭 알려드리고 싶어서 연락드립니다."

너는 그렇게 조용히 갔더구나.

　　　　　　　　　어머니의 루이비통

외국에서 장례식도 없이 서로 잘 가라는 마지막 인사도 없이 그렇게 미국 어느 절에서 영면의 길로 들어선 것이다.

중간에 네가 아프다는 소식을 고향에 계신 너의 누님으로부터 전해 듣고 힘내라며 SNS로 응원했었지. 우리가 보냈던 여름 이야기를 보내 주면 너는 골프치고 잘 지낸다며 밝은 모습을 올려주었다. 그때는 캐나다에 가기만 하면 언제든지 볼 수 있을 거라 생각했다. 그런데 시간은 우리 편이 아니었나 보다.

우리의 여름을 다시 한번 만들자고 약속했지만 우리의 여름이 그렇게 끝나 버린 것이다.

단 한 번도 너와 공부든 뭐든 인생 경쟁을 한 적이 없었다. 너도 그랬을 것이다. 내가 갖지 못한 부분을 가진 너를 보면 부러웠고 성인이 되어 자주 만나지는 못했지만 어느 순간부터 각자의 삶을 인정하고 응원해주는 그런 좋은 친구였다, 너는.

찾아가 서로 이야기를 나눌 수는 없어도 마음은 나눌 수 있을 것이다.

보고 싶다, 친구야.

가끔 여기가 그리우면 제주도로 헤엄쳐서 와라!

우린 수영은 잘했잖아. 네가 힘들면 내가 주부 갖고 마중 갈게!

친구야! 오늘 축항에서 노는 아이들을 보니 네 생각이 많이 났다. 창용이도 보고 싶고.

창용이는 서울에 사는데 곧 제주도로 내려온다고 하는 것 같더라.

나는 작년부터 우리 바당과 함께 하고 있다.

은퇴한 삶이 아니라 내가 무엇인가를 정말로 하고 싶은 마음으로 그렇게 바당과 함께 있다. 아마도 시간이 허락하는 날까지 바당에 있을 것이다. 누가 인정하든 하지 않든 바당을 위해 내가 해야만 하는 일을, 할 수 있는 일을 하나씩 하나씩 해 나가고자 한다.

어린 시절 우리에게는 전부였던 바당, 그 바당이 지금은 죽어가고 있다.

바당 바로 옆이었던 너의 집 앞으로 난 해안도로가 남원까지 이어져서 우리의 봉안이 바당이 사라져 버린 느낌이다. 세상은 편리해져 가고 우리 삶과 추억과는 전혀 상관없는 선글라스를 낀 차량들이 멋을 부리며 우리들의 집 앞을 왔다 갔다 하고 있다. 하지만 그 도로 아래로는 바당이 죽어가고 있다. 느네 어멍(너희 어머니), 우리 어멍(우리 어머니) 고치(같이) 다니던 그 길의 자취와 정서가 사라진 지 오래고 우리의 찬란한 추억도 아스팔트에 영원히 묻혀버리고 말았다. 해안도로가 우리의 문화와 정서 그리고 바당에는 해악도로가 된 것이다.

애삐리바당은 봉안이보다 더 심하게 죽어베신거 알아(죽어 있는 것 알아)?

죽어가는 바당을 위해 뭐라도 해야 한다는 의무감과 절박감이 강하게 일어났다. 우리가 어린 시절을 보냈던 그 바당이 다시 살아나는 것은 어쩌면 그것은 우리의 우정을 다시 살리는 것이고 구덕을 지고 다니던 어머니들의 졸음(뒤)을 따르던 그 자취를 함께 하는 것일지도 모른다.

또 다른 세상에서 보낸 그 지나간 30여 년의 시간을 스스로 상쇄하려는 것 같기도 하지만 우리의 우정을 위해 바당에게 무엇인가를 할 수 있어서 기쁘다. 그리고 해녀의 주름진 태왁을 끌어 올려줄 때는 어머니, 누님들에게 내 어깨를 빌려드리는 것 같아 보람되고 즐겁기도 하다.

친구도 여기 있다면 나와 같은 마음일 거라고 생각해. 일 끝내고 다시 주부(튜브) 타고 헤엄치면서 먼 바당으로 괴기 낚으러 가지 않을까?

바당이 살아나면 자연 액자 속의 아이들이 뛰쳐나와 우리가 놀았던 것처럼 축항에서 맨드글락하게 신나는 여름을 보내지 않을까?

친구여! 우리 함께 꿈꾸어 봄세.

그러면 자연의 아이들을 바라보며 빙새기 웃는 친구의 선한 미소도 저 바당과 함께 하리라.

언젠가 그렇게 너를 다시 만나고 싶다.

2022년 4월 어느 봄날 한가운데서
일만이가 민찬에게

이마고 대 마고

이마고

제주의 글을 쓰면서 한 통의 전화를 받았다.

"안녕하세요! 고두심입니다."

그리고 이어진 선생님의 첫마디는 "고맙습니다." 였다.

"이렇게 제주의 이야기를 꺼내 주셔서, 제주 이야기를 솔직하게 해 주셔서 너무나 고맙고 감사합니다."

핸드폰에서 들리는 선생님의 음성은 참으로 정직하고 맑았다.

어머니의 루이비통

처음 통화를 하지만 그분의 진정성이 느껴졌다.

"어떻게 내가 하고픈 이야기를 이렇게 똑같이 할 수가 있느냐." 하며 자신도 해녀에 관한 영화를 찍는 한 달 동안 제주에 머무르며 원 없이 제주어를 할 수 있어서 너무나 행복했다고 하셨다.

고두심 선생님은 고향을 떠나 계셔서인지 제주에 대해 더 애틋한 것 같았다. 아니, 제주를 사랑하는 마음이 크다 보니 변해가는 제주의 모습, 앞만 보고 달리는 지금의 파헤쳐진 모습에 안타까움과 속상한 감정을 느끼는 것이 나와 다르지 않다는 것을 느꼈다. 그러시면서 제주에서 할 수 있는 것들을 조금씩 했으면 한다는 응원의 말씀을 전해 주셨다.

글을 읽고 나서 전화를 주셨지만 의례적인 인사를 나누는 것이 아니라, 제주를 걱정하고 사랑하는 마음으로 통화가 꽤 길어졌다. 전화를 끊고 나서 참 보람 있다는 감정과 함께 막연히 다가오는 책임감도 있었다. 이러한 것이 글을 쓰는 작가의 책임감, 뭐 그런 것이 아닌가 하는 생각이 들었다.

제주의 정서와 흔적을 찾아 이곳저곳을 다니다 보니 제주에는 생각한 것보다 더 많은 독립서점들이 있다는 것을 알게 되었다. 우연히 몇 곳을 방문할 기회도 있었고 독립서점 대표들과 이야기를 할 기회도 있었다.

그중 몇몇 분들에게서는 제주를 여느 관광지처럼 자신들의 취향과 이익에 맞게 잘 활용하는 듯한 느낌을 받았다. 자본으로 제주를 파헤쳐 자신들의 모습으로 바꾸어 놓았으면서 마치 그들이 제주에 지식과 문화를 독점적으로 제공한다는 듯이 자신들만의 시각으로 제주를 바라보고 있었다. 무언가가 부족한 느낌이었다.

문화는 그 지역의 정서이고 상징이다. 시간과 자본이, 더군다나 문화 사업이 제주의 정서를 떠나 이익만을 추구해 버리면 굳이 제주에 와서 할 필요가 있을까? 제주의 정서와 문화를 과하지 않게 있는 그대로 보는 일이 그 문화 사업의 시작이 아닐까 하는 생각이 든다.

우연히 지인을 통해 나의 이야기를 들은 이마고 대표가 연락을 주었는데 내가 어디를 다녀오느라고 시간이 조금 지난 후에야 그분을 뵐 수 있었다. 표선면 세화리에 있는 북살롱 이마고 대표님이셨다.

이마고에 들어서니 제주의 동네 책방들과는 완전히 다른 느낌이 들었다. 일종의 시원하고 세련된 문화 공간으로 들어가는 느낌이었다. 이마고 대표님의 첫마디는 고두심 선생님과 다르지 않았다.

"고맙습니다! 제주의 정서와 흔적에 관심을 갖고 기록해 주셔서."

북살롱 이마고는 진짜 같다. 이곳은 정말로 동네 서점이었다. 세화리, 웃뜨르, 웃동네(우리는 해안가에서 위로 올라간 동네를 부를 때 웃뜨르, 웃동네라고 한다.) 등 그 마을 속으로 들어오기 위해 정말 애를 쓰신 흔적들을 책들과 대표의 말 곳곳에서 느낄 수 있었다.

어쩌면 이곳은 지금도 제주의 오지이다. 바닷가도 아니고, 관광지도 아니고, 더군다나 사람들의 왕래가 잦지 않은 곳이다. 그저 제주 시골 동네, 그것도 4·3의 공포와 피해를 안고 살아가는 그 동네에 문학, 문화 공간이 들어와 있었던 것이다.

이마고는 우리나라에서 잘나가는 출판사이다. 처음에 이곳에 터를 잡고 출판사를 하려고 하다가 동네에 필요한 인문학 공간을 함께하고 싶어서 북살롱 이마고를 열었다고 한다. 이마고 출판사에서 출판된 책들뿐만 아니라 대표의 selections로 이루어진 책들이 가득 전시되어 있는데 동네 책방을 찾는 마을 사람들과 관광객들이 함께하고 있다.

북살롱 이마고의 뿌리는 "서울말을 하는 제주" 같다. 관광지 제주를 사랑하는 것이 아니라 제주의 터, 환경, 정서 그리고 그 속의 사람들과 함께한다.

이마고에서 자체적으로 만든 서적들이 압권이었다. 제주의 마을에 들어가 그 마을과 사람을 기록으로 남겨 놓았다. "제주 마을의 기억과 풍경"은 표선면 내 6개의 마을의 흔적과 자취, 삶의 기록을 12명의 사람들(대부분 지원자)과 함께 2019년 한 해 동안, 현재의 느낌을 고스란히 남기기 위해 일회용 카메라로 사진을 찍어 기록으로 남겨둔 것이다.

이것은 우리 마을이다.

"나의 이야기 송인생"은 마을 어르신 다섯 분에 대하여 그분들의 인생 이야기를 전기 형식으로 풀어 놓은 것이다. 마을 사람의 평범한 이야기를 누가, 어느 출판사가 전기로 출판할 수가 있겠는가? 그것도 제주어가 원어이신 어르신들의 이야기를 남기려고 통역까지 써가면서 말이다.

사실 모든 사람들에게는 그들만의 이야기가 있다. 누가 펼쳐주지 않아서 그렇지 위인전 못지않은, 소설보다도 더 소설 같은 자신만의 삶의 이야기가 축적되어 있다. 그 이야기를 끄집어낸다는 것은 그분의 삶 자체를 존중하고 인정한다는 것이다.

이것은 우리의 어머니, 아버지 이야기이다.

개인의 이야기가 마을의 이야기이며, 그리고 그것이 제주의 이야기가 된다. 역사와 기록은 주류에 의해서 이루어지는 것만은 아니다. 일반인들이 쓰는 이야기가 진짜일 것이라는 생각이 들었다. 더군다나 그 주류는 편리하다고 하면서 개인과 마을 사람들이 입었던 옷을 다 벗기고 인공합성의 새로운 옷을 입으라고만 하고, 마치 강요하듯이 그 유행을 만들어 간다. 새 옷은 불편하고 입으면 두드러기가 나는데 말이다.

북살롱 이마고는 청소년을 위한 인문학당이며 동네 어르신들을 위한 놀이터이기도 하다. 그리고 올해 처음으로 서귀포시의 9개 동네 책방 연대를 통하여 글자 그대로 동네 책방이 되기 위한 노력과 함께 제주에 맞는 옷이 무엇일까를 진지하게 고민하기 시작했다.

이야기가 끝날 즈음에 나에 대한 그들의 고마움이 그들에 대한 나의 고마움으로 뒤바뀌어 버렸다. 그들에 대한 나의 고마움은 커져만 갔다. 북살롱 이마고는 내게 놀라움, 고마움, 그리고 세련됨이었다.

제주에서 문화 행사를 하고 싶거나, 제주를 다니시다 잠깐 머리를 식히고 싶거나, 마음에 채우지 못한 것이 있다면, 그냥 시간을 내서 여기에 잠깐 머물러 있으면 내가 느꼈던 놀라움, 고마움, 그리고 세련됨을 또 다른 버전이지만 느끼시지 않을까 하는 생각이 들었다.

열린 창문 사이로 들어오는 제주 자연의 바람은 덤이다.

어머니의 루이비통

책방 마고,

"한번 제주를 그냥 걸어 봐
구좌 당근 밭에서 당근도 캐보고
그리고 바당에서 쓰레기도 주워보고, 그러면 그것이 힐링이 된다.
이러한 것들이 지금 제주를 느끼고 사랑하는 방법이다."
제주시 구좌읍 세화에 있는 마고 책방지기의 말이다.

비가 오려는 오후,
책방 마고에 들어선 순간 우리 동네 할머니 집에 온 느낌이었다.
뒤돌아 간 마당으로 70년이 넘은 폭낭에, 옆으로는 우연내(텃밭)가,
그리고 낮은 지붕에, 안으로 들어서면 책방지기가 읽고 선택한 일반
서적 반, 독립서적 반 그리고 예술서적 반이 우리 할머니가 감저(고구
마)를 쪄내 내논 느낌이다. 그리고 누군가는 그 공간에서 맛있게 책
을 읽고 있다.

책방 마고가 제주 정서 한가운데 앉아 있다,
그 속에 책방지기는 제주 자연과 정서가 더럽혀지는 것을 방지하
기 위해 그녀만의 방법으로 Poket in Manner*를 만들어 제주를 찾
는 이들에게 직접 소통하고 있다.
제주가 무엇인지 그리고 제주를 어떻게 사용해야 하는지, 그리고
제주를 어떻게 다음 세대에 넘겨야 하는지를 조용히 자신만의 방법
으로 행하고 있다.

혼자든 혹은 연인, 친구와 함께든 책방 마고에 뒤로 들어선 순간 폭낭(팽나무) 가지 사이 바람에 앉아 있으면 찐 제주가 다가와 있고, 안으로 들어가 맛있는 감저를 고르고 맛보면 자신도 모르는 사이 여행의 습습한 즐거움이 가슴을 채우게 될 것이다. 그리고 그 적당히 배부른 여운이 오래도록 남아 있지 않을까 하는 생각이 든다.

육지 사람이 이제는 찐 제주 사람이 된 좋은 책방이다.

....

* Pocket in Manner는 자연과 환경을 위하는 담배꽁초 지갑이다. (당연하게 버리지 말자는)

어머니의 루이비통

먼지 난 고무신 대 다 닳아진 고무신

"여기서 뭐 햄수꽈 누님(여기서 뭐 하고 계세요 누님)!"

"뭐 허긴 뭐 허느냐게 바당지켬져게(무엇하느냐고? 바다 지키고 있다)."

"삼춘도 고치 바당 지켬수꽈(삼촌도 같이 바다 지키고 있나요)?"

"아이고 무사 난 삼춘이고 젠 누님이라게, 나도 누님이랜 불러 게 (아이고 왜 나는 삼촌이고, 저쪽은 누님이라고 하나? 나도 누님이라고 불러줘)."

"경해도 되쿠과(그래도 되겠습니까)?"

"안 될거 뭐 이서게(안 될 것이 뭐 있냐)?"

"게민 누님 올해 몇 살 이꽈?"

"칠십 팔."

"마, 이거 떡 먹으라(자, 이 떡 먹어라)."

"이거 먹어도 되쿠과(이것 먹어도 될까요)?"

"누님이랜 부르는디 이것도 못 줘. 마 이거 다 먹으라(누님이라고 부르는데 이것도 못 주나, 자 이것 전부 먹지)."

떡을 건네는 해녀의 손마디가 남자인 나보다 거칠지만 그녀의 눈은 참으로 정겹고 인정스럽다. 사실 바다환경지킴이 활동을 하면서 해녀들의 소라가 가득 찬 태왁을 날라주고 어촌 계장에게 연락도 해주면서 해녀들과 얼굴을 터 조금은 친해진 상태였다.

어떤 해녀는 작업을 하다가 나를 향해 잡은 전복을 캐오리면서(던지면서) 마 이거 먹으라고 한다. 참 정겹고 고마우신 분들이다.

한여름 천막을 치고 해녀 두 분씩 조를 짜서 바당을 지키고 있었다.

사실 물질을 잠깐 쉴 시기이지만 해녀들은 쉬지 못하고 관광객들이 양식장의 소라를 잡아갈까 봐 바당을 감시하고 있는 것이었다.

해안도로가 생긴 이후 매해 여름 이맘때 해녀에게 부과된 새로운 일상이 되었다.

그중 해녀 한 분은 아침에 참깨밭에서 일하고 바당에 지킬 시간이 다 되어 점심도 못 먹은 채 싸 온 떡을 먹으며 천막 밑에서 바당을 바라보고 있었다.

그 해녀의 먼지 덮인 고무신이 눈에 들어왔다.

밭에서 일하던 그대로 달려오느라 먼지가 낀 신발을 채 갈아 신지도 못하고 바당으로 나왔는데, 이 분은 30대 중반에 남편을 여읜 후 지금까지 혼자서 물질하며 세 자녀를 키우고 공부를 시키신 분이다.

어머니의 루이비통

사실 고무신은 남, 녀 구분이 있다. 자세히 보니 이 해녀가 신고 있는 것은 남자 고무신이었다. 남녀 구분이 없는 것인지는 모르겠지만 자신의 삶이 그랬던 것처럼 여전히 세상의 부양과 책임을 신은 느낌이었다.

　고무신은 참으로 편하다. 비 오는 날 민지글락(미끄러운)한 것 빼고는 발 촉감이 좋고 여름에 양말을 신지 않은 채 신기에는 고무신만큼 편한 신발도 없다. 사실 옛날에는 고무신밖에 없었다. 그래서 더 편하게 느껴지는 것이다.

　그 고무신이 거기에 있다.

　반갑기도 했지만 한편으로 먼지가 잔뜩 긴 고무신이 애잔하게 보였다. 밭에서 일하다가 쉴 틈도 없이 그냥 다시 바당으로 나왔다니…

　옛날에는 척박한 자연환경에 자신을 낮추고 맞추며 적응하면서 살아야 했던 해녀들이 이제는 관광을 위해 만들어 놓은 해안도로(올레길)가 자신들의 공간을 빼앗고, 그녀들의 인생이 발가벗겨지고, 자신들의 시간을 빼앗아 가는 것에 순응해야 하는 것이었다.

　그 고무신들이 서글프게 느껴진다.

　해녀들은 "저노무 해안도로는 뭐허래 만들어 낭 이추룩 뙤악볕에 나왕 바당 지켜사해여(저놈, 해안도로 무엇 하려고 만들어 놓아서 이렇게 뜨거운 햇빛아래 나와서 바다를 지켜야 하는지)?" 한다.

　세상에 태어나서 하고 싶은 삶을 사는 것보다 해야만 하는 삶을 살아가야 하는 해녀들의 인생이 애잔해 보이지만 그 투박한 손과 먼지 낀 고무신에서 나오는 그들의 정이 내게는 여전히 따스하기만 하다.

　바다환경지킴이 활동을 하면서 만난 수용형, 광효와 쉴 때면 한치 이야기를 많이 했다. 옛날 우리 동네에는 여름이 되면 갈치 배가 있기는 했지만 한치 배는 거의 없었다. 그래서 한치를 자주 본 적이 없었는데 지금 일하는 근방에 한치 배가 있다고 해서 토요일 이른 아침, 한치를 사러 월정포구로 가보았다. 한치와 고등어가 만선이었다.

한치를 사면 꼭 바닷물에서 정리해야 싱싱하다며 가위를 가지고 가라고 했지만 잊어버렸다. 포구로 나가 주위 가족들과 나누려고 한치 20kg를 샀다. 마트나 시중보다는 많이 샀다. 마트에서는 1kg에 3만원인데 배에서는 2만원이다. 그것도 엄청 싱싱한 것들로 말이다.

내 뒤에서 한치를 산 할망이

"무사 경 하영 사매(왜 그렇게 많이 샀니)?"

"그냥 아들 부부네도 좋아 허곡 집에 아방 어멍도 좀 갔다 주젠 마씨(아들 부부네도 좋아하고, 집에 아버지 어머니도 좀 갔다 드리려고요)."

"한치회 행 먹젠 사수꽈(한치회 먹으려고 샀나요)?"

"없다 게, 오늘 아방 제사난 제사상에 올리젠 햄쪄(아니다, 오늘 남편 제사라서 제사상에 올리려고)."

"아, 기꽈(그래요)?"

"양 근데 이거 어디강 정리 햄수꽈(저, 근데 이거 어디서 정리하나요)?"

"나 또라 오라(나 따라 오라)."

"경헌디 가위 안자정 와부난 칼이나 가위 있걸랑 빌려줍서(그런데, 가위 안 갖고 와서, 칼 혹은 가위 빌려 주세요)."

"경허라 나 집에강 가정 오크매(그렇게 하자, 집에 가서 갖고 올게)."

그 삼춘을 따라 가서 조그띠(옆에) 앉으니, 한치 정리하는 것을 시범으로 보여 준다. 간단하게 보이는데 난 서툴러서 잘되지 않았다. 사람들이 더 많이 몰려 온다. 그 삼춘은 2kg를 사고 후다닥 정리하고 가면서

"야 정리해낭 그 칼, 집 앞 무뚱에(앞에) 노앙 내불라이. 나 먼저 감져 이(야! 정리하고 나서 그 칼, 집 앞에 놓아서 나두어라. 나 먼저 간다)."

"예 알아수다. 경허쿠다(예, 알겠습니다. 그렇게 하겠습니다)."

그리고 한 시간 동안 한치와 사투를 벌였다. 운동화를 신은 채 바당으로 들어가 정리를 했지만 진도가 나지 않는다. 그때 정리를 마친 다른 삼춘이 "마 이거 맨 장갑 꼉 허라." 하시며 자기가 썼던 면장갑을 벗어 주었다. 면장갑을 끼니 한치 껍질이 금방 잘 벗겨진다. 너무 쉽게 작업이 되었다.

한치 정리를 마치고 그 삼춘집으로 가서 칼을 놔두고 나오는데 수돗가에 벗어서 뒤집어 놓은 고무신 한 짝이 눈에 들어왔다. 고무신 바닥이 다 닳아 있었다.

'아직도 저 고무신을 신고 머리에 짐을 이고 다니시나?'

고무신이 편하기는 하지만 무엇을 들거나, 오래 걸으면 체중과 충격이 발과 무릎으로 이어져 발바닥이 아플 것이다.

나는 오랫동안 러닝을 해 봐서 운동화의 기능을 잘 알고 있다. 가급적 가장 좋은 러닝화를 신고 뛰어도 지구를 한 바퀴 이상이나 달려 지금은 무릎이 조금 아프다. 하물며 그 삼춘은 그렇게 닳아빠진 고무신을 신고 다니면 얼마나 아플까하는 생각이 들었다. 어머니도 그랬지만 해녀 삼춘들과 할망들은 고무신이나 고무 슬리퍼가 그들이 신은 신의 전부였다.

그렇게 밭에서 노동하고 물질을 하니 다리가 안 아플 수가 없다. 나는 하고 싶은 운동을 하면서 가장 기능이 좋은 운동화를 신는데 그들은 해야만 하는 일을 하면서 언제나 그래 왔듯이 시간이 가도 그냥 고무신을 신은 채 노동을 하고 일상을 함께 하는 것이다.

그들은 자녀들을 부양하고 삶을 유지하기 위해 신어야 했던 고무신을 지금도 벗지 못하고 있다. 삶이 나아져 생활이 변하고 여성용 고무신이 따로 나오지 않게 되자 그저 투박한 남성용(?) 고무신으로 갈아 신고 생활을 이어간다.

물론 그들의 삶을 인정하고 존경하는 마음만은 그때나 지금도 별 차이가 없다.

1999년, 엘리자베스 영국 여왕 부부가 한국을 공식 방문했을 때의 일이다. 나는 그때 서울에서 호텔 마케팅 일을 하며 미 상공회의소(Amcham) 활동을 하여 외국인들과 두루두루 잘 지내는 편이었다. 당시 내가 일하는 호텔의 국제 행사 때문에 열 군데의 대사관을 방문해서 일을 처리하고 있었다.

영국대사관을 방문했을 때 당시 무관이 일이 끝나자 무심하게 여왕 부부가 한국을 공식방문할 예정이라는 것을 알려 주었다. 혹시 지방이나 다른 곳을 방문할 예정이 있는지 물어보자 아마도 그럴 것이라고 했다.

그래서 제주를 방문하는 것은 어떠냐고 제안을 했다. 제주는 관광지인데 굳이 갈 이유가 있냐고 해서 나는 우리 어머니가 해녀인데 60대 후반 여왕님이 70대 중반의 비슷한 세대이기도 하고, 국적과 인종이 다른 같은 세대의 여성들이 해녀 불턱에 앉아 서로의 삶에 귀를 기울이고 눈으로 서로의 얼굴에 있는 주름을 보고 공감하는 것은 정말로 좋은 경험이자 전 세계에 좋은 그림이 될 것같다고 이야기했다. 대사관 측에서는 정말 좋은 아이디어라고 하며 버킹검궁전으로 공식적으로 제안해보겠다며 상무관과 미팅, 자료 전달 그리고 몇 번의 이메일을 교환하며 여왕님 부부의 제주방문을 위해 노력했다. 또한 심지어 내가 영국 버컹검으로 가서 프레젠테이션을 하고 싶다고 했지만 끝내 성사되지는 못한 채 안동으로 결정이 났다. 사실은 여왕 부부의 지방 일정이 거의 안동으로 결정될 즈음 내가 제주도 방문을 제안해서 행사 일정을 바꾸기에는 무리가 있어 제주방문이 어렵겠다는 아쉬운 이메일이 온 것이다.

사실 여왕의 한국 방문을 통해 여성으로서 우아한 최고의 삶을 살고 있는 여왕과 그저 살아가야만 하는 삶을 사시는 분들의 만남을 통해 짧으나마 서로의 삶을 이해하고 공감하고 존중하는 그런 시간을 어머니와 주위 삼춘들에게 주고 싶었다. 그저 해야만 하는 삶 또한 보람되고 자랑스러운 삶일 수 있다는 것을 제주를 방문한 여왕 부부에게 이야기하고 싶었던 것이다. 물론 그분들 스스로 해녀들을 존중하고 존경했을 것이다.

이래저래 여왕 부부의 제주방문 일정이 성사가 안 된 것은 내가 일했던 것 중에서 가장 아쉬움이 많이 남는 부분이다. 그 당시는 올레길(해안도로)이 없어서 그분들이 제주를 방문하고 제주의 자연과 정서에 대해 언급했다면 지금처럼 제주가 많이 파헤쳐지지 않았을지도 모르겠다는 생각이 들기도 한다. 사실 엘리자베스 여왕은 자신들의 왕실 땅에 풀 한포기, 돌멩이 하나도 있는 그대로 소중하게 여겨 어떠한 인위적인 개발도 하지 않았다고 한다.

제주가 파헤쳐지고 해안도로가 생긴 것은 주변에 살고 있는 주민과 해녀들을 위한 것이 아니라 관광객을 위한 것이 되어버렸고 해녀들의 공간 또한 카페, 식당, 그리고 렌터카 회사를 위한 것으로 바뀌면서 해녀들의 영토는 점점 사라져가고 있다.

그 해안도로, 올레길을 해녀들은 하고 싶은 일이 아니라 해야만 하는 일을 하기 위해 여전히 고무신을 신고 가로지르고 있다.

먼지 낀 고무신, 바닥이 다 닳아빠진 고무신이지만 한평생 자연과 환경에 적응해 온 당신들의 삶은 누구보다도 위대하고 찬란한 삶의 여정이라 말해주고 싶다.

그리고 여왕보다 온화하고 우아한 미소는 아닐지 모르지만 투박하지만 해맑은 미소는 세상에서 가장 정겹고 따스한 언어라는 것을 알려주고 싶다.

세상은 이제 더 이상 그들에게 적응해야만 하는 삶과 그에 대한 책임을 주지 않았으면 좋겠다.

제주에서 길을 오가다 해녀들을 만나면 핸드폰을 들이대며 사진부터 찍기보다 그들에게 따뜻한 말 한마디, 커피 한 잔을 건넬 수 있으면 좋을 것 같다. 세상에서 가장 권위 있는 사람이 건네는 인정과 존중으로 여기며 그들에게는 큰 위안을 줄 것이다.

그리고 그들의 투박한 손에서는 정겨움을, 눈에서는 따뜻한 인정을 되돌려 받게 될 것이다.

"고생햄수다."

"뭐 하영 잡아수꽈?"

"커피 혼잔 허쿠가?"

그게 서로 사는 것이다.

고무신을 신은 제주 어머니들의 이야기가 진짜 제주 이야기이다.

어머니의 루이비통

갈치 호박국

갓 잡은 갈치는 은빛으로 아름답다. 특히 제주산 갈치는 그렇다. 그래서 사람들은 은갈치라고 부르기도 한다. 제주산 갈치는 채낚이 방식이나 주낙으로 하나하나 낚시로 갈치를 잡기 때문에 은비늘이 하나도 다치지 않고 그대로 보존되어 유자망 그물로 잡는 먹갈치하고는 외관에서 조금 차이가 난다.

제주에서 갈치는 보통 7월부터 10월까지 많이 잡았다. 갈치의 반짝거리는 은빛은 구아닌 성분인데, 이 구아닌 성분의 비늘이 선도 저하를 막아준다.

그래서 그만큼 상품성이 좋고 가격도 먹갈치보다 비싸게 거래되는 요인이 된다. 은갈치는 식감이 부드럽고 담백한 맛이며 먹갈치는 수심이 깊은 곳에서 자라기 때문에 식감이 단단하고 생선살도 고소한 편이다. 영양 성분은 은갈치나 먹갈치나 별 차이는 없다.

이 구아닌을 실온에 방치하면 금방 상하기 때문에 소화 흡수가 잘 안 되고 배탈, 식중독을 유발한다. 그래서 모든 생선이 그렇지만 갈치는 특히 곧바로 잡은 상태여야만 회로 먹을 수가 있다. 옛날에는 배 위에서 뱃사람들만 먹는 특권이었는데 이제는 운송 및 보관 방법이 뛰어나서 갈치회도 쉽게 접할 수가 있다.

어릴 적 바당에서 갈치 낚을 때가 되면 동네 삼춘들이나 형들이 갈치 낚아준다며 내가 낚은 코생이, 어랭이, 풍언 등을 빌려 가 갈치 닉껍(미끼)으로 사용했다. 지금은 갈치를 낚기 위해 닉껍으로 멜(멸치), 꽁치, 곤쟁이(작은 새우) 등을 사용하지만 우리 어릴 적에는 우리가 낚은 것들이 그들의 주된 미끼였다.

갈치는 눈에 보이는 것은 닥치는 대로 잡아먹는 잡식성인데 심지어 동족들도 잡아먹는다. 그리고 육식성 어류답게 송곳니가 발달해 있다.

어릴 적 여름에 낚시가 끝나갈 즈음, 늦은 오후에 동네 형들과 삼춘들은 갈치 낚으러 배를 타고 갔다. 갈치 낚시는 그 당시 보재기(어부)들만 하는 것이 아니었다. 동네에서 낚시를 취미로 하는 사람, 그리고 반찬을 만들기 위해 일반 동네 사람들도 여름철이 되면 배에 올라타곤 하였다. 여름이 되면 한시적인 보재기들이 됐다.

어머니의 루이비통

보통 30분에서 1시간 정도 먼 바당으로 이동을 한 후 닻을 놓고 불을 켜면 갈치 낚시가 시작된다. 집어등을 켜면 작은 생선들이 배 주위 불빛으로 몰려든다. 그러면 잠시 후 그 작은 먹이를 먹기 위해 갈치들이 모여든다.

갈치는 수직으로 몸을 세우고 유영하다가 멜(멸치)이나 꽁치 등 먹잇감이 나타나면 순간적으로 속도를 올려 사냥을 한다. 갈치는 밤새 낚기 때문에 꼴딱 밤을 새워야 한다. 특히 인간들에게 졸음이 가장 밀어닥치는 2~3시경 왕성하게 먹이 활동을 한다.

권홍이 삼춘은 정식 보재기가 아니어서 여름만 되면 갈치 배에 올라타는 것을 좋아했다. 문제는 삼춘이 너무나 술을 좋아한다는 것이었다. 초저녁에 갈치를 낚다 갈치가 올라오면 그 자리에서 갈치 회를 뜨고 술과 함께 먹었다. 그러다 보면 낚시는 온데간데없고 술 먹고 배의 한 구석에서 자는 것을 더 즐겼다고 한다.

그럴 만도 할 것이다. 보재기가 직업도 아니라 낚시에 대한 부담감도 없고 그 한여름 밤 시원한 바람과 함께 이것만큼 좋은 신선놀음이 어디에 있겠는가? 그야말로 풍류를 아는 한량이었다.

배에서 자고 일어나면 조금의 후회가 있는지 알 수 없지만 어느 순간부터는 이 삼춘이 갈치 배를 타려면 꺼리는 배들이 나타나기 시작했다. 그래도 권홍이 삼춘은 꿋꿋하게 여름이면 갈치 배에 올랐다. 동네니까 서로 이해하고 넘어가는 것이었다.

그리고 아침이면 함께 배를 탔던 사람들로부터 낚은 갈치를 얻어 집으로 돌아갔다. 정확히 말하면 모두들 낚은 갈치를 조금씩 권홍이 삼춘에게 준 것이다. 밤새 갈치를 잡으면 보재기가 아니더라도 보통

5~6상자(한 상자에 보통 20~30미)를 잡곤 하였는데 많이 잡는 날에는 9~10상자도 거뜬하였다.

한번은 권홍이 삼춘 아주망이 어머니에게 갈치 몇 마리를 주었다고 한다. 그 삼촌은 아주망과 싸웠는지 어느 날은 술을 안 먹고 갈치를 잔뜩 낚아 와서 아주망이 동네에 전부 태워 주었다(나누어 주었다). 권홍이 삼춘 아주망이 자기 신랑 술 안 먹엉(먹어서) 괴기 하영 낚아 오난(고기 많이 낚아서) 자랑하고 싶어서 그랬는지는 알 수 없다. 권홍이 삼춘은 그 후로도 갈치 낚으렁 강(낚으러 가서) 술 먹고 안 먹고를 반복했다고 한다.

갈치는 보통 500~600g이 가장 맛이 있다고 한다. 물론 큰 것은 1.5~2kg으로 무게가 많이 나가기도 하지만 너무 크면 살이 조금 퍽퍽해진다. 10kg 한 상자에 18~20미가 들어 있는 것이 좋다고 한다. 물론 그래도 작은 것보다 큰 것을 선호하는 사람들도 많다.

옛날에는 갈치를 여름에서 가을로 넘어가는 시기 2~3달만 잡았기 때문에 대부분 갈치들이 평균 이상으로 훌겄다(굵었다). 그런데 십 년 전부터는 사시사철 집어등을 켜고 갈치를 잡기 때문에 요즈음은 갈치가 클 사이가 없어 옛날만큼 그리 훌은(굵은) 편은 아니고 보통 이하 것이 많다고 한다.

그리고 보통 갈치는 제주 연안에서 30분~1시간 이상 배를 타고 먼 바당으로 가서 잡는데 옛날에는 고삐(해안에서 가까운 곳)에도 갈치 어장이 형성되어서 많이 잡곤 했다. 하지만 지금은 거의 없다. 갈치를 하도 잡아서.

어머니 말로는 아버지는 갈치 낚시를 별로 좋아하지 않았다고 한다. 아버지가 갈치 낚시를 다녀 본 것은 평생 2~3번 정도로 손에 꼽는다고 하셨다. 또 아버지는 천성적으로 술을 못하셨다.

체질적으로 밤을 못 새우나? 어릴 적 나도 갈치 낚으러 가고 싶었는데 동네 삼춘들이 끼워 준 적이 없었다. 게다가 나는 밤에는 자야 했다. 그래야 낮에 더 놀고 고기를 낚을 수 있었다. 낮에는 하루 종일 바당에서 수영하고, 괴기 낚으면서 놀아서 밤이 되면 그냥 자빠져서 잤다.

어머니가 자주 했던 말이 있다.

"밤에 어디 돌아 뎅기젠 햄시니게? 좀이나 자사주게 놀음허는 놈이나 밤에 돌아뎅기주게(밤에 어디 돌아다니려고 하느냐? 잠이나 자야 한다. 도박하는 사람이나 밤에 돌아다닌다)."

심지어 어머니는 겨울밤에 바당에 낙지 잡으러 다니지도 못하게 하셨다. 아마도 내가 야행성이 안 된 이유는 어머니 영향이 컸을 것이다. 그래도 여름에서 가을로 넘어가는 시기에는 집에 갈치가 있었다. 동네 사람들이 낚시 갔다 오면서 나누어 준 것이다.

아침, 저녁으로 선선해져 가면, 그리고 돌트멍(돌담 사이)에 호박이 익어가는 시기가 되면 당시 사람들은 갈치 호박국을 즐겨 먹었다. 어머니, 아버지도 갈치 호박국을 무척 좋아하셨다.

나는 늘랜내(비린내)가 나고 하얀빛의 은색 조각들이 둥둥 떠다녀서 어린 시절에는 거의 먹지 않았다. 어쩌다가 호박만 건져 먹거나 국물에 밥을 먹곤 하였다. 갈치구이는 그래도 먹었다. 구운 갈치를 손으로 들고 입으로 속속 살을 바르고 퉤퉤 하면서. 그러다 보면 나중에는 청빗 모양의 뼈대가 손에 들려 있었다.

갈치 호박국은 제주 사람들에게는 제철 음식이다. 갈치는 8~9월이 넘어가면 더 살지고 알이 가득 차서 통통해지며 기름기가 더 오른다. 그리고 우연내(텃밭)에는 호박이 익어간다.

갈치 호박국은 호박과 갈치를 듬성듬성 크게 썰어 노물(배추)과 고추 그리고 마늘을 넣고 소금으로 간해 끓이면 그게 전부다. 갈치의 담백한 맛과 호박의 단맛과 배추, 고추 맛이 어우러져 단맛이 나고 시원하기까지 하다. 입속에서 뼈를 발라 먹고 퉤퉤 하는 것이 옆 사람에게 조금 그렇기는 하지만, 가족들 간에는 문제 될 게 없었다.

내가 이 갈치 호박국을 제대로 맛있게 먹은 것은 서울에서였다. 강남에서 일할 때였다. 나를 접대하는 자리는 아니었지만 고향이 제주도라고 하니 물항식당으로 가자고 하였다. 그 당시 강남에서 한창 소문난 식당이었다. 처음에는 고등어회를 먹다가 주인이 갈칫국을 한번 먹어 보라고 해서 먹게 되었는데 환장할 맛이었다.

"제주 사람이 어떵 이걸 몰람신고게(제주 사람이 어떻게 이 맛을 모르는가)?" 주인이 한마디 한다.

항상 양복을 입고 버터 바른 음식을 먹고 돌아다니던 시기라 토속 음식을 먹을 기회가 적었던 시기였다. 갈치 호박국은 맛을 떠나 음식에 대한 나의 편견을 없애준 음식이었다. 당시는 외국 사람들을 많이 만나고 미팅들도 많이 하다 보니 늘래난(비린내 나는) 음식을 먹어 냄새를 풍기면 없어 보일까 봐 스스로 절제하고 포크와 나이프를 집는 음식점에 많이 갔던 것이다. 물론 다른 생활도 그랬지만 내 스스로 제주 음식을 잊거나 멀리했던 것이다.

사실 아주 오랜만에 갈치 호박국을 먹어서 그런지 맛은 있었는데

어머니의 루이비통

그리 편한 사이는 아니다 보니 뼈를 바르는 것이 조심스러워 의식하면서 먹었다.

"맛있어요?"

같이 식사하던 분이 물어봤다. 나는 그저 익숙한 음식이듯이 "네." 했다. 그래서 사람들은 밥을 같이 먹으면서 친해지고 서로에게 마음이 전달되는 거로구나 하는 것을 갈치 호박국을 통해 제대로 경험하게 되었다.

같이 식사하는 상대방들의 갈치 뼈 바르는 소리가 오래된 친구같이 너무 익숙하게 그리고 자연스럽게 들렸다. 어느 순간 나도 뼈를 바르며 내는 조금 퉤퉤거리는 소리를 의식하지 않게 되었다. 상대방은 내게 제주 물항식당을 소개해주고 뿌듯한 느낌을 가질 수 있었을 테고 나는 그들에게 고마운 마음을 가지게 되어 음식이 사람을 연결해 주는 결과로 이어지게 되었다. 그 이후로 나는 가끔 그 식당을 찾았던 것 같다.

사실 비즈니스 자리에서는 음식을 제대로 즐기기가 쉽지는 않다. 내가 사든 상대가 사든 간에 그것은 비즈니스이기 때문이다. 하지만 한편으로는 음식이 사람들 간 이런 비즈니스적인 형식을 편한 상태로 만드는 매개체가 되기도 한다. 특히 남녀 사이는 더욱 그런 것 같다.

소개팅하고 처음 만나 사이에 아무리 제주 사람이라도 "우리 같이 갈치 호박국 먹으러 갈까요?" 할 수는 없을 것이다. 어느 정도 친해지고 허물이 없어져 상대의 생선 가시 바르는 모습이 아무렇지 않은 정도로 익숙해지면 그들도 갈치 호박국을 함께 먹을 수 있을 것이다.

그 이후로 제주 내려올 때면 가끔 갈치 호박국을 먹을 기회가 있었다. 물론 고향 집에서 어머니가 갈치 호박국에 매역채(미역무침)를 해주면 그 맛은 환상 이상이다.

어머니는 음식 솜씨가 그리 뛰어난 편은 아닌 것 같았다. 음식을 만드는 것에 시간을 투자하고 맛을 즐기며 살아오신 분이 아니다. 항상 바쁘게 일하고 지내다 보니 자식들을 굶기지만 않으면 다행이라는 마음으로 사셨다. 이런 마음을 알다 보니 우리들은 어려서부터 음식에 투정을 부리거나 맛있는 것을 먹고 싶다고 떼를 쓰거나 하는 경우가 거의 없었다. 그저 주면 무엇이든 잘 먹었다. 자리젓에 혹은 마농지시(대파 장아찌)에 밥만이라도 잘 먹었다. 이러한 것은 우리만 그런 것은 아니었다. 옆집, 알집(아랫집), 우녁집(윗집)도 전부 같았다.

그래서 제주 음식에는 국이 발달하지 않았나 하는 생각이 든다. 겨우내 돌아가면서 가장 많이 먹었던 음식이 노물국(배추 된장국), 놈삐국(무우 된장국), 콩국, 가끔은 돗궤기국(돼지고기국) 그리고 성계국, 매역국(미역국), 솔래기국(옥돔국), 우럭국, 보말국 등이었다. 바당에서 나는 모든 것을 국으로 먹었다. 국이 있으면 식구들과 함께 다 나누어 먹게 되고, 밥을 많이 먹게 된다. 노동하는 사람들에게 탄수화물은 필수다. 그 탄수화물 섭취를 돕는 것이 국이다. 그리고 반찬 하나면 된다. 그 반찬 하나는 대부분 마농지시이거나 자리젓이었다.

언제부터인가 어릴 적 먹었던 음식들이 그립고, 보면 반갑고, 그 음식들을 먹으면 환장하는 것 같다. 요즘 들어 음식의 맛을 알고, 먹는 즐거움이 커져서 더욱 그런 것 같다. 어머니가 해주는 갈치 호박국에 매역채(미역무침)나 톨채(톳무침)를 먹는 것이 오성급 호텔 레스토랑에서 포크, 나이프를 집고 먹는 음식들보다 맛있고 좋다.

어머니의 루이비통

올봄, 어머니가 전화로 갈치를 가져가서 먹으라고 하셨다.

"수협에서 두 상자 왕 다 짤랑 냉장고에 나두어 시난 가져강 먹으민 된다(수협에서 두 상자 보내와서 다 정리해서 냉장고에 보관하고 있으니 갖고 가서 먹으면 된다)."

"무사 어멍, 아방은 안 먹엄수과(왜 어머니, 아버지는 안드시나요)?"

"야야 저거 어떵 다 먹어지느니 경허고 짜르당 보난 내역으내 못 먹키여, 경허난 형네거영 느네 거영 따로 행 나누었저(야야 저거 어떻게 다 먹을 수 있니, 그리고 정리하다 보니 냄새에 싫증 나 다 못 먹는다. 그래서 형네 집이랑 너희 집이랑 따로 해서 놔두었다)."

"알아수다 경허민 호끔 가정 가쿠다(알겠습니다. 그러면 조금 갖고 가겠습니다)."

우리는 고향 집에 가면 어느 순간부터 집에서 밥을 잘 먹지 않는다. 어머니가 불편한 몸으로 밥을 해주시는 것이 그리 편하지 않기 때문이다.

이제 가을이 오고 호박도 익어갈 것이다. 어머니가 해주시는 갈치 호박국을 다시 먹어 볼 기회가 없을지 모르겠지만 그래도 어머니가 해주셨던 갈치 호박국과 매역채(미역무침)는 앞으로도 내가 가장 좋아하는, 그리워하는 음식이 될 것이다. 그리고 국을 뜨고 내 그릇에 갈치 한 토막을 더 얹으며 "하영 먹으라(많이 먹어라)." 하시는 어머니의 마음이 내게는 언제나 최고의 반찬으로 기억될 것이다.

기회가 되면 올해는 갈치 배를 타고 갈치를 낚아 갈치 호박국을 직접 한번 끓여 보아야겠다고 생각했는데 그렇게 하지 못했다.

어머니, 아버지를 포함한 가족들 모두 둘러앉아 갈치 호박국을 먹으며 서로 편하게 뼈를 바르며 퉤퉤 하는 소리를 내년에는 꼭 듣고 싶다. 더 늦기 전에.

이 갈치 호박국은 제철 음식이라 9~10월이 적기였지만 지금은 겨울에도 먹는 것이 가능해졌다. 연말에 아버지와 표선 어촌식당으로 갈칫국을 먹으러 갔다. 갈칫국이 나오기도 전에 호박전과 정갈한 제주 반찬인 갓냉(양배추 삶은 것), 생기리(무우 말랭이)에 젓가락이 갔다.

나는 호박전을 무척 좋아한다. 여기 호박전은 애피타이저이지만 디저트로 먹어도, 심지어 메인으로 먹어도 좋다. 나는 따뜻한 늙은 호박전을 먹을 때마다 세계 어디에 내놓아도 손색이 없는 최고의 음식이라는 생각이 든다. 이 식당 호박전은 나를 실망시킨 적이 없다.

호박전을 다 먹고 생기리 하나를 물고 나니 갈칫국이 나왔다. 국물 한술을 뜨니 "우아, 그래 이 맛이야!"라는 말이 절로 나왔다. 짜지도 않고 담백하면서도 시원한 갈칫국이 정말 일품이었다. 갈치 큰 거 한 토막을 꺼내 아버지에게 건네려고 하는데 아버지가 먼저 "야 하영 먹으라(야 많이 먹어라)." 하면서 한 토막을 내 국그릇에 담아 주셨다. "나 이거 어떵 다 먹어지느니(내가 이걸 어떻게 다 먹겠느냐)!" 하시면서.

옆에서 주인 아주망(아주머니)이 말하는 구수한 제주어는 밥을 먹는 내내 청정 조미료였다.

아버지는 갈칫국 국물 한 방울 남기지 않고 깨끗하게 비우셨다.

이날은 고향 마을에 따뜻한 첫눈이 내렸다.
그리고 아버지와의 정이 내 마음에도 소복소복하게 쌓여갔다.

어머니의 루이비통

상괭이의 눈물

　대학 시절 방학이면 아버지와 함께 배를 탔다. 바당에 그물을 놓고 고기를 잡았다. 가끔 쒜기들(제주남방큰돌고래)이 10마리씩 무리지어 튀어 오르며 우리 배 쪽으로 다가왔다. 그러면 아버지는 배 알로 배 알로(배 밑으로, 배밑으로) 쒜기들에게 이야기한다. 나도 그 쒜기들이 배에 부딪칠까 봐 걱정 반, 무서움 반으로 그들이 안전하게 지나가기를 바랐다.

신기하게도 쒜기들은 우리 배 근처에 와서는 전부 배 밑으로 유영을 하면서 지나간다. 간혹 2~3마리는 배 옆으로 가까이 와서는 개구쟁이 소년의 웃음을 보내며 장난을 거는 것 같았다. 지금도 기억하지만 당시에는 정말 무서우면서도 신기한 경험이었다.

어머니도 물질을 하면서 가끔 쒜기들을 만난 적이 있다고 하셨다.

쒜기를 만나면 처음에는 무서워서 태왁에 돌아정(메달려서) 눈 감고 물 알로 물 알로(물 밑으로, 물 밑으로) 그들에게 이야기하면 그들은 물 밑으로 지나갔다고 한다. 또 그렇게 지나갈 때도 있었지만 어떨 때는 4~5마리가 어머니가 물질하는 주위을 빙빙 돌다가 횃딱갈라졌당(뒤집기)을 몇 번하다 지나간 적도 있다고 한다.

쒜기들은 사람들이 모수왕 돌아나젠(무서워서 달아나려고) 발버둥을 치면 더욱 갈래춤을 추면서 들럭킨다(물 밖으로 뛰어 오르고 다시 물속으로 뛰어 들어간다). 한번은 매역(미역) 망사리에 들어가서 매역을 헤저어 놓은 적도 있다고 한다. 쒜기들이 나타나 물알로 물알로 고양골면(침착하게 말하면) 그들은 물 밑으로 지나갔다고 한다. 사람을 해친 적은 단 한 번도 없었다.

사람과 그들, 자연과의 교감이다. 교감을 주도하는 것은 쉐기들이었다. 그리고 그 당시에 쒜기들은 눈에 띨 정도로 개체 수가 많았으며 어떤 때는 고향마을 개마띠(작은포구) 바로 앞까지 들어오곤 했다.

마을에서 그물을 놓아 상어가 잡히면 팔기도 하고 먹기도 했지만 쒜기나 상괭이(주둥이, 등지느러미가 없는 작은 고래)는 잡지 않았고 먹으려는 사람들도 없었다고 한다.

지금은 쒜기들의 수가 갈수록 줄어들어 현재 제주 연안에 100여 마리만 서식하여 멸종어종으로 보호를 받고 있다. 마을에서 고기를 잡았던 어부들은 쒜기가 보호어종인 것을 떠나 그 당시 쒜기들을 잡으려고 하지 않은 것은 배 알로 배 알로 교감을 통해 자신들을 보호하고 그들도 보호하려는 마음이 무의식적으로 자연스럽게 표출된 것이다.

초등학교 때 쉬멍(수영하면서) 괴기를 낚을 적에 물속에서 바다거북을 몇 번 본적이 있다. 당시에는 바다 생물이 다양했지만 그래도 거북이는 신기했다.

고향마을 바당은 가두어진 갯벌이 조금 있고 전부 바위와 돌로 이루어져 바당 거북이가 육지로 올라올 일이 거의 없었다.

아버지는 옆 마을에서는 모래사장이 있어서 큰 거북이가 올라 온 적이 있는데 마을 심방(무당)이 큰 세숫대야에 막걸리를 받아 거북이에게 먹이고 절을 한 후 다시 바당으로 놓아주었다고 한다. 그러면 마을에 안녕을 가져온다고 했다. 큰 거북은 마을 사람들에게는 영적인 동물이었다.

당시 숭배의 대상이었는지는 모르겠으나 그 당시 보호어종으로 정해져 있지 않았던 쒜기나 거북에게 테러를 하는 경우도 거의 없었다. 자연보존, 환경보호의 개념이 없었던 시기였지만 마을 사람들은 교감하는 생명체들을 그들 스스로 보호했던 것이다.

지금 생각해 보면 마을 사람들은 많이 배우지는 못했지만 마음이 참으로 선하였고 자연과 더불어 자연의 이치를 존중하는 분들이었던 것 같다.

한 번은 아버지가 그물에 걸린 작은 거북이가 뒤집혀 있는 것을 보고 죽었다고 생각하며 그물을 하나하나 떼어 내는데 조금씩 움직임이 느껴져 바당 속으로 놓아주자 천천히 물 속으로 사라졌다고 한다.

"이 녀석! 구해주었는데 인사도 없이 그냥 가냐?"

바다 생물과의 너그러운 교감이다.

바다환경지킴이 활동을 하면서 연휴 끝난 지난주는 마음이 무거운 날들의 연속이었다.

해양쓰레기 더미에서 머리가 부서진 상괭이 사체를 발견하고 해경에 신고를 했다. 상괭이도 제주남방큰돌고래와 마찬가지로 보호어종으로 발견 즉시 해경에 신고해야 한다.

그 다음날은 칼로 정교하게 잘려진 상괭이 머리와 몸통의 일부가 사체로 발견됐다. 그물에 걸린 것을 배에서 작업하고 버려져 떠밀려왔는지 정확하게 알 수는 없지만 아무튼 내게는 충격으로 와 닿아 종일 마음이 무거웠다.

상괭이 얼굴에 눈물이 흘러 메마른 흔적이 그대로 있었다. 혹시나 살아 있는데 난도질을 당한 것은 아닐까?

고래는 포유류라 지능이 높아 자신의 감정을 표현하지 않았을까 하는 생각이 들었다.

배에서 일하는 사람들은 상괭이가 보호어종이라는 것을 모두 인지하고 있을 텐데 왜 이런 일들이 벌어졌을까?

참으로 묘한 감정들이 교차했다.

인간들은 잔혹하다.

세상이 잔혹하다. 너무 이기적이다.

일본에서 근무할 때 대형푸드코트에서 참치 해체쇼를 본 적이 있다. 죽어있지만 참치의 머리를 큰 칼로 자르고 그것을 들면 주위 사람들이 물개 박수를 쳤다. 신이 난 요리사는 다음 부위를 잘라 다시 들고 그러면 사람들은 환호를 했다. 후에 그런 문화가 우리나라에도 들어왔다.

한번은 TV에서 일본 요리사가 수족관의 물고기를 꺼내 양옆의 살을 발라낸 후 그 생선을 다시 수족관으로 넣는 것이었다. 그 생선은 앙상한 뼈로 헤엄을 쳤다.

사시미칼의 정교함을 자랑하는 장면이 처음에는 신기하게 보였지만 후에 굳이 그럴 필요가 있었을까? 하는 생각이 들었다.

인간들은 자신들의 먹이 활동을 위해 이렇게 잔혹한 것이다.

제주바당이 죽어가고 있다.

제주도 쒜기(남방큰돌고래)와 상괭이의 개체 수가 줄어드는 것은 환경적인 요인이 가장 크다. 이들은 제주 연안의 먹이 사슬에서 최고 상위 계층에 있다. 죽어가는 바당으로 인해 이들의 먹이가 줄어들어 자연스럽게 이들의 개체 수도 줄어 들고 있는 것이다. 가끔은 그물이 몸을 감고 있거나 꼬리지느러미가 절단된 쒜기들도 보인다.

연안에 풍력단지를 설치하고 그 소음이 고래의 생태계를 위협한다고 한다. 그들에게 접근해서 그들을 보려는 관광 상품 또한 그들의 생활을 어렵게 한다는 것이다.

사람들은 해양 생물 모두가 먹이이고 그 생물을 보고 잡는 과정 또한 자신의 즐거움을 배가시키는 그런 행위로만 인식하는 것은 아닐까?

TV 방송도 그렇고, 사람들은 바당을 잘 먹고 잘 놀고 즐겨야 하는 그런 곳으로만 여기는 것 같다.

　물론 개인적인 취향일 수도 있지만 나는 연예인들이 나와서 웃고 떠들며, 5자 6자 생선 크기에 따라 웃음이 달라지는 낚시 방송을 더 이상 보지 않게 되었다.

　바당을 소비대상으로만 보는 것이 너무나 안타깝다. 바당을 아프게 하지 않으려는, 배려하는 노력이 조금이라도 보여지면 좋을 것 같다. 바당을 바라보는 즐거움의 가치도 중요하지만 그 속에 있는 생물들을 보호하고 교감하는 가치도 중요하다.

　가정에서는 애완동물을 반려동물로 기르는 데 바당의 보호어종들도 그런 개념으로 바라보아야 하지 않을까?

　육상 생물이든 바당 생물이든 다 똑같은 생명이다.

　바당에는 사람들이 먹이로만 여기는 생물만 있는 것이 아니라 보호하고 교감해야하는 생물도 많이 있다.

　여전히 그들은 우리에게 먼저 교감의 신호를 보내온다.

　상괭이의 눈물이 잊혀지지 않는다.

마, 마-아, 마게!

어느 봄날, 갑자기 창근이 어머니가 밖에서 교실 창문을 열었다.

얼굴을 뫼쭉(얼굴만 살며시) 내밀고

"창근아! 마, 떡 마게(가져가라 떡: 여기에 떡 있으니 먹어라)."

"아이구, 어멍은 무사 여기서 경 햄수꽈게 확 집에 갑서게(아이고 어머니는 왜 여기서 그렇게 하는지, 빨리 집에 가세요)".

창근이가 신경질적으로 반응을 한다.

"마! 마-아 마게! 확 받으라 게(받아! 받아! 빨리 받아라)!"

창근이 어머니가 순박하게 웃자 수업하시던 영어선생님도 따라 웃으시며 창근이 어머니와 눈인사를 교환하셨다.

다시 한번 창근이 어머니가 "마! 마—아! 마게" 하자 촐람생이(남의 일과 자신의 자랑에 자주 나서는 사람을 일컫는 말) 작은 석범이가 자신의 의자를 박차고 창문 쪽으로 가서 떡을 받아 들고는,

"창근아, 마! 마떡!"

우리는 이 장면이 너무 우스워 배꼽을 잡고 책상을 치며 웃고 있는데 떡을 건네 준 창근이 어머니는 선생님에게 다시 미소를 보인 후 창문을 닫고 사라졌다.

내가 다니던 당시 남원중학교 2학년 우리 반의 풍경이다.

그날 학교에 육성회가 있었는데 다과와 떡을 준비하여 학부모님들을 대접했던 것 같다. 창근이 어머니는 그 떡을 먹지 않고 종이에 싸서 아들에게 주려고 한창 수업중인 교실 창문을 열었던 것이다. 뾰쪽하게 얼굴을 보이면서 "창근아! 마. 마—떡. 마게." 한 것이다.

제주어로 "마"는 가져 가, 받아라는 의미로 사랑과 정이 한 아름 가득 들어간 표현이다. 그 이후 창근이는 졸업할 때까지 자신의 이름보다 "마! 마떡"으로 더 많이 불리게 되었다.

바다환경지킴이 활동을 하면서 작은 마을의 해녀들과 친분을 쌓아가고 있다.

내가 활동하는 이 마을에는 열 두명의 해녀들이 있는데 예나 지금이나 자신의 일상을 늘 바당에 펼쳐 놓곤 한다. 그 열두 명의 해녀들 대부분은 60대 후반부터 70대 후반에 속한다. 물론 해녀회장이 그나마 조금 젊어 나와 비슷한 세대이다. 언젠가부터 그 중 유독 마음 가는(?) 두 분이 있었는데 한 분은 60대 후반으로 한쪽 다리가 불편하며 또 한 분은 나이가 가장 많으신 양순이 삼춘이다. 삼춘은 잘 걷지

어머니의 루이비통

못하실 정도로 다리가 불편하다. 나는 그녀가 뭍에서 걸을 때마다 불안한 마음으로 바라본다.

그렇지만 그녀는 바다에서는 자유롭다. 바당에 들어가면 편하게 물질을 한다.

마치 육지에서 걷지 못하는 것을 바당에서 보상받으려는 듯이.

해녀들이 작업을 마치고 바당에서 나올 즈음, 나는 하던 일을 멈추고 해녀들이 나오는 곳으로 달려간다. 조금이나마 그녀들의 힘을 덜어 드리고 싶어 작업한 태왁망사리를 끌어 올려 해녀의 집으로 날라다 준다.

"와 하영 잡아수다 양(많이 잡았네요)!"

"어따게, 갈수록 바당에 아뭇것도 어서정 감쪄게. 옛날에는 많아 이어나 신디, 이젠 기집도 안낭 힘들엉 죽어도 허지도 못허키여게(그렇지 않다. 가면 갈수록 바다에는 어떤 것도 없고, 옛날에는 많이 있었는데, 이제는 기운도 안 서고 힘들어서 죽어도 하지 못하겠다)." 한다. 나이 든 해녀들이 자주 하는 말이 있다.

"아이고, 이젠 물질도 못허키여(힘이 다 되어 해녀 일을 할 수 없다)."

하지만 그녀들은 물때가 되면 어김없이 바당으로 다시 나선다.

어떤 해녀는 물질하며 "호이 호이—이" 숨비소리를 내기도 하고 또 어떤 이는 혼잣말로 욕 비슷한 것을 주절주절한 뒤 다시 물 속으로 들어가기도 한다. 소리는 다르지만 모두 다 육체적으로 정신적으로 힘들어서 그런 것이다.

해녀들은 초여름까지 성게 작업을 마치고 소라 산란기가 끝나가는 8월 한 달 썰물 때 바당을 지킨다.

관광 온 육지 사람들 중에는 재미로 바당의 해산물을 잡으러 들어가는 이도 있다. 그들은 어김없이 해녀들과 마찰을 일으킨다.

바당의 소유권이 없어 관광객들은 그저 당연한 것으로 여길 수 있지만 해녀들에게는 생존권이 걸린 문제다. 그래서 필사적으로 자신의 일상을 지키려는 것이다. 자신들이 씨를 뿌리고 가꾸는 밭과 같은 것이다.

참고로 일반 관광객이나 도민이라도 제주특별자치도 고시에 해산물 채취 금지목록 및 시기가 있어 위반하게 되면 많은 과태료를 물어야 한다는 것을 알리고 싶다.

작년 그 무덥던 여름날에 양순이 삼춘은 작은 백팩을 메고 바당을 지키러 나왔다. 잘 걷지도 못하는 분이 바위나 돌 위로 걸어 다니는 것이 여간 불안해 보이는 것이 아니었다. 또 매우 안쓰럽기도 했다.

고향 마을의 어머니를 보는 듯하여

"삼춘, 무사 날도 영 더운데 나와 수과게? 들어갑서게. 대신 나가다 지켜주크메 마씨(삼춘, 왜 날도 이렇게 더운데 나왔나요? 들어가세요. 대신 내가 다지켜 드릴게요)."

"우리가 지켜사 된다게, 우리 바당 우리가 안 지키민 누가 지켜 주느니게(우리가 지켜야 한다. 우리 바다 우리가 안 지키면 누가 지켜 줄까)!"

사실 해녀에게는 규율이 있다. 나이가 조금 어리더라도 해녀회장이 의견을 모아 결정하면 나이에 상관없이 자기들이 해야 할 부분은 모두들 따르고 지킨다. 누구 하나라도 그렇게 하지 않으면 옆에서 아가리질(입에서 나오는 욕)을 듣게 된다. 욕을 듣고 싶지 않은 것도 있지만 천성적으로 해녀들은 독립심이 강하고 공동체 생활에 익숙할 뿐아니라 책임감까지 매우 강하다. 어쩌면 그것은 가난했던 시절, 함께

어머니의 루이비통

생활을 견디어 낸 삶의 지속 방법이자 수단이었을 것이다.

양순이 삼촌의 태왁 망사리는 다른 해녀들에 비해 항상 조금 가볍다. 그렇지만 물속에서 작업을 마치고 물 밖으로 나올 때는 거의 사투를 펼친 듯한 모습이다.

작년에 이 모습을 보고 태왁 망사리를 끌어 올려준 것이 계기가 되어 다음 나오는 해녀도, 그 다음 해녀도 하면서 열 두명 해녀 모두가 물 밖으로 나올 때까지 하나 하나 그들의 힘든 하루를 꺼내 주게 되었다. 그리고는 언제부터인가 태왁 망사리를 끄집어 낸 후에 누군가가 뭉게(문어)를 던지면서 "야 이거 가정 강 먹으라(이것 갖고 가서 먹어라)." 한다. 그리고 이쪽에서, 저쪽에서

"마, 마—아"

"아이고, 독독털멍 숨촘으멍 잡은 걸 주민 어떡헙니까? 호나라도 가정가 폽서게(아이고, 덜덜 추위에 떨면서 잡은 것을 주면 어떡해요? 하나라도 갖고 가서 파세요)."

"나야 이거 조앙 햄수다(나는 이것 좋아서 합니다)."

"아이고, 조으나 마나 경해도 경허는거 아니여 속숨행 가정가라(아이고, 좋든싫든 그렇게 하는 것은 경우가 아니니 조용히 갖고 가라)."

해녀회장에게 다시 그렇게 하지 말아 달라고 신신당부했다.

"고마워 경 허낭 가정 갑서게. 해녀들이 어떤 사름들인게 그 거 주쿠가게. 주민 다 이유가 이수다게. 고마웡 경 햄수게게 경허난 가정 강 다음에도 끌어 올려주민 되주게(고마워서 그런 것이니까 가지고 가요. 해녀들이 어떤 사람들인데 그것을 주겠습니까? 다 이유가 있습니다. 고마워서 그런 것이니까 가져가고 다음에도 올려주면 됩니다)."

어느 순간부터 해녀들은 서로 경쟁하듯이 "이거 먹을 타(이것 먹을 래)?" 한다. 자신들의 인심을 아끼지 않는다.

숨을 참으면서 잡은 것인데 특히 나이가 드신 삼춘들이 무엇을 줄 때마다 마음이 불편했다. 하지만 주는 그들의 얼굴에 미소가 번져 있는 것을 볼 수 있었다. 해녀회장은 남편들도 해주지 않는 것을 해주어서, 그리고 혼자 계신 분들도 있고 해서 정말로 고맙다는 것이었다.

사실 나에게는 보람 그 이상이라고 할 수 있다. 정확히 말하면 내가 그분들에게 작은 힘이라도 될 수 있다는 사실이 너무 기뻤다. 가끔 오일장에 갈 일이 있을 때, 간식거리를 사거나 더운 여름철에는 수박을 사서 갖다 드린 적이 있다. 이제는 서로 고마워하는 사이가 된 것이다. 해녀 일을 쉴 때도 길을 가다가도 서로 마주치면 반갑게 인사를 나눈다.

"어디 강 왐수과(어디 다녀 오세요)?"

"어디 강 오느니게? 밭띠 강 왐쪄게(어디 갔다 오느냐고? 밭에 다녀온다)."

"야 다마네기 호끔 주쿠게 강 가져가라(야, 양파 조금 줄 테니 갖고 가라)."

경운기 시동을 걸어 주고, 비가 오면 참깨도 들여 주고 아무튼 그들과 일상을 교환한다. 근데 기분이 무지 좋다.

나는 마을 사람들과 제주어로 인사를 나누는 것도 좋지만 그들의 일상을 공유하는 것, 함께 정을 나눌 수 있다는 것이 더욱 좋은 것 같다. 이러한 것이 함께 살아가는 모습이 아닌가 하는 생각이 든다.

양순이 삼춘은 나이가 들어서인지 해녀들 사이에 주류는 아니었다. 언제나 조용 조용하게 다니고 얼굴이 마주치면 순박하고 수줍게

어머니의 루이비통

미소를 보내 준다.

　한 번은 물질을 마치고 예정된 장소가 아닌 다른 장소에서 나오는 것을 보고 그쪽으로 차를 몰고 갔다. 양순이 삼촌은 그야말로 기진맥진이었다. 다리에 힘이 풀려 바위에 주저앉는 것이었다.

　"삼춘, 무사 막 힘듭과(삼촌 이렇게 많이 힘들어요?)"

　"아이고, 죽당 살아났져. 태왁 망사리가 족은 여에 걸령 노상 빠지지 안행, 동겨도 동겨도 안되고 절은 무사 경 치테겸신디(아이고 죽다 살아났다. 태왁이 작은 바위에 걸려서 그렇게 빠지지 않고, 당겨도 당겨도 안 되고, 파도는 왜 그렇게 치는 지)."

　그녀에게 그날은 정말로 인생과 사투를 한 날이었을 것이다.

　양순이 삼촌을 내 차에 태워 해녀의 집까지 태워드리겠다고 했다.

　"아이고, 쫀물에 차 판나 분다게 조금 쉬당 이땅 걸엉 가키여게(짠물에 차 고장난다. 조금 쉬다 이후에 걸어서 가겠다)."

　거의 억지로 삼촌을 나의 차 조수석에 태우자 좌석 시트 끝에 엉덩이를 살짝 대기만 하고 손잡이를 잡는다.

　"삼춘 편허게 앉읍서게. 어떵 안헙니다(삼촌 편하게 앉으세요. 차 어떻게 안됩니다)."

　"경해도 차에 쫀물에 들어가민 어떵허느니게(그렇게 해도 차에 짠물이 들어가면 어떻게 하니)?"

　"아이고 이거사 몰리민 데주게 걱정허지 말앙. 등에 잘 기대영 앉읍서게.(아이고 이것이야 말리면 됩니다. 걱정하지 마시고 등 잘 기대어 앉으세요.)"

　자신이 지치고 거의 맥이 풀린 상황에서도 남의 차를 걱정하는 삼춘의 얼굴을 물끄러미 바라보았다. 그것은 마치 놓아야 할 때 놓지 못하고 부여잡고 가야만 하는 고향마을 우리 어머니의 늙음이, 얼굴의 주름보다 더 깊어 보여 안타까웠다. 해녀의 집으로 향하며 나는 마음 속으로 이 삼촌 이제는 물질을 그만두었으면 하는 바램을 가져 보았다. 우리 어머니처럼.

사실 해녀들이 경쟁하듯 자신들이 잡은 해산물을 주려고 할 때마다 마음이 편치 않았다. 그래도 남에게 신세 지기 싫어하는 그들의 주는 기쁨을 무시할 수 없어 그것을 최소화하려는 노력을 했다.

가끔은 육지에 있는 지인들에게 보낼 해산물을 현장에서 구입하는 것으로 그들의 노동과 인심에 대한 댓가를 지불해 드리기도 했다. 특히 작은 태왁 망사리의 주인인 나이 드신 양순이 삼춘에게는 더더욱 그렇게 했다.

삼춘은 물질을 제일 먼저 끝내고 뭍으로 나온다. 다른 상군들처럼 숨을 오래 참지 못하고 체력적으로도 오래 버티지 못하셨다. 그래서 해녀들이 바당에 가는 날이면 어느 때부터인가 조금 더 일찍 가서 그들을 기다리게 되었다.

어느 날, 삼춘이 물 밖으로 나오면서 실제로 몸은 바당에 있고 얼굴과 팔만 나온 상태에서 눈(수경)을 벗지도 않은 채 한 손에 전복을 쥔 채, "마 마—아 마게(가져 가, 가져)." 하셨다.

정말로 주고 싶어서, 자신의 마음을 받아 주었으면 하는 그런 간절함을 담은 "마 마—아 마게" 였다.

나를 생각하는 마음이 늘 고마우면서도 삼춘이 무엇을 주려면 애써 피하는 듯한 내 마음을 안 것 같아 죄송스러웠다. 그녀 또한 당당

어머니의 루이비통

한 마을 해녀의 일원임을 확인하고 싶은 마음에, 그런 부담감을 안고 물질한 것 같아 나의 미안함이 커져 버린 순간이었다.

뭍으로 나와 정리하는 삼춘에게

"삼춘, 하루방은 이수과(삼촌, 할아버지는 집에 있나요)?"

"있져마는 아팡 누었져, 3년 전에 뇌출혈로 쓰러져낭 일어나도 이젠 팔 혼짝도 잘쓰못허곡에 행 그냥 누엉 아무것도 못햄쪄게(있기는 하지만 아파 누워있다. 3년 전에 뇌출혈로 쓰러져서 일어나기는 했지만 이제는 한 팔도 잘 사용하지 못하고 해서 그냥 누워서 아무것도 할 수 없다)."

"경 했고나예, 경행부낭 지금도 막 물질 허는거꽈(그렇게 되었군요, 그래서 지금도 자주 물질하는 건가요)?"

"경헌건 아니여! 집에 고만이 앚장 이시민 뭐허느니게 경해도 바당에 오민 조추게(그러한 것은 아니다. 집에 가만히 앉아 있으면 무엇하나? 그래도 바다에 오면 좋다)!"

고향에 계신 어머니도 그러셨다. 몸의 기능이 떨어지고 연로해 힘이 없어져도 시간이 되면 그냥 바당으로 가곤 하셨다.

그게 제주 여인네들, 해녀들의 숙명인가 보다.

어머니는 물질을 그만둔 지 이제 10년이 훨씬 지났다. 하지만 아직도 물질을 하고 싶은 것이 아닐까 하는 생각이 들 때가 있다. 얼마 전 어머니, 아버지를 모시고 남원에서 짜장면을 먹고 해안도로를 경유하여 집으로 돌아온 적이 있다. 해녀들이 물질하는 것을 보더니 차를 세우라고 하셨다. 한참 동안 그녀들(동생들)과 이런저런 이야기를 하신다.

그녀들에게 바당은 삶을 위한 일터이기도 했지만 때로는 친구들과 즐거움을 나누는 놀이터, 그리고 때로는 힘겨운 삶을 피하는 도피처이기도 했던 것이다. 그래서 자식들이, 남편이 바당에 가지 말라고 해도 그녀들은 자신의 몸을 지탱할 만한 작은 힘만 있으면 자신의 의지를 부여잡고 바당으로 향한다.

어머니처럼 양순이 삼춘도 뭍에서는 뒤뚱뒤뚱 걸음이 불편하지만 바당에 쉬면(수영하면) 온전한 자유인이 되는 것도 그 이유 중의 하나가 아니었을까?

동바리(마을 동쪽)에서 해녀들이 물질을 끝내고 나온다. 동바리는 해녀들이 나오기가 무척이나 힘든 곳이다. 해녀탈의장 앞은 해녀들이 물에서 나오기 좋고 태왁 망사리을 옮기기에 수월한 곳이지만 동바리는 바위와 돌을 넘나드는 곳이라 물질을 끝낸 해녀들이 잡은 소라나, 성게, 미역들을 들고 나오기에 정말 힘든 곳이다. 해녀들의 표현을 빌자면 정말로 얼이 빠지는 일이라는 것이다(정신이 빠지는 일이다).

동바리에서도 양순이 삼춘이 제일 먼저 나온다. 근데 태왁의 무게가 심상치 않다. 주몸(일반 몸보다 촘촘하게 잎에 있는 몸으로 맛이 더욱 좋다.)을 두 망사리에 가득 채워 나오신다. 태왁을 끌어 올려 뭍으로 옮기며

"삼춘, 이거 뭐꽈?(삼촌, 이것 뭐예요?)"

"아, 이거 주몸이여, 이즈음 여기 밖에 안 난다. 몸보다 아주 맛조타, 이거 주쿠메 가정강 먹어 보라. 촘지름에 문형 먹으민 맛도 조코 그냥 데청 초장에 먹어도 아주 조타(이거 너에게 줄테니 갖고 가서 먹어 보아라. 참기름에 묻혀서먹어도 좋고 그냥 데우쳐서 초장에 먹어도 좋다)."

난 사실 어릴 적 마을에서 가문잔치 전날 몸국도 먹어보고 그냥 몸도 가끔 먹어 보았는데 주몸은 처음 접해 보는 것이었다. 물론 고향

마을에도 나지가 않은 해조류였다. 양순이 삼춘은 그 날 주몸을 한 망사리나 주셨다.

"느 주젠 잡앙 왔쩌게(너 주려고 채취해 왔다)."

"삼춘 경허민 이 귀한 거 영 주민 됩니까? 나가 사쿠다(삼춘 그러면 내가 이귀한 것을 이렇게 주면 되나요. 내가 살게요)."

"야아, 야인 무쉰 정신빠진 소리 햄시냐게. 그냥 좀좀히 행 가정가라게. 이번엔 안 가정나민 나 막 섭섭헌다이(너 너는 무슨 경우도 없는 이야기를 하나, 그냥 아무 말없이 갖고 가라 이번에 안 갖고 가면 내가 아주 많이 서운할 거다)." 하며 "마 마-아 마게"를 외친다.

사실 주몸은 정말로 맛있었다. 집에 돌아와서 조금 데친 후 초장에 찍어 맛을 먹어 보니 미역이나 톳, 몸보다도 더 싱싱하고 건강한 맛이었다. 그때 사돈을 만날 일이 있어 주몸을 조금 가져다 드렸더니 며칠 후 전화가 왔다. 주몸이 너무 맛있고 어떤 해조류보다 좋다는 것이었다. 참으로 양순이 삼춘이 고마웠다. 나에게 신세계인 해조류 맛을 알려주고 사돈에게 좋은 맛을 전할 수있게 해주어서. 이후에는 해녀회장에게 직접 부탁해서 주몸을 얻어 내가 좋아하는 이에게 선물도 하였다.

다시 물때가 되어 양순이 삼춘을 만났다.

"양 주몸 막 맛좁다. 사돈 막 주어신데 막 좋아헙디다. 고맙수다(주몸 맛있었어요. 사돈 드렸더니 많이 좋아했습니다. 고맙습니다)."

"경해냐 소망이여(그랬구나 다행이다)."

"매역도 행 주쿠메 가정 가라이(미역도 해 줄 테니 갖고 가라)."

사실 난 해녀들과 이야기하는 것이 즐겁다. 그들의 태왁을 들어 올리는 일과 뿐만 아니라 가끔은 귀(성게) 까는 일도 도와 준 적이 있다.

사실 처음 귀(성게)를 깔 때는 잘되지 않아 해녀회장으로부터 너그러운 핀잔(?)을 받았지만 그것 역시 즐거웠다.

쪼그려 앉는 것이 힘든 신체 구조 때문에 귀 까는 일을 오래 할 수는 없었지만 돌아가면서 그녀들의 귀를 까 주곤 했다.

힘든 일을 끝낸 해녀들이 닭죽을 쑤면 전화를 한다. 죽 먹으러 오라고.

몇 번 거절하다가 뿌리치지 못하고 닭죽을 먹는데 죽이 짰다.

"우린 막 일허당 보민 지쳐그네 간을 잘 몰라 경해도 알앙 잘 먹읍서양(우리는 일 하다 보면 지쳐서 간을 잘 모른다. 그래도 알아서 잘 드세요)."

"호끔 짜긴 해도 맛은 막 조수다.(조금 짜긴 해도 맛은 좋습니다.)"

양순이 삼춘뿐만 아니라 모든 해녀들이 내게 "마, 마아 마게"를 외친다.

그것은 어느 순간 서로에 대해 의리를 지키는 것 같은 느낌이 든다.

서울에 볼일이 있어 며칠 다녀온 어느 날, 어촌계장을 만났는데 충격적인 소식을 전해 준다. 양순이 삼춘이 지난 금요일 바당에 빠져 돌아가셨다는 것이다.

그리고 일요일 오전에 장례식까지 다 치렀다는 것이었다.

연락을 주지 않은 어촌계장이 야속해서 섭섭함을 드러냈더니 해녀회장이 연락하지 말자고 했다는 것이었다. 쉬는 날 왔다 갔다 하게 하지 말자고.

어촌계장을 통해 양순이 삼춘의 개인 가족사를 조금 듣고 놀랐다.

사실 삼춘은 두 번째 부인이었다고 한다. 첫 부인이 죽고 나서 이 마을에 시집와 첫 부인의 아이들을 키우면서 살았다고 했다. 물에 빠

어머니의 루이비통

져 죽기 전날은 첫 부인의 제삿날이었다. 제사를 준비하고 다 치룬 후 손자, 손녀 모두에게 용돈까지 주고 다음 날 첫 부인을 따라간 것이라고 한다. 첫 부인과의 제삿날이 같아진 것이다.

어촌계장은 편하게 돌아가신 것 같다고 했다. 그날은 바당이 잔잔했는데 다른 해녀들이 다 물에 들고 난 한 시간 후에 바당에 들었다고 한다. 그 바당은 얕은 할망바당(할머니바다)이었다. 이제 이승에서 그만 고생하라고, 하늘에서 편안하게 지내라고 바당이 삼춘을 데려간 것이다.

어촌계장과 이야기를 나눈 후 나는 그 할망바당으로 가보았다. 모자를 벗고 한참 동안 그 바당에 서서 양순이 삼춘을 위해 눈을 감고 기도를 했다. 그렇게 삼춘과 마지막 인사를 나누고 나니 가슴 한편에 무언가가 울컥거렸다.

아니, 바당이 나에게 손짓하고 있었다.

마, 마아- 마게!!

삼춘이 여전히 순박하고 너그러운 모습으로 나를 바라보며 웃고 있었다.

바람을 거스르며

오랜만에 건강 검진을 받았다. 근 14~15년 만에 대학병원에 누워 있으니까 참 두렵고 어색한 느낌이 들었다. 수면 내시경 검사를 받으려고 침상에 대기하자마자 스스로 잠을 부르고 있는데 간호사가 이름과 주민등록번호를 물어본다. 급 공손하게 또박또박 이야기한다. 왠지 병원에 오면 그래야만 할 것 같고, 나도 모르게 지시를 잘 따르는 수동형 인간이 되어버린다.

누구나 그렇겠지만 나는 정말 병원에 가는 것을 좋아하지 않는다.

어머니의 루이비통

몸에 이상이 있을 것 같으면 스스로 진단을 내리고 필요한 조치를 해오곤 했다. 지금 우리 나이대의 많은 사람들은 2년에 한 번씩 몸속을 들여다본다고 하지만 바쁘게 지낸 것도 있고, 병원에 가면 병이 있을 것 같은 두려움에 감히 엄두를 내지 못했다.

좋은 습관인지 모르지만 난 체질적으로 음주가 안 되었고 이 세상에서 제일 싫어하는 것이 지금은 담배 연기가 되어버렸다. 아마도 이 것은 어린 시절 부모님과 선생님의 가르침에 영향을 많이 받아서인지도 모르겠다. 착하게 살아야 한다는 의식이 가슴 속에 있어서 그럴 수도 있지만 의지적으로 내 몸을 단단하게 만들고자 하는 욕구가 강해서 그랬을 것이다.

몸을 무리하게 사용한 후 다른 사람의 담배 연기를 흡입하면 그다음 날 호흡기와 머리가 정상적으로 작동하지 않는다. 일종의 담배 알레르기이다. 이 담배 알레르기 덕분에 나는 성인으로 즐길 수 있는 여러 가지 잡기를 스스로 포기해야만 했다.

내 몸이 담배와 음주에 민감하게 반응하고 그것에 내 의지가 더해져 그것들과 더 멀리 지내는 편이다. 그렇다고 음주를 전혀 안 하는 것은 아니다. 그 기회를 스스로 줄이고자 하는 것뿐이다.

많은 사람이 내게 묻곤 한다. 무슨 재미로 사냐고? 그러면 나는 그냥 "하고 싶은 것 하면서 산다."고 답한다.

언제부터인지 정확히는 모르겠지만 난 달리는 것을 참 좋아했다. 군대에서의 아침 구보와 긴 행군은 나를 튼튼하게 만들었고, 규칙적으로 몸을 사용하는 것이 내가 좋아하는 것이라는 걸 알았다.

도시의 아침에 일어나 습관적으로 빌딩 사이로 조깅을 하며 회색 상의가 땀으로 물드는 나이키 광고가 좋았다. 옆 동네에 미국인 친구 부부가 살았는데 그의 아내가 유모차를 끌고 산책하는 동안 중학교 운동장 구석에서 10바퀴를 뛰는 그의 모습이 좋았다. 알바르토 살라 자르가 프로 스펙스 신발을 신고 뉴욕 마라톤(?) 대회에서 처음으로 2시간 7분대로 골인하는 모습을 보는 것 자체도 행복이었다.

황영조 선수가 바로셀로나 올림픽 마라톤 후반 몬주인 언덕 오르막 구간에서 상체를 내밀고 뛰다가 내리막 구간에서 일본 선수를 제치고 앞으로 나올 때는 가슴이 벅차올랐다. 한국 선수가 일본 선수를 이겨서 그런 것이 아니라 어느 순간까지 자신을 억제하다 가장 힘든 구간에서 스퍼트를 내는 모습이 참으로 아름다웠다.

케냐인들이 자신들의 삶을 바꾸기 위해 할 수 있는 것이라고는 달리기밖에 없어 마르고 긴 다리로 고지대 비포장 길을 무리 지어 달리는 삶도 격하게 공감하며 보았다.

한때 200m, 400m를 동시에 석권한 마이클 존슨의 처음과 끝이 흐트러짐 없는, 쭉쭉 나가는 그만의 주법에 매료되었다. 영화 '록키'에서는 절망을 이겨내려고 해변을 전력 질주하는 모습이 나에게는 가장 공감되는 최고의 장면이다. '포레스트 검프'에서 포레스트가 수염을 휘날리면서 무의식적으로 뛰는 장면도 좋았다. 그때 여러 가지 음악들이 흘러나온다. 그것이 'Running on empty'든 'Against the wind'든지 간에 그는 뛴다.

'미션 임파서블'에서 톰 크루즈가 척추를 꼿꼿이 세우고 상하이 골

어머니의 루이비통

목에서 전화를 받으며 뛰어가는 장면을 보고 있노라면 나 역시 집을 뛰쳐나가고 싶은 마음이 들었다. '007 카지노로얄'과 '스카이폴'에서 다니엘 크레이그가 최고의 수트를 입고 뛰는 장면은 가히 압권이다. 그냥 참 멋있다. 그리고 섹시하다. 실제든 영화에서든 그들의 달리기는 꽤나 진지하고 최선을 다한다. 얼굴의 일그러짐에 상관없이 말이다.

　나는 그런 것이 좋았다.

　나도 달린다.

　부산 하단 공단 주위를 뜨거운 여름 오후 3시 상의를 탈의하고 그냥 뛴다. 어느 순간 휴일에는 기장 장안사 입구를 달린다. 서울 광장동에 있을 때는 구리로 향하는 길을 뛰기도 하고 당시 프로 축구 서울 연습구장(GS 구장)에서도 달렸다. 테헤란로에서 일할 때는 퇴근 후 달리고 싶어 미칠 지경이 되면 늦은 저녁을 먹고 자정에도 양재동 탄천으로 나가 뛰었다. 분당에 있을 때는 율동 공원보다 탄천이 내게 좋은 코스였다.

　30대 중반, 아마도 내 인생에 있어서 가장 힘든 시기였는데 부산에서 철인 3종 경기를 준비하며 6개월 동안 밥 먹고 일하고 운동만 한 적이 있다. 아침에 그랜드 호텔 수영장에서 1.5km 수영을 하고 오후에는 달맞이 고개에서 조선 비치까지 뛰어 그 둘레를 돌아오고, 휴일에는 사이클링을 했다. 그런데 2주 전에 대회가 취소되어 그 허탈감이란 지구가 무너지는 듯하였다. 후에 순천으로 출장 가서 일을 마친 후 순천만 비포장도로를 뛰고 있는데 큰 사냥개가 쫓아 와서 겁나게 달린 일도 있다.

유럽에 있을 때는 내가 달리고 있으면 어느새 꼬마들이 달라붙어 기다리면서 친근감을 표현하기도 했다. (거기 조깅 트랙(800m)은 나무를 잘게 잘라서 톱밥처럼 만들어 무릎을 보호하게끔 만들었는데 정말 최고였다.)

가끔 제주에 내려와서 일주도로를 달리면 고향 친구들은 "쟤 무사 저추룩 돌으멍 다념시니(왜 그렇게 뛰어다니고 있느냐)?" 하곤 했다. 제주가 좋은 것 중 하나는 달리기 좋은 일주도로가 많다는 점이다.

주로 고향 집에서 가까운 토산 – 표선 해안도로를 많이 뛰었다. 그러나 해안도로를 달리면 바다 습기와 아스팔트 때문에 평소보다 쉽게 지쳤다. 이제는 아스팔트, 콘크리트 도로를 뛰지 못한다. 무릎이 아프다. 언제부터인가(7~8년 전) 트랙 있는 운동장만을 뛴다. 그래도 조금 아프다.

아들이 심장 시술 후 군대 훈련소로 들어갔을 때 내가 할 수 있는 것이라고는 한 달 동안 거의 매일 운동장을 뛰는 일이었다. 건강하게 훈련을 끝냈으면 하는 바람으로.

달리는 것은 참 좋다. 뛸 수 있어서 행복하다. 몸을 학대하는 것은 아니지만 약간의 고통과 지루함을 참아내고 어느 순간 지쳤을 때 내 허리와 다리에서 아드레날린이 분비되는 것 같고 트랙 코너에서 스피드가 날 때 나 자신을 더욱더 신뢰하게 되어 벅차오르는 기분을 주체할 수 없게 된다.

영화 '러닝(Running)'에서 마이클 더글러스(Michael Douglass)는 뛴다. 달리기를 인생의 탈출구로 여긴 그는 자신을 위해 그리고 가족을 위해 뛴다. 비슷한 면이 없지 않지만 나도 힘든 시기 달리기가 탈출

어머니의 루이비통

구가 되었던 적이 있다. 이제는 그것이 나의 일상이고 끊기 힘든 습관이 되었다. 그리고 가끔은 종교가 되어버렸다.

10여 년 전부터 아들과 매주 토요일마다 집 근처 학교 운동장을 열두 바퀴 뛰고 있다. 어느 순간 아들에게 뒤처지기 시작하더니 이제는 거의 반 바퀴 이상 차이가 난다. 상대가 안 된다.

시간이 많이 지났다. 그래도 아들 녀석이 머리를 휘날리면서 전력 질주하는 모습을 바라볼 때면 참 대견하고 흐뭇하다. 아들이 운동을 하고 있지만, 어릴 적부터 뛰는 습관을 심어 주고 싶었다.

인간은 걷고 뛰게끔 설계되어 있다. 규칙적으로 좋은 자세로 뛰면 가끔은 자신의 한계를 넘어서기도 하고, 우리 몸 속에 있는 모든 장기가 제 기능과 역할을 다하게 된다. 어느 순간에는 그 기능을 최고로 유지하게 해준다. 걷고 뛰는 것은 우리 몸을 제대로 사용하는 것이며 그 속에 있는 모든 기관이 서로 연관되어 순환하게 하는 것이라 생각한다. 실제로 그렇다고들 한다.

일과를 마치면 그날의 다양한 감정들이 있다. 기쁘고, 화나고, 슬프고, 실망스럽고, 유쾌하고, 무기력한 기분 등.

이러한 다양한 감정들은 저녁에 뛰고 나면 모두 사라지고 다음이 준비되며 보람된 느낌만 남았다. 내 경우에는 그렇다.

뛰는 것과 관련하여 무슨 대회를 나가본 적은 없다. 그냥 내 머리는 내 몸에게 명령하는 것 같다. 자, 나가서 뛰라고. 그래서 나는 뛴다.

요즈음은 일주일에 3회 정도 5km씩을 뛰고 있다. 해가 갈수록 그 횟수가 조금씩 줄어들고 있다.

나는 인생에 있어 많은 목표가 있다. 내게 가장 중요한 목표는 거리가 조금 줄어들지언정 80세가 되어도 일주일에 2~3회 정도 2km를 뛰는 것이다. 내가 이러한 삶을 살 수 있다면 개인적으로 보람되고 성공적인 삶이라고 생각한다. 그게 running against the wind(바람을 거스리며 뛰는)가 되더라도 그냥 뛸 수만 있다면 참 좋겠다. 뛴다는 것은 살아 있음을 확인하는 순간이고 내일을 준비하는 것이다. 나이와 상관없이 말이다.

건강검진 결과를 받아보았다. 내 속에 있는 부품들이 이상 없다고 한다. 감사하고 고마운 일이다. 부모님께도 감사한다. 선천적으로 이렇게 건강한 DNA를 주셔서. 나 같은 경우에는 속 부품을 들여다보는 것이 아니라 무릎 검사를 해야 하는데.

아무튼, 지구 한 바퀴를 넘게 뛰어서 내 무릎이 조금 아프긴 하지만 그날까지 건강하게 버티어 주기를 바란다.

일과를 끝내고 해가 넘어가는 저녁 시간이 다가온다.

설렌다.

I am older now but still running against the wind.
against the wind, against the wind
still running, I am still running against the wind.

자신의 이야기가 거침없이 세상 밖으로 나오는데도 아무런 불평 없이 조용히 동의하여 주시고, 아들이 다가갈 수 있도록 오랫동안 인내를 가지고 기다려 주신, 그리고 아직도 미숙한 이 아들에게 나이 들어가면서 또 다른 아버지의 의미를 가르쳐 주신 나의 아버지, 송경찬.
사랑과 존경으로 함께합니다.

제주에서 묵묵하게 제주의 정서와 흔적으로 진정한 제주 건축의 힘과 실용을 담아내시는 '올래와정낭 건축사사무소' 대표 송일영, 나의 형에게 고마움을 드립니다. 처음으로 내게 제주의 정서, 우리들의 이야기를 풀어 놓고 싶은 마음을 불러일으켜 주었습니다.

부족한 저의 글을 읽어보시고 손수 전화를 주셔서 제주 사랑의 크기를 진정으로 보여주시고 격려해 주신 탤런트 고두심 선생님에게 마음 깊은 곳에서 우러나오는 감사를 전합니다. 선생님의 한마디가 저에게는 큰 힘이 되었습니다.

드러나지는 않지만 열악한 환경 속에서 궂은일을 마다하지 않고 제주 바당의 깨끗한 회생을 자신의 생활로 받아들여 주시는 제주 바다 환경 지킴이들, 특히 함께하는 동안 고생을 웃음과 보람으로 나누어 주신 안수용님, 원동환님, 고광효님께 머리 숙여 고마움을 전합니다.
당신들은 제주의 숨은 영웅들이십니다.

멋을 내지 않고 음식을 있는 그대로 재료 본연의 맛을 위해 애쓰시는, 그래서 나의 음식에 대한 향수와 맛을 충족해 주며 우리의 음식 이야기를 함께 나누어 주신 표선 어촌식당 현춘옥님, 송금선 대표에게도 고마움을 전합니다. 앞으로도 우리가 즐겼던 그대로 제주 음식을 함께할 수 있었으면 합니다.

마지막으로 감사의 크기가 결코 적지 않은, 처음부터 옆에서 응원과 도움을 아끼지 않았던 가족들과 책 출간의 기쁨을 함께 나누고 싶습니다.

그리고 항상 고맙고 사랑한다는 말을 전합니다.

어머니의 루이비통

개정증보판 1쇄 발행 2021년 07월 02일
개정증보2판 1쇄 발행 2023년 11월 16일
지은이 송일만(vincent I.SONG)

펴낸이 김양수
책임편집 이정은
교정교열 이봄이

펴낸곳 도서출판 맑은샘
출판등록 제2012-000035
주소 경기도 고양시 일산서구 중앙로 1456(주엽동) 서현프라자 604호
전화 031) 906-5006
팩스 031) 906-5079
홈페이지 www.booksam.kr
블로그 http://blog.naver.com/okbook1234
포스트 http://naver.me/GOjsbqes
이메일 okbook1234@naver.com

ISBN 979-11-5778-621-3 (03800)